AF287333

MATTHIAS P. GIBERT

Nervenflattern

KUNST IM FADENKREUZ Kassel im Februar. Die türkische Putzfrau einer Ladengalerie fällt über vier Etagen in den Tod. Drei Monate später gerät auf Kassels höchster Autobahnbrücke ein PKW ohne erkennbaren Grund ins Schleudern und stürzt in die Tiefe. Der Fahrer ist sofort tot. Zwei tragische Unfälle – jedenfalls scheint es zunächst so. Ein anonymer Brief an den Oberbürgermeister der Stadt lässt jedoch erhebliche Zweifel an der Zufälligkeit der Ereignisse aufkommen – und urplötzlich steckt Kommissar Paul Lenz mitten in einem brisanten Fall: Die Documenta, bedeutendste Ausstellung für zeitgenössische Kunst der Welt, wird durch einen Anschlag mit einem hochgiftigen Nervenkampfstoff bedroht. Und mit ihr die Einwohner der Nordhessischen Metropole und die zahlreichen Ausstellungsbesucher.

Matthias P. Gibert, 1960 in Königstein im Taunus geboren, lebt seit vielen Jahren mit seiner Frau in Nordhessen. Nach einer kaufmännischen Ausbildung baute er ein Motorradgeschäft auf. 1993 stieg er komplett aus dem Unternehmen aus und orientierte sich neu. Seit 1995 entwickelt und leitet er Seminare in allen Bereichen der Betriebswirtschaftslehre. Mit seiner Frau erarbeitete er ein Konzept zur Depressionsprävention und ist mit diesem seit 2003 sehr erfolgreich für mehrere deutsche Unternehmen tätig. Seit 2009 ist er hauptberuflich Autor.

MATTHIAS P. GIBERT

Nervenflattern

KRIMINALROMAN

GMEINER

Immer informiert

Spannung pur – mit unserem Newsletter informieren wir Sie
regelmäßig über Wissenswertes aus unserer Bücherwelt.

Gefällt mir!

Facebook: @Gmeiner.Verlag
Instagram: @gmeinerverlag
Twitter: @GmeinerVerlag

Besuchen Sie uns im Internet:
www.gmeiner-verlag.de

© 2007 – Gmeiner-Verlag GmbH
Im Ehnried 5, 88605 Meßkirch
Telefon 075 75 / 2095 - 0
info@gmeiner-verlag.de
Alle Rechte vorbehalten
11. Auflage 2023

Lektorat: Claudia Senghaas, Kirchardt
Herstellung: Mirjam Hecht
Umschlaggestaltung: U.O.R.G. Lutz Eberle, Stuttgart
unter Verwendung eines Fotos von © Matthias P. Gibert
Druck: Custom Printing Warschau
Printed in Poland
ISBN 978-3-89977-728-4

Für Marion, ohne die alles nichts wäre.

1

Donnerstag, 15. Februar 2007

Ayse Bilicin schwitzte. Die türkische Mitarbeiterin der Reinigungsfirma Cleanfix, die seit der Eröffnung des Ladencenters vor einigen Jahren immer den gleichen Bereich des City-Point in Kassel putzte, konnte sich nur noch schwer auf ihre Arbeit konzentrieren. Vor einer Stunde hatte es angefangen, mit Kopfschmerzen, die immer schlimmer wurden. Sie wischte mit einem Lappen über das Treppengeländer im dritten Stock, aber es war mehr ein Festhalten als koordiniertes Arbeiten. Tief unten sah sie eine Kollegin im grauen Kittel winken, wer es aber genau war, konnte sie nicht erkennen.

Ayse hatte öfter Kreislaufprobleme. Die Wechseljahre, hatte ihre Ärztin gesagt und geraten, abends mal ein Glas Sekt zu trinken, und ihr Hormone verschrieben. Aber so wie heute war es noch nie gewesen, und langsam wurde sie panisch. Ihr wurde in Wellen übel und sie hatte das Gefühl, sich dauernd übergeben zu müssen. Das ganze Gesicht der 52-jährigen Frau war nass von Schweiß, Speichel, Tränenflüssigkeit und Nasensekret. Als sie sich erbrach, empfand sie für einen kurzen Moment so etwas wie Erleichterung. Sie kniete sich hin, um ihr Erbrochenes aufzuwischen, hatte jedoch keine Erinnerung, wie sie es machen sollte. Mit der einen Hand zog sie sich wieder am Geländer hoch und wollte in Richtung der Rolltreppe gehen, aber die Beine gehorchten ihr nicht. Mühsam hielt sie sich fest und wollte um Hilfe rufen, aber es kam kein Laut aus ihrer Kehle. Das Atmen fiel ihr immer schwerer, weil ein unsichtbarer Ring ihre Brust umklammert hielt. Auf dem Boden mischten sich ihre Exkremente mit dem Erbrochenen, doch davon bemerkte sie nichts. Sie sah in den erleuchteten Nachthimmel außerhalb des Glasdaches, sah die Schneeflocken, die vom Wind umhergetrieben wurden, verstand aber nicht, was dort draußen passierte.

Verschwommen erinnerte sie sich, dass vor langer Zeit einmal jemand von unten hoch gewunken hatte. Sie beugte sich über das Geländer und sah nach unten, konnte jedoch nichts erkennen. Alles war bunt, surreal, wie ein Gemälde ohne Struktur. Sie beugte sich ein weiteres Stück nach vorne. Das Edelstahlgeländer bog sich unter ihrem Gewicht leicht durch. Ihre Füße verloren den Bodenhalt, traten gegen die Glasscheibe, die zwischen Boden und Geländer eingelassen war, und fielen zurück. Sie machte eine weitere unkoordinierte Bewegung, hob erneut vom Boden ab und hatte diesmal so viel Schwung, dass sie über das Geländer getragen wurde. Zwei Sekunden später war Ayse Bilicin tot.

8

2

Dienstag, 15. Mai 2007

Es waren die ersten wirklich schönen Tage des Jahres in Kassel. Mitte Mai. Der Winter hatte sich endlos hingezogen und der Frühling endlos auf sich warten lassen. Schnee von gestern. Heute zeigten die Mädchen freie Bauchnabel und die Jungs trugen ärmellose Shirts. Seit ein paar Tagen standen Stühle und Tische vor den Cafés, die Menschen saßen in der Sonne und sahen glücklich aus.

Der Regionalexpress aus Frankfurt schlingerte über die letzten Weichen vor dem Hauptbahnhof und kam eine Minute später mit leise singenden Bremsen zum Stehen. Eine Lautsprecherstimme verkündete den Ankommenden, dass sie nun Kassel erreicht hätten, der Zug hier enden würde und in welche Richtung sich Umsteigemöglichkeiten anboten. Viele waren es nicht.

Paul Lenz, der Leiter von K11 (Gewalt-, Brand- und Waffendelikte) des Polizeipräsidiums Nordhessen in Kassel, blieb noch einen Moment sitzen. Dann reckte er sich, stand auf und griff nach seinem Rollkoffer. Als er den Bahnsteig betrat, fing er sofort an zu schwitzen, zog das Jackett aus, das er wegen der Klimaanlage im Zug anbehalten hatte, und machte sich auf den Weg. Er ging zum Nebenausgang gegenüber dem Polizeipräsidium und überquerte die Straße. Der Rollkoffer holperte über das Kopfsteinpflaster

9

und der Inhalt wurde wieder mal durcheinandergemischt, was Lenz ziemlich egal war.

»Guten Tag, Herr Hauptkommissar«, begrüßte ihn der Uniformierte am Eingang.

Lenz winkte mit der freien linken Hand, grüßte zurück, schnappte den Koffer am Handgriff und ging ein Stockwerk tiefer zu seinem Büro. Dort stellte er das Gepäck ab, schloss die Tür, setzte sich und legte die Füße hoch. Als er mit dem Stuhl eine bequeme Position gefunden hatte, verschränkte er noch die Arme hinter dem Kopf. 10 Sekunden später war er eingeschlafen.

32 Stunden zuvor war er in Frankfurt aufgestanden. Dort war er zu einer Sonderkommission hinzugezogen worden, die den gewaltsamen Tod mehrerer türkischer Geschäftsleute aufzuklären versuchte. Da sich einer der Morde in Kassel ereignet hatte und er auf den Fall angesetzt worden war, hatte er die letzten 14 Tage in Frankfurt verbracht.

Mieses Wetter, miese Stadt, mieser Fall, miese Unterkunft.

So hatte er seinem Mitarbeiter Thilo Hain, mit dem er regelmäßig telefonierte, die letzten beiden Wochen geschildert. Er war in einem Zimmer des Ausbildungszuges der Bereitschaftspolizei untergebracht worden. Dort war er von 80 jungen Polizisten umgeben, die nie vor eins ins Bett gingen und laute Musik liebten.

Und dann noch Frankfurt. Er war zu Zeiten seiner Ausbildung oft dort gewesen, aber warm geworden war er mit diesem Moloch nie. Die Häuserschluchten machten ihn unruhig, und unter der Erde, in der U-Bahn, fühlte er sich eingesperrt.

Zu allem Überfluss hatte es in den letzten 14 Tagen auch noch fast täglich geregnet. Und als der Täter dann nicht in Frankfurt zugeschlagen, sondern am Vorabend einen türkischen Schmuckhändler in Rosenheim erschossen hatte, wurde die ganze Sonderkommission in Frankfurt aufgelöst.

Ein Klopfen weckte ihn. Er öffnete die Augen, nahm die Füße vom Schreibtisch und setzte sich aufrecht.

»Ja, bitte«, sagte er.

Es dauerte einen Moment, bis die Tür geöffnet wurde und Thilo Hain den Kopf hereinstreckte.

»Hallo, Paul. Ich dachte, du hättest vielleicht deinen Zug verpasst. Bevor ich zum Essen gegangen bin, war ich schon mal hier, aber es hat sich nichts getan, als ich geklopft hab. Ist alles in Ordnung mit dir?«

Lenz fuhr sich mit den Händen durchs Haar, nahm eine Schachtel Zigaretten aus der Jacke und zündete sich eine an.

»Ganz und gar nichts ist in Ordnung. Der Türkenmörder hat in Rosenheim zugeschlagen, ich habe seit gestern Morgen kein Auge zugemacht und die Bahn stand eine Stunde auf freier Strecke, weil ein Signal kaputt war. Ich bin zu alt für diesen Job, glaube ich.«

Hain grinste.

»Du siehst genau so aus, wie du dich fühlst. Die Sache in Rosenheim ist blöd, aber irgendwann macht auch der mal einen Fehler. Warum hast du denn nicht geschlafen?«

»Die Jungs vom Ausbildungszug haben gestern ihre letzten Prüfungen absolviert. Scheinbar hatten alle bestanden oder glauben es zumindest. Als ich heute Morgen da raus bin, lagen sie immer noch auf dem Flur und haben gesungen. Ich wollte ihnen die Party nicht verderben, also habe ich die Nacht mit einem Buch in der Hand verbracht. Und in der Bahn kriege ich nun mal kein Auge zu.«

Er zog an seiner Zigarette, blies den Rauch Richtung Wand und drückte sie halb geraucht aus.

»Was gibts denn hier Neues?«

Hain brachte ihn auf den aktuellen Stand der Ermittlungen, mit denen sie betraut waren, und ließ auch den Tratsch nicht aus.

»Also alles wie gehabt.«

Lenz sah auf seine Uhr.

»Zu allem Übel muss ich mich jetzt auch noch bei dieser Psychotante einfinden. Hast du deine Prüfung schon bestanden?«

»Ich hätte meinen Termin letzte Woche gehabt, konnte ihn jedoch abblasen, weil ich in der Nacht vorher Bereitschaft hatte. Das wollte die Dame sich und mir dann doch nicht antun. Die Kollegen sagen aber, man sollte sich vor Dr. Driessler in Acht nehmen, sie hat Haare auf den Zähnen.«

Um eine echte Prüfung handelte es sich nicht, das wusste auch Lenz. Die ganze Geschichte mutete eher an wie eine Posse.

Ein leitender Mitarbeiter des hessischen Innenministeriums hatte im Jahr zuvor aus heiterem Himmel Panikattacken bekommen und legte sich deswegen bei einem Psychotherapeuten auf die Couch. Als das nicht den gewünschten Effekt brachte, wurde er von seinem Dienstherrn in Kur geschickt oder auf neudeutsch: zu einer Rehamaßnahme. Nach sechs Wochen Therapie war er als quasi geheilt entlassen worden. Allerdings überzeugten die dort wirkenden Ärzte den Mann davon, dass sehr viele Menschen an Panik-

12

attacken oder noch viel schlimmeren psychischen Leiden erkrankt seien. Zurück im Amt entwickelte er ein geradezu missionarisches Engagement seinen Mitarbeitern gegenüber, sich auf psychische Erkrankungen hin untersuchen zu lassen. Und als dieser Bereich abgegrast war, richtete er sein Augenmerk auf die weiteren Bediensteten des Landes.

Da Polizisten, das wusste er, großem Stress ausgesetzt sind und in der Regel auch noch im Schichtdienst arbeiten, wurde allen Polizisten die freiwillige psychologische Betreuung im Rahmen der jährlichen Routineuntersuchung empfohlen. Etwaige Verweigerer überzeugte man mit dem Hinweis, dass bei zukünftigen Beförderungen auch die Bereitschaft zur Mitarbeit in Fragen der eigenen Gesundheit eine Rolle spielen würde.

»Dann will ich mal los. Hoffentlich dauert die Sache nicht den ganzen Nachmittag.«

Hain und er verabredeten sich für den nächsten Morgen und verließen das Büro.

Lenz ging zum Treppenhaus und hatte schon die erste Stufe auf dem Weg nach unten betreten, als er es sich anders überlegte. Er drehte um und ging, jeweils zwei Stufen auf einmal nehmend, drei Stockwerke höher. Dort bog er nach rechts ab und stand kurze Zeit später vor dem Zimmer des Pressesprechers der Kasseler Polizei, Uwe Wagner. Die Tür war wie üblich offen und er trat ein. Wagner telefonierte, bot ihm aber mit einer erfreuten Geste einen Stuhl gegenüber seinem Schreibtisch an. Lenz setzte sich und wartete.

»Grüß dich, Heimkehrer. Wie war dein Einsatz in der Metropole des Verbrechens?« Wagner kam um den Schreibtisch herum, zog Lenz an der ausgestreckten Hand aus dem Stuhl, umarmte ihn und klopfte ihm mit der flachen Hand auf den Rücken. Lenz hüstelte, befreite sich aus der Umklammerung seines Freundes und setzte sich wieder hin.

»Mein Gott, ich bin doch kein Kriegsheimkehrer. Ich war gerade mal zwei Wochen weg. Außerdem werde ich dich auch gleich wieder verlassen, weil ich einen Termin bei Frau Dr. Driessler habe. Sag mir nur kurz, was ich beachten muss.«

Wagner war in solchen Fragen immer der richtige Ansprechpartner. Er hatte seine Ohren überall und war generell auf dem neuesten Stand.

»Ich hatte keine Probleme mit der Dame«, meinte er. »Allerdings habe ich mich vorher mit einem Kollegen aus Wiesbaden unterhalten und mir erklären lassen, was dieser Unfug eigentlich soll. Der ernstere Hintergrund ist tatsächlich, herauszufinden, ob es Anzeichen einer psychischen Überbelastung oder einer Erkrankung gibt. Mehr nicht. Ich habe ihr einfach erklärt, was ich den ganzen Tag und manchmal auch die Nächte hier so mache und dass ich seit Jahren keinen bösen Buben mehr zu Gesicht bekommen habe, und schon war ich wieder draußen.«

Er lachte.

»Allerdings liegen die Dinge bei dir längst nicht so einfach. Starker Raucher, übermäßiger Alkoholkonsum, geschieden, keine Damenbekanntschaften. Da wird wahrscheinlich eine längere Therapie fällig.«

Lenz stand auf.

»Du hast mir sehr geholfen, danke«, äußerte er mit schief gezogenem Mundwinkel. »Ich melde mich morgen bei dir, um mir meine Einweisung in die Psychiatrie abzeichnen zu

14

lassen und mich zu verabschieden. Machs gut.« Er drehte sich um und verließ grinsend das Zimmer.

Zwei Minuten später stand er vor dem Raum, den die Psychologin für die Zeit ihrer Gespräche zugeteilt bekommen hatte. Er klopfte, wartete kurz und trat ein.

Dr. Helga Driessler saß an einem quadratischen Tisch, hatte eine Akte vor sich liegen und las darin. Auf dem Boden lag ein weiterer Stapel Akten.

Sie sah kurz auf die Uhr, lächelte frostig, erhob sich, kam auf ihn zu und streckte die rechte Hand aus.

»Herr Lenz, wie ich vermute. Guten Tag.«

»Ja, Paul Lenz«, stellte er sich vor.

»Es tut mir leid, aber ich bin eben erst von einem Einsatz aus Frankfurt zurückgekommen. Deswegen habe ich mich etwas verspätet.«

Sie hielt noch immer seine Hand fest und sah ihm in die Augen.

»Und ich dachte, Sie hätten mich im falschen Raum gesucht. Der Pressesprecher zumindest hat mich gleich gefunden und war pünktlich.«

Lenz merkte, wie ihm das Blut ins Gehirn schoss und hoffte, tot umzufallen, was leider nicht geschah. Er verstärkte den Druck auf ihre Hand und ließ sie dann los.

»Nicht der Beginn einer wunderbaren Freundschaft, befürchte ich«, meinte er zynisch und setzte sich ohne Aufforderung.

Während sie sich auf den Weg zu ihrem Stuhl machte, musterte Lenz die Psychologin. Sie trug ein eng geschnittenes, hellbraunes Kostüm und hohe Schuhe mit Pfennigabsätzen. Ihr Gesicht war dezent geschminkt und an ihrem Hals bewegte sich eine Kette mit großen grünen Kugeln.

Sie war etwa 40, vielleicht etwas jünger. Auf dem Tisch lag eine Brille, die sie aufsetzte, nachdem sie Platz genommen hatte. Es war eine dieser Brillen, mit denen Frauen um Jahre älter und ziemlich streng aussahen, flach und breit; eigentlich zwei Gläser mit Bügeln. Lenz fragte sich, ob sie das so wollte oder ihr Optiker sie auch nicht leiden konnte.

Sie nahm die Akte zur Hand und sah ihn an.

»Machen wir uns nichts vor, Herr Kommissar. Ich weiß, dass die wenigsten Kollegen mich und meine Arbeit so ernst nehmen, wie ich mir das wünschen würde. Aber ich kann ihnen meine Hilfe nur anbieten. Ob sie mein Angebot annehmen, muss jeder selbst entscheiden. Sie hingegen sollten klüger sein, als mich schon zu Beginn unseres Gespräches verarschen zu wollen.«

Lenz schluckte. Ihre Ausdrucksweise überraschte und schockierte ihn gleichermaßen. Aber wenigstens redete sie nicht um den heißen Brei.

»Gut. Ich habe gestern Morgen zuletzt geschlafen. Ich habe 14 Tage in einer Stadt verbracht, die mich nicht erheitert und versucht, einen Fall zu lösen, der nicht zum Lachen ist. Ich habe keine, aber auch wirklich gar keine Lust, mit Ihnen mein Seelenleben zu besprechen. Also habe ich es vorgezogen, zuerst meinem Freund Uwe Wagner guten Tag zu sagen und mich dann mit Verspätung zu Ihnen zu begeben.«

»Guter Anfang, Herr Lenz. Viel besser als der erste. Ich habe natürlich auch keine Lust, mich hier mit Kollegen herumzuplagen, die lieber mit ganz anderen Menschen ganz woanders wären. Aber unser gemeinsamer Dienstherr hat es sich nun einmal so ausgedacht, und wir wollen ihn doch nicht enttäuschen, oder?«

16

Lenz war sich sicher, dass in dieser Frage eine Drohung versteckt war, ging aber nicht darauf ein.

»Ich habe mich in der Zeit des Wartens schon mal mit Ihrer Akte beschäftigt.«

Sie tippte mit dem Zeigefinger auf das Dossier, in dem sie gelesen hatte.

»Und? Haben Sie Erkenntnisse gewonnen, die wir besprechen sollten?«

»Sagen Sie es mir, Herr Lenz. Ich sitze hier und biete Ihnen meine Hilfe zu Fragen der psychischen Gesundheitsbetreuung an.«

Lenz verschränkte die Arme vor der Brust. In einem Seminar über Körpersprache hatte er einmal gelernt, dass diese Geste Ablehnung bedeutet.

»Sie lesen in meiner Akte, Frau Dr. Driessler. Sie lesen dort, dass ich zwei Mal geschieden bin, dass meine zweite Frau mich ausgezogen hat bis auf die Unterhose und dass ich seit Jahren Unterhalt für meine beiden Kinder aus erster Ehe bezahle, die ich ewige Zeiten nicht gesehen habe. In meinem schönen Haus wohnt nun meine zweite Frau mit ihrem neuen Kerl, den sie aber nicht heiraten will, weil sonst mein monatlicher Scheck ausbleiben würde und sie sich dann einen Job suchen müsste. Ich selbst bewohne anderthalb Zimmer in einem Vorort und rauche am Tag eine Schachtel Zigaretten.«

Er erhob sich und reichte ihr die Hand.

»Und wenn ich nachts nicht einschlafen kann, Frau Doktor, dann trinke ich ein Glas Rotwein oder eine Büchse Bier, damit es besser geht.«

Da sie ihm ihre Hand nicht entgegenstreckte, zog er

seine zurück, drehte sich um und ging zur Tür. In diesem Moment klingelte sein Mobiltelefon. Er sah noch einmal zurück.

»Ich melde mich nächste Woche bei Ihnen, wenn ich ausgeschlafen bin. Wenn Sie wollen, fangen wir dann noch mal bei null an. Wiedersehen.«

Er verließ das Büro, kramte nach seinem Telefon und nahm das Gespräch an.

»Hallo«, meldete er sich deutlich genervt.

»Mein lieber Mann, die hat dich aber aufgeregt. Bist du schon fertig?« Es war Hain.

»Fertig bin ich, ja. Ich will nur noch ins Bett und bis morgen niemanden mehr sehen.«

Hain seufzte.

»Daraus wird nix, Chef. Wir haben einen Toten in der Fulda. Scheint über die Bergshäuser Brücke abgegangen zu sein. Wahrscheinlich Selbstmord. Aber hinfahren und es uns ansehen müssen wir.«

Die Bergshäuser Brücke war ein Teil der A44 und verband die Autobahnen A49 und A7 im Kasseler Südosten. Sie war früher unter Selbstmördern sehr beliebt gewesen, allerdings hatte sich seit Jahren kein Mensch mehr von dort aus ins Jenseits befördert.

»Wir treffen uns am hinteren Ausgang. Hast du ein Auto besorgt?«

»Ich sitze schon drin, der Motor läuft, und vollgetankt ist er auch.«

»Na«, knurrte Lenz, »dann sollte es ja für die paar Kilometer nach Bergshausen reichen.«

3

Fünf Minuten später saßen sie schweigend nebeneinander. Hain steuerte den Opel durch den einsetzenden Feierabendverkehr. Lenz rauchte eine Zigarette, was Hain, als überzeugter Nichtraucher, nicht leiden konnte und Lenz auch normal nicht machte, wenn sie gemeinsam im Auto saßen. Allerdings war dieser Tag nicht wie jeder andere, und Hain wusste schon, wann er besser nicht auf Absprachen bestand.

»Hätte der Typ nicht zwei Stunden früher in den Bach hüpfen können?«, grantelte Lenz. »Dann wäre mir der Besuch bei Frau Dr. Driessler erspart geblieben und die Straßen wären auch freier.«

Hain sah ihn mit zusammengekniffenen Augen an.

»Nun krieg dich mal wieder ein. Ich kann nichts dafür, dass die Jungs in Frankfurt die ganze Nacht Party gemacht haben und du ausgerechnet heute den Termin bei der Tante hattest. Wenn alles normal läuft, sind wir in einer Stunde fertig und du kannst dich schlafen legen. Ich bringe dich auch gerne persönlich ins Bett. Aber bis dahin versuchst du, dich wie ein gesitteter Chef zu benehmen.«

Er klang wirklich ärgerlich, was bei ihm sehr, sehr selten vorkam.

Lenz sah zu ihm hinüber, warf die Zigarette aus dem Wagen und schloss das Fenster.

»Entschuldigung«, murmelte er.

»Schon gut.«

Als sie aus der Stadt hinausfuhren, auf Höhe des Metro-Großmarktes, klingelte ein Mobiltelefon. Beide griffen in die Jackentasche und sahen auf das Display. Es war das von Lenz, das einen Anruf anzeigte. Er nahm das Gespräch jedoch nicht an, sondern steckte das Telefon zurück in die Jacke. Hain sah ihn irritiert an.

»Was ist denn das jetzt? Mal wieder einer von deinen mysteriösen Anrufen?«

»Ja.«

»Und du willst mir noch immer nichts darüber sagen?«

»Nein.«

Den Rest der Fahrt brachten sie schweigend hinter sich, nur unterbrochen vom akustischen Signal der Mailbox. Der Anrufer hatte eine Nachricht hinterlassen.

Unter der Bergshäuser Brücke standen sechs Polizeiautos, zwei Notarztwagen, ein Leichenwagen und ein Autokran. Und mindestens 500 Schaulustige. Die Stelle, an der das Auto von der Brücke gestürzt war, konnte man an einer leichten Ausbuchtung der Leitplanke weit oben erkennen. Lenz fragte sich, wie viele Meter das wohl waren. 40? 60? Auf der Brücke stauten sich die Fahrzeuge, weil die rechte Fahrspur und der Standstreifen noch immer gesperrt waren, doch davon bekam er nichts mit.

Unten war weiträumig abgesperrt. Zwei Polizisten sorgten dafür, dass die Gaffer nicht zu nahe kamen. Das Unfallauto stand auf einem Grasstreifen etwa 30 Meter entfernt. Lenz kannte sich mit Autos nicht gut aus, aber dieses weinrote Wrack hätte auch ein Spezialist nicht auf den ersten Blick als einen Golf Kombi erkannt.

Hain parkte innerhalb der Absperrung, die von einem uniformierten Polizisten hochgehalten wurde, als die

20

beiden ankamen. Sie stiegen aus und begrüßten die Kollegen.

»Er sitzt noch im Auto«, sagte ein Uniformierter auf die Frage von Hain nach dem Fahrer. »Aber es sieht nicht schön aus. Irgendwie ist von ihm nicht viel übrig geblieben. Wir haben im Handschuhfach, das hinter der Rückbank gelandet ist, Wagenpapiere und einen Führerschein gefunden. Vermutlich handelt es sich um Dieter Brill aus Wolfhagen. Prüfen können wir es leider nicht, weil wir zwar das Foto haben, aber kein Gesicht mehr dazu.« Er reichte Hain den nassen grauen Lappen. Einen Führerschein der Marke uralt.

Hain sah seinen Chef an. Wer geht nachschauen, was sich da im Wagen befindet?, war als Frage in seinem Gesicht zu lesen.

»Ich gehe mal zum Auto«, sagte Lenz. Er sah den Streifenpolizisten an.

»Und Sie geben bitte dem Kollegen Hain alle Informationen, die Sie bis jetzt zusammengetragen haben.«

»Klar.«

Der Hauptkommissar näherte sich langsam dem Autowrack und versuchte sich vorzustellen, mit welcher Seite der Aufprall stattgefunden haben könnte. Das Dach des Kombis war im hinteren Teil bis zur Fensterkante heruntergedrückt und es fehlte glatt ein Meter der ursprünglichen Länge des Autos. Der Vorderwagen war allerdings auch um einiges kürzer und sah schwer beschädigt aus.

»Er ist mit dem Heck zuerst aufgeknallt.«

Lenz drehte sich um. Fünf Meter hinter ihm stand ein Mann mit einer roten Latzhose. Offenbar der Kran-fahrer.

»Wie kommen Sie darauf?«

»Ich hab ihn rausgezogen. Wir hatten schon mal so einen Fall vor ein paar Jahren. Der ist mit dem Heck aufgeknallt, was man ja sieht, da hinten am Auto.« Er zeigte mit dem rechten Arm auf das Ende des Golfs. »Aber durch die mordsmäßige Wucht ist der Motor aus der Verankerung gerissen worden und hat sich wie ein Geschoss in den Innenraum gedrückt. Das hat ihm dann den Rest gegeben.«

Lenz fragte sich, ob man nach einem solchen Aufschlag noch einen Rest brauchte, antwortete aber nicht.

»Ja, das klingt logisch.«

Er sah in den Wagen, erkannte einen menschlichen Überrest und wunderte sich, dass kein Blut zu sehen war.

»Wie es aussieht, hat er im Wasser gelegen.«

»Ja. Irgendwie war das heute nicht sein Tag. Kommen Sie, ich zeigs Ihnen.«

Unter der Brücke sah Lenz die Einschlagstelle.

»Er knallt oben über die Leitplanke, was ja an sich schon eine echte Leistung ist. Dann dreht sich die Karre in der Luft und knallt rückwärts hier in die Uferböschung. Zwei Meter weiter hinten, und die Fulda hätte vielleicht das Schlimmste verhindert. Glaub ich aber nicht. Also, er knallt rückwärts auf, kriegt dann den Motor von vorne praktisch durchs Gesicht gezogen und kommt zum Stehen. Dann rutscht er ganz langsam rückwärts, bis die Karre bis zum Dach in der Fulda verschwunden ist. Das war dann Leichenschändung, wenn Sie mich fragen, weil ersoffen ist der sicher nicht. Aber wenn er sich selbst ausknipsen wollte, dann hat er alles richtig gemacht.«

Er holte tief Luft. Lenz sah ihn an und hatte keine Ahnung, was er sagen sollte.

»Ich glaube, Sie brauchen mich nicht mehr. Ich nehm dann mal meinen Kran und hau ab. Eigentlich hab ich nämlich schon seit zwei Stunden Feierabend. Frühschicht.«

Lenz war noch immer verwirrt von der Schilderung des möglichen Unfallhergangs und nickte nur mit dem Kopf.

Der Kranfahrer verzog sich. Als Lenz ihm hinterhersah, bemerkte er in der Menge Peter Franz, den Rechtsmediziner. Er wollte gerade in seine Richtung losgehen, als sich der Arzt von der Gruppe löste und auf ihn zukam.

»Hallo, Herr Dr. Franz.«

Der Mediziner gab ihm die Hand.

»Tag auch. Sieht übel aus da drinnen, was meinen Sie?« Er deutete auf das Autowrack.

»Suizid?«

»Ich gehe mal davon aus. Die Jungs von der technischen Abteilung sind unterwegs. Wenn sie ihn rausgeschnitten haben, nehme ich ihn mit zur Obduktion, aber nach dem Unfallhergang bleibt keine vernünftige andere Erklärung. Ich habe mitbekommen, dass oben auf der Brücke zwei Zeugen ausgesagt haben, die direkt in den Autos hinter ihm gefahren sind. Beide haben übereinstimmend erklärt, dass er ganz normal gefahren ist, plötzlich das Lenkrad verrissen hat und über die Leitplanke geflogen ist. Dann ging es dahin.«

»Vielleicht ein technischer Defekt?«

»Das kann ich mir nicht vorstellen, aber ich will dem Ergebnis der technischen Untersuchung nicht vorgreifen. Eine Reifenpanne war es sicher nicht, denn alle vier Räder sind noch intakt. Höchstens etwas mit der Lenkung, aber wie gesagt, das ist das Metier der Techniker.«

»Ja«, sagte Lenz, »die Reifen habe ich auch schon gesehen. Die waren es nicht.«

In diesem Moment fuhr ein kleiner LKW unter die Brücke.

»Das sind die Techniker«, sagte der Arzt. »Sie hören von mir, sobald ich mehr weiß.«

Lenz ging noch einmal um den Unfallwagen herum, hob den Kopf und sah zur Brücke hoch. Hoffentlich ein Selbstmörder, dachte er und gähnte.

Thilo Hain kam auf ihn zu. In der Hand hielt er einen Block.

»Selbstmord, Paul. Glasklar. Oben haben zwei Zeugen beobachtet, wie er einfach so nach rechts abgebogen und abgeschmiert ist. Einer von uns müsste jetzt noch nach Wolfhagen fahren, um den Hinterbliebenen die Nachricht zu überbringen und die Identität zu klären.«

»Lass uns zusammen fahren.«

»Ich dachte, du willst in einer Viertelstunde im Bett liegen?«

»Dann eben eine Stunde später. Aber ich will wenigstens die Identität klar haben.«

Dr. Franz, der Rechtsmediziner, kam im Laufschritt auf die beiden zu. In der rechten Hand hielt er einen Kunststoffbeutel, den er Lenz überreichte.

»Hier, Herr Lenz, den Ring habe ich ihm schon mal vom Finger genommen. Der könnte Ihnen vielleicht bei der Identifizierung behilflich sein. Auf der Innenseite gibt es eine Gravur.«

»Sehr gut, Herr Doktor, vielen Dank. Wir fahren jetzt zu der im Führerschein angegebenen Adresse.«

Hain steckte das Dokument, das er noch immer in der Hand hielt, ebenfalls in den Beutel.

Fünf Minuten später fuhren sie durch Bergshausen in Richtung Kassel. Der Feierabendverkehr hatte seinen Höhepunkt erreicht, an jeder Ampel bildete sich ein langer Rückstau. Lenz hielt den Ring in der Hand und versuchte, die Gravur zu lesen.

»Das wird nichts, Paul«, grinste Hain ihn an. »Ohne deine Lesebrille bist du doch auf diese Entfernung blind wie ein Grubengaul. Gib mal her, das Ding.«

Er hatte recht. Lenz brauchte seit etwa drei Jahren eine Lesebrille, die er jedoch öfter irgendwo vergaß. Jetzt lag sie auf seinem Schreibtisch im Präsidium. Er reichte Hain den Ring, der die Gravur während der Fahrt zu entziffern versuchte.

»He, he, warte wenigstens bis zur nächsten roten Ampel. Gleichzeitig fahren und lesen ist schon so manchem Beifahrer gar nicht gut bekommen.«

»14.06.1998 – in Liebe M.«

»Was?«

»Hier steht 14.06.1998 – in Liebe M.«

»Das hast du in dem Moment gelesen?«

»Nein, ich kenne den Typen seit ein paar Jahren und wusste, was da steht.« Er schüttelte den Kopf.

»Natürlich habe ich das eben gelesen.«

»Alle Achtung, Adlerauge. Das heißt ja wohl, dass er zumindest schon mal eine Freundin hat oder gehabt hat. Eine Monika. Oder Marita. Oder eine Marianne.«

»Oder vielleicht eine Michaela«, ergänzte Hain.

Lenz steckte den Ring zurück in den Beutel, nahm den Führerschein heraus, klappte ihn auf und betrachtete das Bild.

»So haben wir damals alle ausgesehen. 18 Jahre alt, pick-

lig und ungepflegt. Geboren am 15.05.1962 in Wolfhagen.«
Er rechnete. »Der ist jetzt 45. Oder besser: war.«

»Herzlichen Glückwunsch«, sagte Hain.

»Zu meiner Rechenleistung?«

»Nein, zum Geburtstag.« Hain deutete auf den Führerschein.

»Der hat heute Geburtstag.«

»Das ist übel«, kommentierte Lenz.

Eine Weile sagte keiner etwas. Erst als sie aus Kassel hinausgefahren waren und Hain eine Melodie aus dem Radio leise mitsummte, nahm Lenz das Gespräch wieder auf.

»Das Ding ist vor 27 Jahren ausgestellt worden. Wer weiß, ob er heute noch dort wohnt?«

»Ich«, antwortete Hain. «Während du dir die Beine am Unfallwagen vertreten hast, habe ich über Funk eine Halterabfrage zu dem Wrack gemacht. Zugelassen auf Dieter Brill, Friedensstraße 51, Wolfhagen. Die gleiche Adresse wie in dem alten Lappen.«

»Aus dir wird noch mal ein richtig guter Polizist«, sagte Lenz und gab die Adresse ins Navigationsgerät ein.

Die Friedensstraße war eine lange Sackgasse, Hausnummer 51 befand sich ganz am Ende, ein großes Zweifamilienhaus. Das Nachbargrundstück war eine Baulücke, direkt dahinter ging der Wald los. Hier konnte man es aushalten.

Sie stiegen aus und sahen sich um.

Der Vorgarten war gepflegt und für das Auge eines Städters riesig. Lenz öffnete das hölzerne Gartentor und ging zur Haustür. Dort sah er zwei Klingelschilder. Auf dem unteren las er Elfriede Brill, auf dem oberen Dieter Brill. Er legte den Finger auf den oberen Klingelknopf und wartete. Als nach einer halben Minute nichts geschehen war, klin-

26

gelte er unten. Kurze Zeit später wurde die Tür geöffnet und eine Frau erschien. Sie war etwa 70 Jahre alt, modern gekleidet, trug ihr silbergraues Haar hochgesteckt und machte einen freundlichen Eindruck. Ihr Blick traf zuerst Hain, der etwa einen Meter hinter Lenz stand, und dann den Hauptkommissar.

»Ja, bitte?«

»Guten Tag«, sagte Lenz.

»Mein Name ist Paul Lenz. Das ist mein Kollege Thilo Hain. Wir sind von der Kasseler Kriminalpolizei.« Beide hielten ihre Dienstausweise hoch.

»Dürfen wir hereinkommen?«

»Was ist denn geschehen?«

»Ich nehme an, Sie sind Frau Brill.«

Sie nickte.

»Frau Brill, das würden wir ungern mit Ihnen hier an der Tür besprechen.«

»Bitte«, sagte sie und drehte sich um.

Die Polizisten folgten ihr durch einen langen Korridor, der in einem riesigen Wohnzimmer mündete, und setzten sich.

»Es ist wegen meines Sohnes, nicht wahr?«

Lenz nahm den Ring aus dem Kunststoffbeutel und zeigte ihn der Frau.

»Gehört dieser Ring Ihrem Sohn, Frau Brill?«

Sie sah kurz auf, senkte aber sofort wieder den Blick und nickte.

»Ja, den trägt für gewöhnlich mein Sohn. Wo haben Sie ihn her?«

»Es tut mir außerordentlich leid, Frau Brill, aber nach jetzigem Erkenntnisstand ist Ihr Sohn heute Nachmittag bei einem Verkehrsunfall ums Leben gekommen.«

»Bei einem Verkehrsunfall?«

»Wie es aussieht, ja. Allerdings deuten einige Hinweise darauf hin, dass auch ein Freitod nicht auszuschließen ist.«

Elfriede Brill umschlang ihre Knie mit beiden Armen, wie um sich selbst zu schützen.

»Freitod. Wie das klingt, Herr Inspektor. Als ob man gerne und aus freien Stücken in den Tod gehen würde. Das kann ich nicht glauben. Aber ich könnte glauben, dass mein Sohn Selbstmord begangen hat. Das könnte ich glauben.«

Lenz hatte schon häufiger die Nachricht vom Tod eines Familienangehörigen überbracht. Er hatte schon viele Reaktionen auf seine Mitteilung erlebt, aber diese war ihm neu.

»Wie meinen Sie das? Hat Ihr Sohn sich dahingehend geäußert, dass er sich das Leben nehmen wollte?«

»Nicht direkt. Mein Sohn ist krank, Herr Kommissar, sehr krank. Er leidet seit einigen Jahren an Depressionen, sehr schlimmen Depressionen. Im letzten Jahr war er deswegen sogar in einer Klinik.«

Lenz und Hain sahen sich an.

»Wissen Sie, um welche Klinik es sich handelt?«

Sie nannte ihnen den Namen der Klinik, Hain schrieb mit.

»Wie ist es passiert?«

»Ihr Sohn ist mit seinem Wagen von einer hohen Brücke gestürzt. Es war ein sehr harter Aufprall, dabei wurde sein Kopf …« Lenz stockte.

»Man kann nicht mehr viel von ihm erkennen, meinen Sie?«

Es entstand eine Pause.

»Das meine ich, ja.«

»Ich bin mit solchen Dingen vertraut, Herr Inspektor. Mein leider viel zu früh verstorbener Mann war Chirurg, ich habe ihn als Krankenschwester im Hospital kennenge-

28

lernt. Natürlich habe ich nach unserer Eheschließung nicht mehr in meinem Beruf gearbeitet, aber ich bin doch über die Auswirkungen von Unfällen informiert.«

»Natürlich«, sagte Lenz.

»Ich stehe Ihnen selbstverständlich jederzeit zur Verfügung. Aber mein Sohn ist ganz leicht an einer großen Brandnarbe auf seinem Rücken zu identifizieren. Sein ganzer Rücken wurde im Alter von sechs Jahren verbrannt, beim Spielen. Das ist ein unverkennbares Merkmal.«

Sie setzte sich aufrecht. Lenz glaubte, jetzt so etwas wie Trauer in ihrem Gesicht zu sehen.

»Erzählen Sie uns etwas über Ihren Sohn. Was hat er gemacht, wie hat er gelebt?«

»Dieter lebte sehr zurückgezogen, er hatte wenige Freunde. Er arbeitete in Kassel für das Jugendamt. Sein Beruf hat mich allerdings nie interessiert, seit klar war, dass er nicht in die Fußstapfen seines Vaters treten würde. Er hätte alles haben können, wenn er Medizin studiert hätte, aber er hat sich für Sozialpädagogik entschieden.«

Sie betonte Sozialpädagogik, als würde von diesem Studiengang Herpes übertragen.

»Und er ist nie hier weggezogen?«

»Nein, nie. Auch während seines Studiums in Kassel hat er immer hier gewohnt«

»Wer ist diese ›M‹? Die Gravur muss eine Bedeutung haben. Wissen Sie etwas darüber?«, fragte Hain.

»So leid es mir tut, aber von den Liebschaften meines Sohnes kann ich Ihnen gar nichts erzählen. Wir haben auch nie über solche Dinge gesprochen. Und um Ihre nächste Frage auch gleich zu beantworten, es gab wohl aktuell keine Frau in seinem Leben. Sonst hätte er seinen heutigen Geburtstag sicher nicht mit mir verbringen wollen.«

»Wollte er das?«

»Ich habe vor einer Stunde in seiner Wohnung oben den Tisch gedeckt. Dort steht eine von mir gemachte Nusstorte, wie er sie am liebsten mag. Er wollte direkt nach der Arbeit hierherkommen.«

»Können wir uns kurz in seiner Wohnung umsehen?«

»Wenn Sie hoffen, einen Abschiedsbrief zu finden, so muss ich Sie enttäuschen. Ich halte die Wohnung rein und kann Ihnen versichern, es gibt nichts Derartiges.«

Sie folgte den Polizisten nach oben und zeigte ihnen die Wohnung. Lenz und Hain sahen sich um, es war eine normale Junggesellenwohnung, die von Mutti rein gehalten wurde. Hinweise auf einen bevorstehenden Selbstmord gab es keine, und die Nusstorte auf dem Küchentisch sah klasse aus.

»Was geschieht nun?«, fragte Frau Brill, als sie sich voneinander verabschiedeten.

»Ihr Sohn wird zunächst in die Rechtsmedizin gebracht. Ob eine Obduktion notwendig ist, kann ich Ihnen leider nicht sagen, aber ich vermute es. Danach wird der Leichnam freigegeben und Sie können über den weiteren Fortgang entscheiden.«

»Dieter wollte, dass er im Fall seines Todes verbrannt wird. Dem Wunsch werde ich natürlich nachkommen.«

»Da Sie die nächste Verwandte sind, spricht sicher nichts dagegen.«

Lenz nahm eine Visitenkarte aus seiner Brieftasche und reichte sie ihr.

»Wenn Ihnen noch etwas einfallen sollte, können Sie mich gerne anrufen, und wenn ein Testament auftauchen sollte, informieren Sie uns bitte darüber.«

»Selbstverständlich. Aber ich kann mir kaum vorstellen, dass er so etwas hatte.«

Sie verabschiedeten sich von Elfriede Brill und gingen zum Auto. Als das Haus hinter ihnen verschwunden war, platzte es aus Hain heraus.

»So was hab ich ja noch nie gesehen. Da hüpft ihr Sohn von der Brücke und die ist cool wie 'ne Hundeschnauze. Ich hätte schreien können.«

»Das war komisch, stimmt. Aber ich wette, sie sitzt jetzt da und heult sich die Augen aus. Die hat nur gewartet, bis wir weg waren. In ihren Augen wäre das sicher eine Schwäche gewesen, in unserem Beisein loszuheulen. Wie war denn dein Eindruck von seiner Bude?«

»Steril. Eben wie von einer Krankenschwester gepflegt. Aber das passt alles zusammen. Zwischendrin hab ich mal gedacht, dass es kein Wunder ist, dass der Depressionen gekriegt hat und von der Brücke gesprungen ist. Erstaunlich nur, dass er so lange damit gewartet hat, bei der Mutter. Und zu viel Derrick hat sie auch gesehen in ihrem Leben.«

Er imitierte Elfriede Brills Tonfall.

»Ich bin vertraut mit diesen Dingen, Herr Inspektor.«

Jetzt mussten beide lachen. Einen Inspektor gab es in Hessen wie auch in Bayern, wo Derrick bekanntlich spielte, schon lange nicht mehr bei der Polizei, aber gerade ältere Menschen sahen in jedem Kripobeamten noch immer einen Inspektor.

4

Als sie hinter dem kleinen Ort Istha auf die B 520 Richtung Kassel einbogen, klingelte Lenz' Mobiltelefon. Er sah auf das Display und nahm den Anruf an.

»Lenz«, meldete er sich.

»Hallo, Herr Lenz. Hier ist Marnet.«

Oberstaatsanwalt Marnet und Lenz kannten sich seit vielen Jahren. Sie kamen gut miteinander aus, auch wenn Lenz nicht immer mit der Vorgehensweise und dem selbstgefälligen Auftreten des Juristen einverstanden war. In seiner Behörde ging das Gerücht um, der Staatsanwalt würde auch vor Verkehrsampeln sein telegenes Grinsen zeigen, wenn sie auf Rot sprangen.

»Grüß Sie, Herr Marnet.« Er sah auf die Uhr.

»Was kann ich denn nach Feierabend noch für Sie tun?«

»Na ja, auch ein Oberstaatsanwalt muss manchmal die Leiden der Bereitschaft ertragen, das ist bei mir heute der Fall. Und ausgerechnet dann haben wir einen Toten an der Bergshäuser Brücke. Was meinen Sie, müssen wir den aufmachen lassen?«

Marnet sprach von einer möglichen Obduktion.

»Wie es aussieht, gehe ich von einem Suizid aus«, erklärte Lenz und informierte den Staatsanwalt über die Ergebnisse der Befragung in Wolfhagen. Dann war einen Moment lang Stille in der Leitung.

»Nun, wenn die Sache sich so klar darstellt, können wir auf die Obduktion verzichten. Wir müssen den Herrschaften in der Gerichtsmedizin nicht mehr Arbeit machen als nötig. Und ob er nun Beruhigungsmittel, Antidepressiva

32

oder einen Schnaps zu viel im Blut hatte, ist bei dieser Sachlage sicher nicht von Belang, was meinen Sie?«

»Eher nicht, Herr Marnet«, pflichtete Lenz ihm bei, auch weil er wusste, dass Marnet solche Rückfragen höchst ungern mit einer anderen Antwort versehen sah.

»Gut, dann hätten wir das geklärt. Wenn die Techniker mit der Untersuchung des PKW fertig sind und nichts auf einen technischen Defekt hindeutet, kann ich die Leiche freigeben. Sehr schön.«

Klar, dachte Lenz, weil du dann keine Arbeit mehr mit der ganzen Geschichte hast. Vermutlich wollte Marnet das anstehende lange Wochenende zu einem Kurztrip mit seiner Freundin nutzen, während seine Frau die Zeit mit den Kindern in Kassel verbrachte.

Der Hauptkommissar verabschiedete sich und informierte Hain kurz über das, was er gerade von Marnet gehört hatte.

»Das ist geil. Dann kann ich dich jetzt schön ins Bettchen bringen, Chef.«

»Lass mich einfach zu Hause raus und verschwinde. Den Schreibkram machen wir morgen, wenn die Techniker fertig sind.«

Eine halbe Stunde später saß Lenz frisch geduscht auf der Couch seines Wohnzimmers und hörte jene Nachricht ab, die er ein paar Stunden zuvor nicht mit Hain diskutieren wollte. Dann drückte er eine Kurzwahltaste auf dem Mobiltelefon und wartete.

»Ja, bitte«, meldete sich eine Frauenstimme.

»Ich bins.«

»Schön. Ich dachte schon, du würdest mich nicht mehr anrufen.«

33

»Nein, nein. Ich wollte nur warten, bis ich zu Hause bin. Jetzt komme ich gerade aus der Dusche, bin wieder vorzeigbar und freue mich, mit dir zu telefonieren.«

»Vorzeigbar klingt gut. Leider habe ich heute keine Möglichkeit, das zu prüfen. Ich hatte schon befürchtet, du wärest vielleicht doch noch länger in Frankfurt geblieben.«

»Grauenhafter Gedanke. Nein, ich bin wie geplant heute Morgen zurückgefahren. Allerdings ist seitdem so ziemlich alles schief gegangen, was schief gehen konnte.«

»Erzähl.«

»So viel Zeit hast du nicht, Maria.«

»Versuch es.«

20 Minuten später war die Anruferin komplett mit den kleinen und großen Katastrophen seines Tages vertraut.

»Und die Sache mit der Psychologin kann dir nicht schaden?«, fragte sie besorgt.

»Ich weiß es nicht. Vermutlich nein, aber vielleicht auch ja. Wir werden sehen. Ich gehe morgen bei ihr vorbei und mache einen Termin für nächste Woche. Außerdem habe ich noch ein paar Fragen an sie zu dem Depressiven, der sich von der Brücke gestürzt hat.«

»Ist sie hübsch?«

Lenz machte eine kurze Pause.

»O làlà. Sie ist ein männermordender Vamp. Ein Bild von einer Frau. Riesenbusen, lange Beine, braungebrannt, klug. Und so einladend. Warum fragst du?«

Die Anruferin lachte los.

»So genau wollte ich es gar nicht wissen, aber gut. Jetzt weiß ich, dass ich mir wegen ihr keine Sorgen machen muss.«

»Wieso?«

»Weil du das alles bei mir hast. Oder zumindest vieles davon.«

34

»Du bist eifersüchtig?«

»Wenn es um dich geht, immer«, antwortete sie entschieden.

»Keine Sorge. Ich habe mit dir wirklich genug zu tun. Einen weiteren Pflegefall verkrafte ich nicht.«

»Was machst du am Donnerstag?«

Sein Herzschlag setzte für einen winzigen Moment aus.

»Heißt das, wir können uns am Donnerstag sehen?«

»Erich ist kurzfristig für Donnerstag zu einer Sitzung seiner Parteibonzen nach Berlin zitiert worden. Damit ist in meiner Tagesplanung plötzlich eine ziemliche Lücke entstanden, die ich gerne mit dir füllen würde. Falls du es vergessen haben solltest, Donnerstag ist Feiertag.«

»Nein, ich weiß«, antwortete er.

»Also, ich fahre am Donnerstag ganz früh morgens mit dem ICE nach Hannover, weil ich dort eine Ausstellung besuchen will. Moderne Kunst, also das pure Gift für dich. Aber wenn du ja sagst, musst du das über dich ergehen lassen. Abends wäre ich wieder zu Hause, aber zwischen Kunst und Abend liegen noch ein paar Stunden.«

Lenz grinste.

»Die Lücke, wenn ich dich richtig verstehe.«

»Exakt.«

»Gerne«, sagte er.

Sie gab ihm die Abfahrtszeit des Zuges durch und die Nummer ihrer Sitzplatzreservierung.

»Ich freu mich auf dich«, sagte Maria Zeislinger, die Frau des Kasseler Oberbürgermeisters Erich Zeislinger.

»Ich auch«, antwortete Lenz.

10 Minuten später war er eingeschlafen.

5

»Es tut mir leid, Frau Dr. Driessler.«

Er saß auf dem gleichen Stuhl wie am Tag zuvor, die Psychologin gegenüber.

»Schwamm drüber, Herr Lenz. Gestern war ein Tag zum Vergessen, scheinbar für uns beide. Fangen wir einfach noch mal von vorne an.«

Lenz war früh und gut gelaunt wach geworden. Der Gedanke an einen Tag mit Maria hatte ihn in eine fast euphorische Stimmung versetzt. Um halb acht saß er in seinem Büro am Schreibtisch und las die Aussagen der beiden Zeugen, die im Auto hinter Dieter Brill auf der Bergshäuser Brücke unterwegs gewesen waren. Dann hatte er die Nummer von Frau Dr. Driessler gewählt und um eine kurze Unterredung gebeten. Sie war sofort bereit, ihn zu empfangen.

»Leider habe ich in einer Viertelstunde den nächsten Termin, deshalb muss ich Sie für unser Gespräch auf nächste Woche vertrösten.«

»Gut, aber ich bin eigentlich nicht wegen unseres Desasters von gestern hier.«

»Sondern?«, fragte sie erstaunt.

»Wir hatten gestern einen Toten. Er ist mit seinem Wagen die Fuldabrücke bei Bergshausen hinuntergestürzt.«

Lenz schilderte ihr den Unfallhergang auf der Brücke und das Gespräch mit der Mutter.

Die Ärztin verschränkte die Hände in ihrem Schoss.

»Die Reaktion der Mutter ist nicht ungewöhnlich, so wie Sie das schildern. Er lebt zu Hause, ist aber nicht das gewor-

36

den, was man sich erhofft hat. Die Mutter wirkt dominant. Dazu die Depressionen des Sohnes, die für solche Menschen oftmals eine Schwäche darstellen. Das passt schon zusammen.«

»Wie depressiv muss man denn sein, damit man sich von der Brücke stürzt?«

»Schwierig zu beurteilen. Aber vielleicht hilft es Ihnen weiter, wenn ich Ihnen sage, dass ein hoher Prozentsatz der an Depressionen erkrankten Menschen im Lauf ihres Lebens einen Suizidversuch unternimmt. Und vielen gelingt er dann eben auch.«

»Ich dachte immer, mit den modernen Medikamenten wären Depressionen gut therapierbar?«

»Ja und nein. Bei manchen Patienten hat man überraschende Erfolge, bei anderen fragt man sich, warum nichts eine Wirkung zeigt. Ich zum Beispiel hatte einen Patienten, der musste 10 oder 11 verschiedene Wirkstoffe ausprobieren, bis eine Besserung seines Zustandes eingetreten ist. Und in solchen Fällen ist der Weg zum Suizid dann nachvollziehbar. Wobei diese Menschen eigentlich gar nicht sterben wollen, wie man vermutet. Sie wollen nur das Leid, das die Krankheit ihnen zufügt, nicht mehr ertragen. Einfach gesprochen: der Tod ist das kleinere Übel.«

»Ich werde vielleicht noch mit der Klinik telefonieren, in der er letztes Jahr gewesen ist, und dann kann ich wohl den Deckel draufmachen. Der Staatsanwalt ist auch der Meinung und hat sich sogar entschieden, auf eine Obduktion zu verzichten.«

»Hm«, machte sie. »Das ist ungewöhnlich, aber seine Entscheidung.«

»Lassen wir es dabei«, meinte Lenz.

37

Sie gab ihm einen Termin am Mittwoch der folgenden Woche und verabschiedete ihn. Er verließ das Büro und wollte sich auf den Weg zu Hain machen, mit dem er verabredet war, als ihm auf dem Flur Bert Klein begegnete. Er kannte den Kollegen vom Kommissariat Diebstahl seit vielen Jahren und hatte ihn länger nicht gesehen. Sie begrüßten sich herzlich und sprachen über die Ereignisse der letzten Zeit.

Dann sah Klein auf die Uhr.

»Ich muss los, die Psychotante wartet auf mich. Hast du deine Spinnerbescheinigung schon?«

»Nächste Woche«, antwortete Lenz. »Aber ich habe sie schon kennengelernt. Sie ist eigentlich ganz sympathisch.«

»Da hab ich aber auch schon andere Stimmen gehört.«

Sie lachten.

»Wir beide könnten doch mal wieder was zusammen unternehmen«, schlug Lenz vor.

»Gerne, Paul, aber die nächsten Wochen geht da gar nichts. Documenta-Zeit ist Taschendiebe-Zeit. Wir haben Informationen, dass sogar eine Gruppe aus Lissabon auf dem Weg zu uns ist, weil die Arbeitsbedingungen hier so paradiesisch sein sollen für die Jungs. Und die Suppe wollen wir ihnen gerne versalzen.«

»Stimmt. Wir haben ja Documenta. Wann gehts denn los?«

»Am 16. Juni. Wie immer 100 Tage. Dann fällt Kassel wieder für fünf Jahre in seinen Dornröschenschlaf.«

Er sah erneut auf die Uhr.

»Ich muss jetzt aber wirklich abhauen. Ich melde mich, wenn der Stress nicht mehr ganz so groß ist. Bis dann.«

Sie reichten sich die Hände und Klein hetzte los.

Ja, dachte Lenz, zu spät solltest du besser nicht kommen.

38

Hain wartete schon auf ihn. Er hielt den vorläufigen Bericht der Techniker in den Händen.

»Die Karre war zwar schon sechs Jahre alt und hatte 200.000 Kilometer auf dem Buckel, aber nach Aussage der Ölfinger war das Ding gut gepflegt. Einen technischen Defekt schließen sie mit an Sicherheit grenzender Wahrscheinlichkeit aus«, erklärte er.

»Schön. Dann rufe ich jetzt Oberstaatsanwalt Marnet an und entlasse ihn ins Wochenende. Und für uns ist die Geschichte damit auch beendet. Gehst du mit in die Kantine, einen Kaffee trinken?«

»Nichts lieber als das, wenn du bezahlst. Du telefonierst und ich bringe noch meinen Einsatz für die Lottokasse zu den Jungs von der Sitte, wir sehen uns in einer Viertelstunde in der Kantine.«

Hain war ein Jahr zuvor vom Kommissariat für Sittendelikte zu den Tötungsdelikten versetzt worden, hatte jedoch noch immer einen guten Draht zu den alten Kollegen und spielte nach wie vor jede Woche mit in deren Lotto-Tippgemeinschaft. Erfolglos allerdings, wie er gerne betonte.

Lenz wollte gerade zum Telefonhörer greifen, um den Oberstaatsanwalt anzurufen, als der Apparat klingelte.

»Lenz, guten Tag«, meldete er sich.

»Hauptkommissar Paul Lenz?«, fragte eine Männerstimme.

»Ja, hier spricht Hauptkommissar Paul Lenz von der Kriminalpolizei in Kassel.«

»Mein Name ist Markus Leichter, guten Tag. Kann ich Sie sprechen, Herr Lenz?«

Was zum Teufel glaubst du, machen wir hier, fragte sich Lenz.

»Natürlich. Worum geht es denn?«

»Ich habe Ihre Nummer von der Mutter von Dieter Brill bekommen und möchte gerne mit Ihnen über den Unfall von gestern sprechen. Ich bin hier vor dem Präsidium und könnte gleich bei Ihnen sein, wenn Sie Zeit hätten.«

Scheiße, dachte Lenz.

»Haben Sie mit der Sache zu tun, Herr …? Wie war Ihr Name?«

»Ja, ich habe mit der Sache zu tun. Mein Name ist Markus Leichter.«

Lenz überlegte einen Moment. Wenn der Anrufer tatsächlich etwas zu dem Selbstmord sagen konnte, musste er ihn anhören. Und wenn sich herausstellen sollte, dass der Typ ein Schwätzer war, konnte er ihn immer noch hinauswerfen.

»Gut, Herr Leichter, aber ich muss in 10 Minuten in einer Besprechung sein«, log er. »Mehr Zeit haben wir leider nicht.«

Er erklärte ihm den Weg zu seinem Büro, rief an der Eingangswache an, um den Besucher anzumelden, und wartete.

Fünf Minuten später klopfte es. Lenz stand auf, ging zur Tür, öffnete, stellte sich vor und begrüßte seinen Gast.

»Bitte nehmen Sie Platz, Herr Leichter. Kann ich Ihnen einen Kaffee anbieten? Oder ein Wasser?«

Markus Leichter atmete schwer und sah mitgenommen aus. Man konnte ihm ansehen, dass er die ganze Nacht nicht geschlafen und viel geweint hatte. Er war etwa 45, vielleicht 50 Jahre alt, schätzte Lenz, hatte graue Haare und sicher 40 Kilo zu viel auf den Rippen. Er war größer als der Polizist, machte trotz seines verheulten Gesichtes einen sehr gepflegten Eindruck und roch nach teurem Parfum.

40

»Danke, sehr freundlich, aber ich möchte gleich zur Sache kommen.«

Er nahm ein Stofftaschentuch aus der Hosentasche, schnäuzte sich laut und nahm seine Brille ab.

»Dieter Brill hat nicht Selbstmord begangen, Herr Kommissar.«

Lenz wartete, ob Leichter eine Erklärung liefern würde für seine These, aber es kam keine.

»Was macht Sie da so sicher?«

»Niemand auf dieser Welt kennt oder kannte Dieter besser als ich.«

Er setzte seine Brille wieder auf und sah aus dem Fenster. Dann wandte er den Kopf zu Lenz und sah ihn eindringlich an.

»Was ich Ihnen jetzt sage, muss absolut unter uns bleiben, Herr Kommissar. Darauf muss ich mich hundertprozentig verlassen können.«

»Erzählen Sie, Herr Leichter. Sie können sich auf meine Diskretion verlassen.«

»Dieter und ich haben zusammengelebt. Wir waren seit 11 Jahren zusammen. Ein Paar.«

Er sah Lenz an, und eine Träne lief über seine rechte Wange. Mit dem Taschentuch, das er noch immer in der Hand hielt, fuhr er sich vom Kinn bis zum Auge und wieder zurück.

»Dieter war schwul. Wir haben uns vor 11 Jahren während einer Reise kennengelernt. Dabei hat es zwischen uns gefunkt. Glauben Sie es oder lassen Sie es, aber wir haben, soweit es uns möglich war, wie ein ganz normales Paar zusammengelebt. Für mich ist das allerdings mit großen Mühen verbunden, denn ich bin Angestellter der katholischen Kirche. Sicher können Sie sich vorstellen, dass es meiner beruflichen Karriere nicht förderlich wäre, wenn sich bei meinem Arbeitgeber herumspricht, dass ich schwul bin. Oder anders gesagt, die würden mich sofort entlassen.« Er schnäuzte sich erneut. Lenz sah ihn ungläubig an.

»Aber die Mutter von Herrn Brill hat uns gestern erzählt, dass ihr Sohn in Wolfhagen wohnt, bei ihr im Haus. Wir haben seine Wohnung besichtigt und ...«

»Seine bigotte Mutter«, unterbrach Leichter ihn schroff, »seine bigotte Mutter hat immer gehofft, dass Dieter wieder normal werden würde. Sie hat ihren Sohn seit vier Jahren nicht mehr gesehen, Herr Kommissar. Dieter hatte es aufgegeben, sie zu besuchen und sich immer wieder die gleichen Vorwürfe anzuhören. Wir waren ständigem Telefonterror ausgesetzt durch diese Frau. Und mir persönlich hat sie oft damit gedroht, mein Schwulsein an die große Glocke zu hängen. Ich lebe seit 10 Jahren in der Angst, sie könnte eines Tages zu meinem Arbeitgeber gehen und mich anschwärzen. Können Sie sich das vorstellen, so viele Jahre mit dieser Angst zu leben, nur weil ich einen Mann liebe?« Lenz ging nicht auf die Frage ein.

»Wie haben Sie vom Tod Ihres Partners erfahren, Herr Leichter?«

»Dieter hatte gestern Geburtstag, wie Sie sicher wissen. Wir hatten uns für den Abend einen Tisch im ›Casa Manolo‹, dem Spanier am Holländischen Platz, reserviert. Später wollten wir noch in der Karlsaue spazieren gehen, wie wir das oft gemacht haben. Als er um sieben nicht zu Hause war, habe ich versucht, ihn über sein Mobiltelefon zu erreichen. Es war ausgeschaltet.«

Tja, dachte Lenz, das Bad in der Fulda dürfte zu viel gewesen sein für das Ding.

»In seiner Dienststelle hier in der Stadt war niemand

mehr, also habe ich es bei seiner Mutter versucht, obwohl ich ihn dort nicht wirklich vermutete. Aber da sein erster Wohnsitz noch in Wolfhagen gemeldet ist, wäre im Fall eines Unfalls ja die Mutter verständigt worden. Es war besetzt. Es war eine halbe Stunde lang besetzt, und ich bin fast wahnsinnig geworden.«

In diesem Moment klopfte es kurz, und im gleichen Moment wurde die Bürotür aufgerissen. Hain stand im Raum.

»Wo bleibst du denn, ich …«

Dann sah er Leichter, der ihn mit großen Augen anstarrte. Lenz hob die rechte Hand und deutete auf seinen Besucher.

»Thilo, das ist Herr Leichter, ein wichtiger Zeuge im Fall des Toten von der Bergshäuser Brücke. Wenn du bitte den Kollegen ausrichten würdest, dass ich später komme. Wir haben noch eine Weile hier zu tun.«

Hain verstand gar nichts, ließ es sich aber nicht anmerken.

»Ist klar, Chef. Ich gehe schon mal rüber in mein Büro, wir sehen uns später.«

Dann sah er Leichter an.

»Tut mir leid, dass ich Sie erschreckt habe. Schönen Tag noch allerseits.«

Lenz zuckte mit den Schultern.

»Verzeihung, Herr Leichter, erzählen Sie weiter«, ermunterte er seinen Besucher, als Hain die Tür hinter sich geschlossen hatte.

»Ich konnte Dieter nicht erreichen und bin fast wahnsinnig geworden. Er war immer pünktlich, und wenn es einmal später wurde, dann hat er angerufen. Dieses Verhalten von gestern kannte ich nicht. Aber ich konnte ja auch nicht wissen, dass er um diese Zeit schon längst gestorben war.«

Wieder schossen ihm Tränen aus den Augen. Lenz gab ihm die Zeit, die er brauchte, um weitersprechen zu können.

»Also habe ich mich gegen acht in mein Auto gesetzt und bin nach Wolfhagen gefahren. Seine Mutter hat mir nicht einmal die Tür geöffnet, obwohl das ganze Haus hell erleuchtet war. Ich bin in den Garten und habe sie im Wohnzimmer sitzen sehen. Erst als ich gedroht habe, mit einem großen Stein die Scheibe einzuschlagen, hat sie mich hineingelassen.«

Er schluchzte.

»Sie hat mir gesagt, dass es nun ein Ende haben würde mit uns, weil Dieter sich das Leben genommen hat. Ich sei schuld, hat sie mir immer wieder vorgeworfen, weil ich ihn auf die schiefe Bahn gebracht hätte. Ohne mich wäre ihr Sohn nie in ›diesen Kreisen‹ gelandet, meinte sie.«

Lenz nahm ein Päckchen Zigaretten aus der Schreibtischschublade und bot Leichter eine an. Der lehnte schluchzend ab.

»Stört es Sie, wenn ich …?«

»Nein. Rauchen Sie nur.«

Der Kommissar hatte schon oft mit weinenden und verzweifelten Menschen zu tun gehabt, aber noch nie hatte er einem Mann gegenübergesessen, der um seinen Mann weinte.

»Wie ging es dann weiter?«

»Irgendwann habe ich realisiert, dass sie mich nicht anlügt. Allerdings wollte sie mir keine Einzelheiten erzählen, also habe ich sie dazu gezwungen.«

Lenz schüttelte den Kopf.

»Wie?«

»Es ist mir zum ersten Mal passiert, Herr Kommissar, und es ist mir nicht peinlich. Ich habe Frau Brill mit der flachen Hand ins Gesicht geschlagen. Und ich würde es

44

jederzeit in dieser Situation wieder so machen. Ich habe sie angeschrien und aufgefordert, mir zu erzählen, was sie wusste. Sie hat mich ausgelacht. Dann habe ich zugeschlagen, und sie hat aufgehört zu lachen. Vielleicht hat sie nicht erwartet, dass ein Schwuler zu so etwas fähig ist.« Es klang bitter. »Aber sie hat mir sofort alles gesagt, was sie von Ihnen und Ihrem Kollegen erfahren hatte und mir Ihre Visitenkarte gegeben.«

Was für ein Film läuft denn hier ab, fragte Lenz sich.

»Schön und gut, Herr Leichter, das kann ich alles verstehen. Aber Herr Brill war doch letztes Jahr in psychi-atrischer Behandlung, wenn ich seiner Mutter glauben kann? Sie sagte mir, dass er unter Depressionen litt.«

»Das stimmt, Dieter war letztes Jahr ein paar Wochen in einer Klinik, und seitdem ging es ihm immer besser. Er hätte sich niemals das Leben genommen. Niemals.«

»Stimmt es, dass er wegen Depressionen in Behandlung war?«

Leichter zuckte mit den Schultern.

»Ja, natürlich. Aber er nahm seitdem ein Medikament und hat eine ambulante Therapie gemacht. Wir haben erst letzte Woche darüber gesprochen, wie sehr sich sein Leben verändert hatte und wie gut es ihm ging. Er war vor genau einem Jahr in die Klinik gegangen, wissen Sie. Unser Leben hatte sich genau dort wieder eingependelt, wo es vor seiner Erkrankung stattgefunden hat.«

»Wo hat ihr Leben denn stattgefunden?«

»Wir haben uns vor vier Jahren ein Haus in Bettenhausen gekauft. Offiziell hat er oben gewohnt und ich unten. Was wir im Innern gemacht haben, ging keinen etwas an.«

Lenz drückte den Rest der Zigarette in den Aschenbecher und griff in die Schreibtischschublade, wo er am Mor-

45

gen den Ring des Toten deponiert hatte. Er zog ihn aus der Kunststoffhülle und zeigte ihn dem Besucher.

»Haben Sie den schon mal gesehen?«

Leichter machte große Augen und fing wieder an zu weinen.

»Natürlich. Ich habe ihn Dieter geschenkt.«

»Können Sie mir sagen, was hier eingraviert ist?«, fragte Lenz und ließ den Ring in seiner rechten Faust verschwinden.

Leichter nannte ihm das richtige Datum und den Rest der Gravur.

»Hm«, machte Lenz. »Wenn Sie also ganz sicher sind, dass Ihr Partner sich nicht selbst umgebracht hat, wie glauben Sie dann, ist er ums Leben gekommen?«

»Vielleicht war etwas mit dem Auto, ich weiß es nicht. Allerdings hat er es erst letzte Woche aus der Inspektion geholt. Die Bremsen waren neu gemacht und irgendwas am Motor. Was genau kann ich Ihnen nicht sagen, da müsste ich zu Hause in der Rechnung nachsehen.«

»Nein, nein, Herr Leichter, einen technischen Defekt können wir ausschließen. Unsere Kriminaltechniker haben noch in der Nacht das Auto untersucht, bis zum Moment des Unfalls war an dem Wagen alles in Ordnung. Ist Herr Brill oft Auto gefahren?«

»Jeden Tag mindestens 100 Kilometer, oft viel mehr. Er war beim Landkreis in der Jugendpflege tätig, hatte also mit Familien im ganzen Kreis zu tun. Sein Büro befand sich zwar in der Stadt, aber er war in der Regel den ganzen Tag mit dem Auto unterwegs.«

»Wenn mit dem Auto alles in Ordnung gewesen ist und Sie einen Suizid ausschließen, bleibt nur noch Fremdeinwirkung. Und es gibt Zeugen, die ihn gesehen haben, als

46

er über die Brücke gefahren ist. Er ist urplötzlich rechts abgebogen und mit seinem Wagen über das Brückengeländer gestürzt.«

»Meinen Sie, er musste leiden?«

Lenz dachte an den Kranfahrer und die Sache mit dem Motor.

»Das kann ich ausschließen, er war auf der Stelle tot. Auch wenn das sicher kein Trost für Sie ist.«

Wieder wurde Leichter von einem Weinkrampf geschüttelt.

»Nein, das ist kein Trost, Herr Kommissar.«

»Hatte Ihr Partner Feinde? Gibt es vielleicht jemanden, vor dem er sich gefürchtet hat?«

»Das glaube ich nicht. Er hatte zwar in seinem Job oft mit schwierigen Menschen zu tun, und manchmal musste er auch einer Familie klarmachen, dass er ihr Kind in ein Heim oder in eine Pflegefamilie stecken würde, aber dass ihm deswegen einer nach dem Leben getrachtet hätte, davon hat er nichts erzählt. Meine Hand würde ich dafür allerdings nicht ins Feuer legen.«

»Wissen Sie, ob Herr Brill ein Testament hinterlassen hat?«

»Unsere beiden Testamente liegen zu Hause, zusammen mit den Patientenverfügungen. Es ist zwar inzwischen vieles gesetzlich geregelt, aber vieles eben auch noch nicht. Und wir wollten immer für den Tag X vorbereitet sein.«

Er schluchzte.

»Nur, dass er so schnell kommt ... Wir haben uns letztes Jahr draußen im Reinhardswald in dem neu entstandenen Friedwald unsere Plätze für die letzte Ruhe gekauft. Wie furchtbar das nun alles ist. Er ist tot, und ich bin alleine.«

»Sind Sie der Begünstigte im Testament, Herr Leichter?«

»Natürlich. Würden Sie in Ihrem Testament Ihre Frau übergehen, Herr Kommissar?«

Worauf du dich verlassen kannst, dachte Lenz.

»Nein, natürlich nicht. Wäre es möglich, dass Sie uns eine Kopie des Testamentes zukommen lassen?«

»Selbstverständlich.« Leichter stand auf.

»Leider muss ich mich jetzt verabschieden. Ich habe mich heute Morgen im Büro krankgemeldet und will noch zum Arzt gehen. Ich glaube nicht, dass ich diese Woche arbeiten kann. Aber es war mir wichtig, Sie wissen zu lassen, dass sich Dieter nicht das Leben genommen hat. Ich weiß nicht, was passiert ist, aber ich weiß ganz genau, was auf keinen Fall passiert ist.«

Lenz stand ebenfalls auf und gab ihm die Hand.

»Sollte Ihnen noch etwas einfallen, rufen Sie mich einfach an, die Nummer haben Sie ja. Und wenn ich Fragen habe, kann ich …«

Der Besucher holte eine Visitenkarte aus seiner Brieftasche und gab sie Lenz.

»Meine Privatnummer steht hier auch drauf. Bitte rufen Sie mich nicht im Büro an, das wäre mir nicht recht.«

»Versprochen. Sobald die Erbverhältnisse klar sind, lasse ich Ihnen den Ring zukommen. Und den Führerschein von Herrn Brill, den haben wir ebenfalls an uns genommen.«

Sie gaben sich die Hand.

»Wie lange werden die Formalitäten dauern?«

»Diese Woche wird nach meiner Meinung nichts mehr passieren, schon wegen des Feiertages. Aber nächste Woche sollte alles erledigt sein.«

»Das wäre schön.«

»Auf Wiedersehen«, sagte Lenz, »und danke, dass Sie zu mir gekommen sind.«

48

Leichter liefen schon wieder Tränen übers Gesicht.
»Auf Wiedersehen, Herr Kommissar.«

Als Lenz die Tür hinter ihm geschlossen hatte und mit einer brennenden Zigarette in der Hand am Schreibtisch saß, lachte er laut los. Er hatte schon öfter von diesen modernen Gerichtshows der privaten Fernsehsender gehört, in denen regelmäßig ein geheimnisvoller Zeuge auftauchte, um dem Fall eine nicht für möglich gehaltene Wendung zu geben. Aber dass ein Schwuler hereinspaziert kam und so eine Geschichte erzählte, wie er sie gerade gehört hatte, damit hatte er nicht gerechnet.

Er griff zum Telefon und wählte Hains Nummer.

»Thilo, komm doch mal rüber. Und mach dich auf eine wirklich außergewöhnliche Geschichte gefasst.«

Eine weitere Zigarette und 20 Minuten später saßen die beiden schweigend voreinander. Lenz hatte die Beine auf der Schreibtischecke liegen und sah aus dem Fenster. Hain schüttelte nur den Kopf.

»Wenn das wahr ist, was er sagt, müssen wir noch mal zu der Mutter fahren.«

Lenz sah ihn mit heruntergezogenen Mundwinkeln an.

»Wenn das alles wahr ist, was der Vogel hier gerade erzählt hat, dann müssen wir die Geschichte aus einer ganz anderen Perspektive betrachten. Und ich weiß nicht, wie es jetzt weitergehen soll. Am einfachsten wäre es, ich gehe mal bei Marnet vorbei und bespreche die Sache mit ihm. Er ist der Herr des Verfahrens, er soll entscheiden, wie es weitergeht.«

»Gute Idee«, sagte Hain und sah auf seine Uhr.

»Beeil dich aber, sonst ist der Herr schon auf dem Weg ins Wochenende. Ich werde auf jeden Fall jetzt in der Rechtsmedizin vorbeigehen und mir den Rücken des Toten ansehen, damit wir wenigstens vom richtigen Herrn Brill sprechen.«

Lenz nickte.

»Schön. Wir sehen uns dann heute Nachmittag hier wieder.«

Hain stand auf und verließ das Büro.

Lenz wählte Marnets Nummer. Nach dem zweiten Klingeln hörte er die Stimme seiner Sekretärin.

»Büro Oberstaatsanwalt Marnet, Kleinhans, guten Tag.«

»Hauptkommissar Lenz, guten Tag Frau Kleinhans. Kann ich Herrn Marnet sprechen?«

»Das tut mir leid, Herr Lenz, der Herr Oberstaatsanwalt ist vor 15 Minuten gegangen. Kann ich etwas ausrichten?«

»Kommt er heute noch mal zurück?«

»Nein, er ist erst am Montag wieder hier. Wegen dem Feiertag, Sie wissen ja.«

Und ob ich weiß, dachte Lenz und grinste. Und ich weiß, dass der Genitiv dem Dativ sein Feind ist, Frau Kleinhans.

»Ist es was Wichtiges, Herr Lenz?«

»Ja und nein. Wissen Sie vielleicht, ob er die Leiche des Selbstmörders von gestern schon freigegeben hat?«

»Ja, gerade vorhin. Er hat mit den Kriminaltechnikern telefoniert und dann den Leichnam freigegeben. Wie ich es verstanden habe, gab es ja an dem Selbstmord keinen Zweifel, oder?«

»Nein. Hat er vielleicht eine Mobilnummer, unter der ich ihn erreichen kann?«

»Die hat er schon, aber ich darf sie Ihnen nicht geben. Nur wenn es um Leben und Tod geht, darf ich die Nummer herausgeben. Ansonsten müssten Sie sich an den Bereitschaftsdienst wenden. Geht es denn um Leben und Tod?«

Lenz hatte die Nase gestrichen voll.

50

»Nein, Frau Kleinhans, geht es nicht. Ich versuche es dann eben am Montag noch einmal. Auf Wiederhören.«

Er warf den Hörer auf die Gabel und lehnte sich im Stuhl zurück.

6

»Hain hat sich den Leichnam angesehen, und es besteht kein Zweifel, dass es sich tatsächlich um Brill handelt. Ich habe nach dem Anruf bei Marnet Dienst nach Vorschrift gemacht. Nachmittags waren wir noch mal bei der Mutter von Brill in Wolfhagen, aber sie war nicht da. Dann hatte ich keine Lust mehr und hab Feierabend gemacht.«

Lenz saß im ICE von Kassel nach Hannover, schräg gegenüber Maria Zeislinger. Sie hatten sich um halb acht am Bahnsteig getroffen, aber zunächst so getan, als würden sie sich nicht kennen. Erst als der Zug den Bahnhof verlassen hatte, setzte sich Lenz auf seinen Platz. In einem Tunnel hielten sie sich kurz an den Händen, es sollte der einzige Körperkontakt bis Hannover bleiben.

»Ich bin noch immer wütend, wenn ich an das Telefongespräch denke. So viel Borniertheit erlebst du nicht jeden Tag.«

»Die Frau hat ihre Anweisungen, Paul. Marnet ist nun mal ein windiger Hund, der will nicht gestört werden, wenn er mit seinem Schneckchen unterwegs ist.«

Die Familien Zeislinger und Marnet waren gut bekannt,

deswegen wusste sie von Marnets junger Freundin. Aber eigentlich war das stadtbekannt.

Maria trug einen grauen Hosenanzug und eine helle Bluse. Sie hatte ihr leicht rötlich schimmerndes Haar zu einem Pferdeschwanz zusammengebunden, weil sie wusste, dass Lenz das so am liebsten mochte. Die Sonne beleuchtete ihr Gesicht durch die getönte Scheibe des Abteils und gab ihr einen exotischen Ausdruck. Sie war 41, vier Jahre jünger als Lenz, und wenn man genau hinsah, konnte man ihr die Jahre auch ansehen. Für Lenz war sie die Frau, auf die er immer gewartet zu haben schien; allerdings sah es so aus, als würde sie nie ganz in seinem Leben ankommen.

Er kannte Maria seit sechs Jahren und ein paar Monaten. Sie waren sich einige Male beim Bäcker begegnet. Und als er eines Tages am einzigen Stehtisch der kleinen Bäckerei dabei war, einen Kaffee zu trinken und in der Tageszeitung zu schmökern, fragte sie, ob sie sich einen Moment zu ihm stellen könne, um ebenfalls einen Kaffee zu trinken. Lenz hatte keine Ahnung, wer die Frau war, jedoch war sie ihm sympathisch. Ein paar Tage später trafen sie sich erneut, und viel später gestand sie ihm, dass sie bewusst immer um die gleiche Tageszeit zum Bäcker gegangen war in der Hoffnung, ihn dort zu treffen.

Dann geschah vier Wochen, die Lenz unendlich lang vorkamen, nichts, weil sie in Urlaub gefahren war, was er nicht wusste. Beim nächsten Zusammentreffen in der Bäckerei hatte Lenz zum ersten Mal seit langer Zeit Herzklopfen gehabt. Trotzdem fragte er sie leise, ob sie sich vorstellen könne, sich mit ihm zum Essen zu verabreden.

»Nein«, hatte sie mit großer Bestimmtheit geantwortet. »Das kann ich mir ganz und gar nicht vorstellen.«

Dann hatte sie einen Zettel aus ihrer Tasche gezogen, auf dem nichts weiter als
IHRE TELEFONNUMMER? stand.
Nachdem Lenz seine Mobilnummer darauf notiert hatte, ließ sie den Zettel wieder in ihrer Tasche verschwinden.

Niemand in der Bäckerei hatte diesen, wie Lenz später einmal sagte, konspirativen Austausch von Informationen bemerkt.

Drei Tage später war dann, endlich, ihr Anruf gekommen.

Sie telefonierten eineinhalb Stunden, dann war der Akku seines Mobiltelefons leer und er hatte einen ersten Eindruck von dem bekommen, auf das er sich besser nicht einlassen sollte. Er tat es trotzdem.

Jetzt hatte er ihr von dem vermeintlichen Selbstmörder und dessen Mann und seiner Mutter erzählt. Und davon, dass er noch immer nicht wusste, was er von der ganzen Sache halten sollte.

»Das ist alles merkwürdig«, stimmte sie lächelnd zu.

»Wenn Marnet allerdings die Leiche so schnell freigibt, musst du dir keine Gedanken machen. Erzähl ihm am Montag von dem Gespräch und schau, was er sagt. Aber heute musst du dich voll und ganz auf mich und meine Bedürfnisse konzentrieren.«

»Mit dem größten Vergnügen.«

Dann waren sie drei Stunden durch eine Ausstellung gezogen, wobei Lenz nicht verstehen konnte, was an den Dingen, die er zu sehen bekam, Kunst sein sollte.

Banause, hatte sie geschimpft.

Zum Essen suchten sie sich, wie immer, ein leicht heruntergekommen aussehendes Lokal, in das sich nach menschlichem Ermessen kein Mitglied der politischen Elite Hannovers, dem sie unter Umständen bekannt vorgekommen wäre, verlaufen würde. Sie zahlten bar und gingen danach zu einem Hotel, in dem Maria telefonisch ein Doppelzimmer auf seinen Namen reserviert hatte.

»Erich fährt Anfang September mit dem Ministerpräsidenten für 10 Tage nach Amerika«, erklärte sie ihm zwei Stunden später.

»Ach, wie apart«, antwortete Lenz, legte seinen Kopf auf ihren schweißnassen Bauch und streifte mit einer Hand über ihre nackten Beine.

»Nach Wisconsin, zum Anschauungsunterricht im Umgang mit Sozialhilfeempfängern und Straffälligen. Wie wäre es, wenn du in dieser Zeit einen Wellnessurlaub in den Dolomiten verbringen würdest?«

Er nahm die Hand von ihren Beinen, hob den Kopf und sah sie an.

»Wellnessurlaub? In den Dolomiten? Warum sollte ich das machen?«

»Weil du dann eine ganze Woche in meiner nächsten Nähe sein dürftest. Und vielleicht würde ich dich endlich mal an einem Morgen zu Gesicht bekommen. Verknittert, verknautscht und alt, wie du nun einmal bist.«

Trotz der langen Zeit, in der sie sich nun, so oft es ihre Ehe zuließ, sahen, hatten sie noch nie eine ganze Nacht miteinander verbracht. Sie sprachen gerne darüber, wie es sein würde, an einem Morgen gemeinsam aufzuwachen, aber es hatte sich nie die Gelegenheit dazu ergeben.

54

»Das heißt, du fliegst nicht mit ihm nach Wisconsin zum Gulag besichtigen, sondern fährst für eine Woche nach Italien, um mich am Morgen zu besichtigen?«

»Genau. Ich war ja, wie du dich sicher erinnern kannst, vorletztes Jahr schon mit ihm und dem Charmebolzen von Ministerpräsidenten und einigen anderen Dumpfbacken drüben und habe mich eine Woche lang köstlich gelangweilt. Lieber lasse ich mich scheiden, als noch mal diese Strapazen und die dummen Gespräche auszuhalten.«

»Gute Idee.«

»Was?«

»Laß dich endlich scheiden.«

Sie legte ihre Hand auf seinen Kopf, drückte ihn zurück auf ihren Bauch und fuhr ihm sanft über den Hals.

»Nicht schon wieder, Paul. Bitte nicht. Du weißt, was du mir bedeutest, aber du weißt auch, warum wir uns in solchen Momenten nicht noch näher sein können.«

»Schon gut. Manchmal würde ich mir wünschen ...«

Sie legte ihren Zeigefinger auf seinen Mund.

»Pssst. Manchmal träume ich auch, aber die Realität ist Kassel und ich bei mir und du bei dir.«

Dann küsste sie ihn. Zuerst zärtlich, dann mehr fordernd und immer leidenschaftlicher.

Um Viertel vor sieben lief ihr Zug im Kasseler Fernbahnhof Wilhelmshöhe ein. Den eigentlichen Abschied hatten sie schon erledigt, als sie noch im Hotelzimmer standen und sich anzogen. Jetzt genügten Blicke, um sich zu trennen. Er wartete am Ausgang, sah hinter ihr her, als sie mit ihrem Wagen an ihm vorbeifuhr, und lächelte.

Alles an ihm roch und schmeckte nach ihr, und Lenz

wollte an diesem wunderbaren Zustand bis zum nächsten Morgen nichts ändern.

Als er schon im Bus saß und auf den Fahrer wartete, der noch mit einem Kollegen auf der Straße stand und rauchte, überlegte er es sich anders und machte sich zu Fuß auf den Heimweg. Dabei kam ihm zum ersten Mal in diesem Jahr der Gedanke, dass es ein schöner Sommer werden könnte.

In der Nacht träumte er, Erich Zeislinger hätte ihn und Maria in ein Straflager nach Wisconsin geschickt. Er saß in gestreifter Sträflingskleidung vor einem Blechnapf und bekam keinen Bissen herunter. Maria trug ein gestreiftes Sträflingskostüm und hochhackige Schuhe und rief immerzu »Was haben wir dem armen Erich nur getan, dass er uns das antut?«

7

Lenz war früh aufgestanden, hatte ungern Marias Geruch in der Dusche abgestreift und sich dann auf den Weg zum Präsidium gemacht. Er wollte später noch einmal nach Wolfhagen fahren, um Dieter Brills Mutter mit den Aussagen von Markus Leichter zu konfrontieren. Im Bus las er in der Regionalzeitung, die er an der Haltestelle gekauft hatte, dass noch immer Geld für die Durchführung der Documenta fehlte und die Veranstalter händeringend Sponsoren suchten. Und er fand eine Todesanzeige für Dieter Brill. Seine Mutter trauerte angeblich um ihren geliebten Sohn, der auf tragische Weise aus dem Leben gerissen worden war.

Um Viertel nach acht saß er an seinem Schreibtisch, kaute auf einem Croissant aus der Kantine und trank einen Kaffee. Er hatte das Telefonbuch von Wolfhagen vor sich liegen und suchte nach der Nummer von Elfriede Brill. Sie war nicht eingetragen. Als er nebenan Hain ankommen hörte, stand er auf, ging hinüber und begrüßte ihn.

»Kannst du mal im Computer recherchieren, ob Elfriede Brill einen Telefonanschluss eingetragen hat?«, fragte er.

»Du bist echt witzig, Paul«, antwortete Hain. »Wozu hast du eigentlich die Kiste neben deinen Schreibtisch gestellt bekommen. Zum angucken?«

Lenz und seine Aversion gegen alles, was mit Internet zu tun hatte, machte ihn schon seit Jahren zum Unterhaltungsfaktor im Kommissariat. Er schrieb seine Protokolle und Berichte mit dem Computer, mehr aber auch nicht.

»Mach schon. Ich würde gerne erst bei ihr anrufen, um nicht schon wieder umsonst nach Wolfhagen zu fahren.«

»Ich komme rüber, wenn ich was gefunden hab.«

Hain schaltete seinen Computer an und zog die Jacke aus, Lenz ging zurück in sein Büro.

Als er wieder saß, klingelte sein Telefon. Er sah auf dem Display, dass es eine Kasseler Nummer war, und nahm den Hörer ab.

»Lenz.«

»Herr Lenz, guten Morgen. Hier spricht Erich Zeislinger.«

Lenz bekam schlagartig Atemnot, Übelkeit und erhöhten Harndrang, aber keinen Ton heraus.

»Herr Lenz, sind Sie noch dran?«

»Ja, natürlich, Herr Oberbürgermeister.« Ihm wurde heiß und kalt.

»Was kann ich denn für Sie tun?«

»Herr Lenz, es gibt da eine Sache, die ich gerne mal mit Ihnen besprechen würde. Ich weiß, das ist jetzt eher ungewöhnlich, dass der Herr Oberbürgermeister bei der Kripo anruft, nicht, aber es wäre schön, wenn Sie eine halbe Stunde Ihrer kostbaren Zeit erübrigen könnten.«

Lenz hatte keine Ahnung, was er sagen sollte, also sagte er wieder gar nichts.

»Herr Lenz?«

Mist, dachte Lenz.

»Dann kommen Sie doch am besten gleich zu mir, Herr Zeislinger. Ich bin hier im Büro und erwarte Sie.«

»Gut, dann bin ich in 10 Minuten bei Ihnen. Mein Fahrer wartet schon unten. Und machen Sie sich keine Sorgen, es ist sicher nichts dran an der Geschichte, die ich mit Ihnen zu besprechen habe, nicht. Bis gleich dann.«

Lenz legte den Hörer auf die Gabel und hatte dabei das Gefühl, sein Herz würde stehen bleiben. Wer zum Teufel konnte Maria und ihn gestern gesehen haben?

Er griff nach seinem Mobiltelefon und drückte ihre Kurzwahlnummer, aber sie war nicht zu erreichen.

»Die ist nicht im Telefonbuch verzeichnet, Paul.«

Hain stand in der Tür und sah ihn an. Lenz hatte ihn nicht kommen gehört.

»Alles in Ordnung mit dir, Paul? Du siehst gar nicht gut aus.«

»Schon gut. Ich kriege gleich Besuch vom OB, der will irgendwas mit mir besprechen. Wenn er weg ist, komme ich zu dir rüber. Vielleicht findest du ja in der Zwischenzeit doch noch die Nummer von Frau Brill heraus.«

Ich komme gerne zu dir rüber, wenn der OB mich nicht umgebracht hat, dachte er.

»Geht dir das so an die Nerven, dass Schoppen-Erich dich besucht? Du bist doch sonst nicht so schüchtern. Was will er denn?«

Schoppen-Erich war der in der Stadt bekannte Spitzname des OB in Anlehnung an seinen durchaus großzügigen Umgang mit Alkoholika.

»Ich habe keine Ahnung!«

10 Minuten später hatte Lenz sich wieder so weit unter Kontrolle, dass er dem Eintreffen des OB etwas gelassener entgegensah. Ich kann es sowieso nicht aufhalten, dachte er.

Als es an seiner Tür klopfte, hatte er trotzdem einen Riesenkloß im Hals.

Er stand auf, ging zur Tür und öffnete. Der OB kam herein und schüttelte ihm die Hand.

»Tag, Herr Lenz, und danke, dass Sie sich die Zeit nehmen.«

»Ist doch selbstverständlich, Herr Bürgermeister.«

Lenz und Zeislinger waren sich in den letzten Jahren das eine oder andere Mal über den Weg gelaufen. Der OB kannte ihn sicher nicht gut, konnte sich jedoch bestimmt an ihn erinnern. Vor etwa drei Jahren hatten sie auf einem Geburtstagsfest des Polizeipräsidenten an einem Tisch gesessen, mit Maria in der Mitte. Lenz erinnerte sich mit Schaudern daran.

»Ich hatte heute Morgen dieses Schreiben in der Post, Herr Lenz.« Er holte einen Briefumschlag aus seinem Jackett und gab ihn dem Kommissar.

59

»Es ist kein Absender drauf, nicht, und der Inhalt ist auf Englisch und ziemlich schwer zu verstehen. Ich habe mit dem Polizeipräsidenten telefoniert, der hat mir gesagt, ich soll mich an Sie wenden, vielleicht könnten Sie ja mit diesem Zeug etwas anfangen.«

Lenz atmete erleichtert durch und musste innerlich grinsen, weil sein Gesprächspartner immer »Nicht« einstreute und das wohl gar nicht mehr registrierte.

»Wir sind hier bei den Tötungsdelikten, Herr Zeislinger. Ich weiß wirklich nicht, ob …«

»Ich weiß, Herr Lenz, das weiß ich doch, nicht«, wurde er von Zeislinger unterbrochen.

Lenz sah sich das Kuvert an. Ein normaler Fensterumschlag, ohne Absender, wie Zeislinger gesagt hatte. Er nahm den Inhalt heraus. Es war ein einzelnes, weißes A4-Blatt, einseitig beschrieben und zweimal gefaltet. Oben links stand die Adresse.

An den

Vorsitzenden des Aufsichtsrates

der Documenta 12, Erich Zeislinger

Obere Königsstraße 8

34117 Kassel

Dann kam, ohne Betreffzeile oder Anrede, der Text. Lenz hatte lange Zeit kein Englisch mehr gesprochen, deshalb hatte er auch nach dem dritten Lesen keine Ahnung, was genau der Absender dem OB mitteilen wollte. Er las den Text noch einmal.

60

And for you it's a big shame.
So don't forget to call my name.
The turkish woman was an accident?
but not for me so you pay the rent!

And what about the man in the car?
He was a victim, the second so far!
No suicide has ever begun
with a stuff we call soman.

From now on we spell the game
in a totally new and dangerous name:

DOCUMENTA VX

Das kann ich noch hundertmal lesen, ich verstehe es trotzdem nicht, dachte er.

»Wann kam der Brief denn bei Ihnen an?«

»Er war heute früh in der normalen Post, Herr Lenz.
Meine Sekretärin öffnet meine Post immer sehr zeitig,
damit sie das Wichtige vom Unwichtigen trennen kann,
nicht. Wenn so etwas dabei ist, spricht sie mich immer
sofort darauf an.«

»Sie haben öfter solche Post?«

»Nein. Manchmal fühlt sich ein Bürger nicht richtig vertreten von mir und schreibt mir einen bösen Brief, aber ich
kann es ja unmöglich allen recht machen, nicht?«

»Verstehe. Aber einen solchen Brief in Englisch und
mit solch wirrem Inhalt haben Sie zum ersten Mal bekommen?«

»Ja, selbstverständlich. Ich wäre auch damit nicht zu

Ihnen gekommen, wenn nicht der Herr Polizeipräsident ...«

»Schon gut, Herr Zeislinger. Am besten, Sie denken sich nichts dabei. Ich gebe das Schreiben an unsere Analysten weiter, vielleicht können die damit etwas anfangen. Sobald ich weitergekommen bin, melde ich mich bei Ihnen.«

Lenz hätte das Gespräch gerne beendet, aber der Bürgermeister schien noch etwas auf dem Herzen zu haben.

»Das Schreiben hat mich nicht in meiner Eigenschaft als Bürgermeister erreicht, sondern als Aufsichtsratschef der Documenta-Gesellschaft. Hoffentlich hat das nichts mit den Gerüchten zu tun, die sich um die Finanzierung der Ausstellung ranken. Ich kann Ihnen sagen, dass da überhaupt nichts dran ist.«

»Selbstverständlich nicht, Herr Zeislinger.«

Lenz ging auf den OB zu. Der hatte jetzt wohl auch verstanden, dass das Gespräch zu Ende war, stand ebenfalls auf und reichte ihm die Hand.

»Ich freue mich, von Ihnen zu hören, Herr Lenz. Auf Wiedersehen.«

Als Zeislinger gegangen war, besah er sich noch einmal den Brief. Er atmete tief durch und war froh, dass der OB nicht in Sachen Zeislinger gegen Lenz bei ihm aufgetaucht war. Dann ging er ins Nebenzimmer zu Thilo Hain, machte die Tür zu und setzte sich.

»Die Irren haben heute Ausgang.«

»Wieso?«

Lenz erzählte in Kurzfassung, was er vom OB erfahren hatte und reichte ihm den Brief.

»Du brauchst dir keine Sorgen zu machen wegen der Spurensicherung, wahrscheinlich hat ihn sowieso schon

62

das halbe Rathaus in den Fingern gehabt. Kannst du mit diesem Blödsinn etwas anfangen?«

Hain las den Inhalt des Schreibens und schüttelte den Kopf.

»Du hast recht, die Irren haben Ausgang. Außerdem ist mein Englisch sehr verkümmert. Ist schon eine Weile her, seit ich das letzte Mal in Amerika war.«

»Wer spricht denn bei uns richtig gut Englisch?«

»Ich war neulich mit meinen alten Kumpels von der Sitte einen trinken, da war einer dabei, der hat gerade in Amerika ein Praktikum gemacht. Ein junger Kommissar, aber den Namen hab ich vergessen. Ich ruf mal bei denen drüben an, vielleicht ist er ja da und kann mal kurz rüberkommen.«

Lenz nickte mit dem Kopf und Hain griff zum Telefonhörer.

10 Minuten später saß Felix Prinz, der Kommissar, von dem Hain gesprochen hatte, mit dem Schreiben in der Hand neben ihnen. Er war groß und schlank und machte einen cleveren und selbstbewussten Eindruck.

»Irgendwie kryptisch und ein bisschen wirr, würde ich sagen.«

Lenz und Hain sahen sich an und verdrehten leicht die Augen. Ach, dachten beide.

»Interessant ist aber auf jeden Fall der doppelte Hinweis auf das Giftgas.«

Die beiden Kommissare der Mordkommission hoben wie Synchronschwimmer ohne Nasenklammern die Köpfe und sahen ihn an.

»Wie, Giftgas?« Hain war verunsichert.

»Hier, das letzte Wort im zweiten Absatz, Soman. Das ist ein Giftgas, ein Nervengift oder so was. Aber viel weiß

63

ich darüber auch nicht. Und das letzte Wort hier ist VX, ebenfalls ein Nervengas.«

Lenz sah ihn mit großen Augen an.

»Aber das heißt doch eigentlich Documenta 15, oder?«

»Nein, man müsste es mit Documenta fünf-zehn übersetzen, weil die römischen Zahlen ja verkehrt herum auftauchen. Aber zusammen mit dem Soman glaube ich eher, dass es sich um den Hinweis auf das Nervengift handelt. Was ich nicht verstehe, ist der Hinweis auf die beiden Opfer. Hier steht, dass es bis jetzt zwei Opfer gegeben hat, eine türkische Frau und einen Mann in einem Auto. Und dass kein Selbstmord jemals mit einem Stoff mit Namen Soman angefangen hat. Komisch. Hatten Sie in der letzten Zeit jemanden, der an einem Nervengift gestorben ist?«

8

Lenz und Hain waren aufgesprungen. Beide hatten denselben Gedanken. Sie dankten dem jungen Kollegen für seine Hilfe, schärften ihm ein, mit niemandem über den Inhalt des Schreibens zu sprechen und schoben den ob ihrer Reaktion verstört dreinblickenden Kommissar aus dem Zimmer.

»Nimm dir was zu schreiben Thilo, wir müssen uns eine Liste machen. Wo ist die Leiche von Brill? Was soll der Scheiß mit der Türkin? Hast du eine Idee, was damit gemeint sein könnte?«

64

Hain schrieb und zuckte gleichzeitig mit den Schultern. »Keine Ahnung!«

»Weiter«, sagte Lenz. »Wir müssen mit der Mutter sprechen und mit seinem Partner. Wir müssen dem OB klarmachen, dass er mit niemandem über die Sache reden darf, ebenso seiner Sekretärin. Und wir müssen uns den Rücken frei halten. Ich versuche gleich mal, Ludger zu erreichen.«

Ludger Brandt war der Leiter der regionalen Kriminalinspektion und damit ihr Vorgesetzter.

»Und wenn es sich bei diesem Brief nicht um die geistigen Ergüsse eines Irren handelt, dann haben wir vermutlich die Pest am Hintern.«

Hain rief alle verfügbaren Kollegen der Abteilung zu einer Besprechung in sein Büro und erläuterte ihnen den Ernst der Lage, falls Brill tatsächlich mit einem Nervengift umgebracht worden war. Dann verteilte er die anstehenden Aufgaben und schärfte ihnen ein, mit niemandem über den Hintergrund der Aktion zu sprechen. Anschließend telefonierte er mit der Polizeistation in Wolfhagen und bat die dortigen Kollegen, Elfriede Brill zu einer Befragung nach Kassel zu bringen.

30 Minuten später saßen sechs Männer und eine Frau am Besprechungstisch in Ludger Brandts Büro. Neben Lenz, Hain und dem Leiter der regionalen Kriminalinspektion waren es Kriminaldirektor Georg Wissler, der Leiter der Kriminaldirektion des Polizeipräsidiums Nordhessen in Kassel und damit Brandts Vorgesetzter, Dr. Jost Kohlmann, ein Chemiker aus der Kriminaltechnik und James Stevens, vereidigter Gerichtsdolmetscher für Englisch. Außerdem

war auf Wunsch von Lenz Dr. Driessler, die Psychologin, hinzugezogen worden.

Nachdem Lenz alle Anwesenden vorgestellt und auf den gleichen Kenntnisstand gebracht hatte, ergriff Georg Wissler das Wort.

»Ich begrüße Sie. Leider muss ich feststellen, dass, sollte sich der Verdacht bestätigen, wir mit einer immensen Bedrohung rechnen müssen. Deshalb habe ich eben noch mit Wiesbaden telefoniert und das LKA informiert. Das ist bei Verbrechen im Zusammenhang mit ABC-Waffen der ganz normale Weg. Wenn an der Sache was dran sein sollte, sind die Kollegen in einer Stunde hier.«

Er sah ernst in die Runde.

»Ich weiß auch, dass die Zusammenarbeit zwischen unserer Dienststelle und dem LKA nicht immer reibungslos geklappt hat. Trotzdem bitte ich Sie, nein, ich fordere Sie auf, die Kollegen ernst zu nehmen und ihre Anweisungen zu befolgen, wenn es zu einem gemeinsamen Einsatz kommt.«

Lenz wusste, worauf Wissler anspielte. Drei Jahre zuvor hatte es nach einem Mord in Kassel Ermittlungen im Umfeld einer rechten Gruppierung gegeben, die das LKA an sich gezogen hatte. Und da lief die Zusammenarbeit zwischen den Herren aus Kassel und denen aus Wiesbaden eher zäh. Lenz führte das auf die arrogante Art der Mitarbeiter des LKA zurück, vermutlich sagten die aber das Gleiche über ihn.

Außerdem war bekannt, dass Wissler und seine Frau im Taunus ein Haus geerbt hatten und er sich beim LKA um einen Job bemühte.

Da wäre eine gute Zusammenarbeit doch sicher die beste Empfehlung, dachte Lenz.

66

»Aber bis jetzt ist es noch höchst spekulativ, an eine Bedrohung der Documenta durch Giftgas zu denken.«

Er nickte Lenz zu, der den in einer Klarsichthülle verpackten Brief an den OB nahm und den Anwesenden präsentierte.

Dann reichte er das Schreiben dem Dolmetscher und bat ihn um eine Übersetzung.

James Stevens, ein hagerer Mann von Mitte 50 mit schütterem Haar und Hakennase, nahm das Blatt in die Hand, sah kurz auf den Text und schüttelte den Kopf.

»Und für dich ist es eine große Schande.
Also vergiss nicht, meinen Namen zu nennen.
Die türkische Frau war ein Unfall?
Aber nicht für mich, deswegen musst du die Miete bezahlen!

Und was ist mit dem Mann im Auto?
Er war ein Opfer, das zweite bis jetzt!
Kein Selbstmord hat je begonnen –
mit einem Zeug, das wir Soman nennen.

Ab jetzt buchstabieren wir das Spiel
mit einem total neuen und gefährlichen Namen:

Documenta VX«

Er machte eine kurze Pause, zuckte mit den Schultern und kratzte sich am Kopf.

»Das war jetzt die nahezu wörtliche Übersetzung, Ladies and Gentlemen. Um das zu interpretieren, brauchen Sie mich sicher nicht. Was ich aber noch erwähnen möchte, ist, dass der Verfasser sicher kein Engländer oder Amerikaner ist. Dafür klingt das viel zu verdreht und unenglisch. Das hat sich jemand in seiner Muttersprache ausgedacht und es dann übersetzt«, erklärte er mit englischem Akzent.

»Um welche Sprache könnte es sich handeln, was meinen Sie?«, fragte Lenz.

»Jede andere als Englisch. Welche, kann ich Ihnen nicht sagen.«

»Und die Passage mit diesem Soman, könnte man das nicht auch mit so Mann übersetzen?«, wollte Ludger Brandt wissen.

»Könnte man schon, es ergibt aber keinen Sinn. Ich würde da Ihrem jungen Kollegen recht geben. Das ist eher ein Hinweis auf dieses Gift, Soman.«

»Womit wir bei Ihnen wären, Herr Kohlmann. Erzählen Sie uns was über dieses Zeug, von dem der Verfasser des Briefes hier schreibt«, forderte Wissler ihn auf.

Kohlmann räusperte sich.

»Nun ja, wie soll ich es sagen. Es geht hier um diejenigen Nervengifte, mit denen keiner von uns je etwas zu tun haben möchte, jedenfalls nicht direkt. Ich fange meine Erklärungen mal mit Soman an, weil vieles davon auch für VX gilt. Soman ist ein Nervenkampfstoff, der chemisch eng mit dem Sarin verwandt ist. Und Sarin hat traurige Berühmtheit erlangt durch den Anschlag der Aumsekte in der Tokioter U-Bahn vor etwa 15 Jahren, so genau weiß ich das Datum leider nicht mehr. Soman ist ein Phosphorsäureester und gehört zu den Pflanzenschutzmitteln. Es ist gut in Wasser löslich und zerfällt weder im Sonnenlicht noch bei Temperaturen unter 49 Grad Celsius. Von den mit Gx bezeichneten Nervenkampfstoffen Soman, Tabun und Sarin ist Soman das mit Abstand giftigste und persistenteste.«

68

Er sah in die fragenden Gesichter seiner Zuhörer.

»Ach so, ja. Als Persistenz bezeichnet man in der Biologie die Eigenschaft von Stoffen, unverändert durch physikalische, chemische oder biologische Prozesse über lange Zeiträume in der Umwelt zu verbleiben.«

»Klingt charmant«, kommentierte Lenz.

»Wie man es nimmt. Der zweite angesprochene Stoff ist, wie gesagt, VX. Und das Zeug ist noch einmal wesentlich giftiger als Soman. Vielleicht hat jemand von Ihnen den Film ›The Rock‹ mit Sean Connery und Nicholas Cage gesehen? Da ging es ebenfalls um einen Angriff mit VX. Allerdings haben wir Fachleute alle gelacht über die Farbe, mit der das VX dargestellt wurde. Im Gegensatz zum Film ist es nämlich nicht giftgrün, sondern farblos, bestenfalls ganz leicht gelblich.«

Jetzt war der Chemiker in seinem Element. Er legte die Stirn in Falten.

»Woran stirbt man eigentlich konkret, wenn man das Zeug abbekommen hat?«, wollte Hain wissen.

»Die Giftwirkung beruht auf einer Hemmung der Acetylcholinesterase. Durch diese Blockade in den Synapsen des parasympathischen vegetativen Nervensystems kommt es zu einem Anstieg des Neurotransmitters Acetylcholin in der Synapse und damit zu einer Dauerreizung des Parasympathikus. Ich will Sie jetzt nicht mit chemischen Einzelheiten langweilen, aber es ist auch für einen Nichtchemiker recht einfach darzustellen. Der Kampfstoff dringt entweder über die Haut, die Augen oder die Atemwege in den Körper ein und verursacht zuerst Husten und Übelkeit. Dazu kommt die verstärkte Produktion von Nasensekret, Speichel und Tränenflüssigkeit. Es folgen starke Kopfschmerzen, Erbrechen und Durchfall. Wenn die Vergiftung einen gewissen Grad erreicht hat, kommen Krämpfe der Skelettmuskulatur, starke Atemnot, Verwirrtheit und Angstzustände hinzu. Der Tod tritt in der Regel durch Atemlähmung ein.«

»Wie lange dauert es denn, bis man tot ist?«

»Bei VX geht das innerhalb von Minuten. Dazu reicht eine Menge, die sich viele Menschen gar nicht vorstellen können. Ein Milligramm ist bei respiratorischer, also der Aufnahme über die Atemwege, die ausreichende Menge für einen Erwachsenen. Bei der Aufnahme über die Haut benötigt man etwa eine Zehnerpotenz mehr, also 10 Milligramm. Das sind die Werte, bei denen 50 Prozent der Betroffenen sterben. Wir sprechen in diesem Fall von LD 50, aber das würde jetzt zu weit führen.«

Ein paar Sekunden lang sagte keiner etwas. Die berühmte Stecknadelsituation wurde vom Klingeln des Telefons auf Brandts Schreibtisch unterbrochen. Der stand auf, nahm den Hörer und meldete sich. Außer einem kurzen »Gut« sagte er nichts und legte wieder auf.

»Sie haben die Mutter von Dieter Brill zu Hause abgeholt, jetzt sind die Kollegen mit ihr auf dem Weg hierher.«

Er sah Lenz an.

»Sobald wir hier fertig sind, könnt ihr sie in die Mangel nehmen. Wir müssen wissen, wo die Leiche ist.«

»Machen wir. Aber ich habe noch eine Frage zum Unfallhergang.«

Er schilderte dem Chemiker den Unfall auf der Bergshäuser Brücke noch einmal in allen Details.

»Meinen Sie, der Tote könnte tatsächlich mit so etwas vergiftet worden sein?«

»Durchaus«, antwortete Kohlmann. »Nach Ihren Schilderungen würde ich sogar davon ausgehen.«

70

»Haben Sie eine Idee, wie das Gift in seinen Körper gelangt sein könnte?«

»Darüber denke ich nach, seit ich von dem Fall erfahren habe. Es ist sehr unwahrscheinlich, dass eine einzelne Person von so einem Ereignis betroffen ist, aber wie es aussieht, hat der Täter einen Weg gefunden, es dem Opfer ohne Beteiligung Dritter zu verabreichen.«

»Was passiert mit den Menschen, die nach seinem Tod Kontakt mit ihm hatten?«

»Schwer zu sagen. Da er einige Zeit mit seinem Wagen im Wasser stand, dürfte sich die Konzentration des Soman, wenn es denn anwesend war, deutlich reduziert haben. Eine Gefährdung sollte von dem Leichnam nicht mehr ausgehen, aber eine anstehende Obduktion sollte unter allen Umständen im Labor durchgeführt werden.«

»Man könnte trotzdem feststellen, dass er daran gestorben ist, oder?«

Der Chemiker sah ihn mit gerunzelter Stirn an.

»Natürlich kann man das.«

Georg Wissler mischte sich ein.

»Mal angenommen, wir hätten es wirklich mit einer solchen Bedrohung zu tun, was ich noch nicht glauben kann. Was kann man tun, wenn dieses Zeug zum Einsatz gekommen ist?«

»Bestellen Sie Leichensäcke. Viele Leichensäcke. Egal ob Soman oder VX benutzt wird, die Zivilbevölkerung ist nicht zu schützen. Man kann versuchen, kontaminierte Personen mit Atropin zu behandeln, aber das muss sehr schnell gehen. Zusätzlich braucht man Obidoximchlorid, um die Acetylcholinesterase zu reaktivieren. Und zur Prävention sind nur ein Ganzkörperschutzanzug und eine Schutzmaske zu gebrauchen.«

»Aber wie kommt man denn an solche Nervengifte? Das Zeug kauft man doch nicht auf dem Flohmarkt.«

»Dazu brauchen Sie nicht mal auf den Flohmarkt zu gehen, Herr Wissler. Ein Chemiestudent im fünften Semester kann, wenn er die nötigen Gerätschaften und ein kleines Labor zu Hause hat, eine begrenzte Menge dieser Nervengifte herstellen. Dafür muss man kein Spezialist sein. Die Formeln aller dieser Nervengifte sind im Internet frei verfügbar.«

Lenz schüttelte den Kopf. »Unglaublich.«

»Und es war, wenn es sich hier um ein realistisches Szenario handelt, nur eine Frage der Zeit, wann irgendwelche Kriminelle diese Stoffe ins Spiel bringen würden. Ich persönlich hätte eine solche Attacke schon viel eher erwartet, und auch mit anderen Mitteln. Es gibt Kampfstoffe, die sind ebenfalls recht leicht herzustellen, aber zehntausendmal giftiger als VX. Botulinumtoxin zum Beispiel.«

Lenz hatte genug über Nervengifte gehört. Er dankte dem Chemiker und dem Dolmetscher für ihre Erläuterungen, erinnerte beide an die Verschwiegenheitspflicht, bat sie, sich für eventuelle Rückfragen zur Verfügung zu halten, und brachte sie zur Tür.

»Schöne Bescherung«, sagte Wissler, als Lenz sich wieder gesetzt hatte.

»Aber wie gesagt, bis jetzt ist ja noch überhaupt nichts bewiesen.«

Er sah Dr. Driessler an.

»Frau Kollegin«, sagte er »was halten Sie denn von der ganzen Sache?«

»Von was genau, Herr Wissler?«

»Na ja, kann man so einen Brief ernst nehmen?«

»Durchaus. Ich sehe darin sogar ein großes Gefahrenpotenzial. Der oder die Verfasser erscheinen mir nicht sehr berechenbar. Sollten sie wirklich schon einen oder sogar zwei Menschen getötet haben, ist die Schwelle zum Mord bereits überschritten. Das macht sie umso gefährlicher. Außerdem gibt es in dem Schreiben keine Forderungen. Es ist einfach der Hinweis, dass die Polizei oder der Bürgermeister etwas zur Kenntnis nehmen sollen. Da stellt sich die Frage, was eigentlich dahintersteckt. Aber bevor nicht die Leiche von der Bergshäuser Brücke obduziert ist, erscheint wirklich alles möglich.«

»Haben Sie eine Idee, wo man nach dem Verfasser suchen könnte? Wer kommt für so etwas in Frage?«

»Darüber habe ich in den letzten Minuten auch schon nachgedacht, Herr Wissler. Aber nur basierend auf dem, was wir jetzt haben, kann ich dazu keine Aussage machen. Am interessantesten erscheint mir im Moment die Übersetzung ins Englische. Warum tut jemand so etwas? Ist er Deutscher, ist er Ausländer? Und was meint der Verfasser mit dem Hinweis auf die türkische Frau? Viele Fragen, auf die wir noch keine Antwort haben.«

»Wir haben einen Kollegen auf die Sache mit der Türkin angesetzt. Der untersucht alle Todesfälle von türkischen Frauen hier in Kassel, zunächst in den letzten 12 Monaten. Wobei wir natürlich nicht wissen können, ob sich seine Aussage nur auf Kassel bezieht«, erklärte Lenz. Dann sah er auf die Uhr.

»Danke, Frau Driessler. Ich werde mich jetzt auf die Socken machen und Frau Brill zum Aufenthaltsort der Leiche befragen. Sobald ich Näheres weiß, melde ich mich bei Ihnen.«

Er stand auf.

»Gut, dann mache ich mich auch auf den Weg«, meinte Wissler. »Ich warte auf Ihre Erkenntnisse, Herr Lenz.«
Damit war die Sitzung beendet.

9

Lenz und Hain gingen drei Stockwerke abwärts, wo sie Frau Brill in einem der Vernehmungszimmer fanden, flankiert von zwei uniformierten Polizisten.

Sie trug schwarz, auch das Haar war unter einem schwarzen Kopftuch verborgen.

»Guten Tag, Frau Brill«, sagte Lenz. Hain nickte nur kurz mit dem Kopf.

»Guten Tag, Herr Inspektor. Warum bin ich hier? Was werfen Sie mir vor?«

»Zunächst einmal könnten Sie uns erklären, warum Sie uns vorgestern so schamlos angelogen haben, als es um Ihren Sohn ging, aber das stellen wir jetzt zurück. Wo ist der Leichnam, Frau Brill?«

»Er ist weg. Ich habe ihn wegbringen lassen. Er wird an einem sicheren Ort verbrannt.«

»Wo?«

»Ich weiß wirklich nicht, was Sie wollen, Herr Inspektor. Die Leiche wurde freigegeben, ich bin die nächste Verwandte. Also kann ich mit dem Leichnam meines Sohnes im Rahmen der Legalität verfahren, wie ich will.«

»Es haben sich neue Erkenntnisse ergeben, die dem Staatsanwalt noch nicht vorlagen, als er die Leiche freigegeben hat. Also bitte, wo ist Ihr Sohn?«

»Welche Erkenntnisse?«

Der Hauptkommissar schüttelte den Kopf.

»Mach du hier weiter«, sagte er zu Hain. »Ich geh telefonieren. Es wäre doch gelacht, wenn ich nicht rauskriegen würde, wo sich die Leiche befindet.«

»Klar.«

Lenz verließ das Vernehmungszimmer und hastete zu seinem Büro. Dort lag noch immer das Telefonbuch von Wolfhagen auf dem Schreibtisch. Er schlug es auf und suchte nach den Nummern der Bestattungsunternehmen. Es gab nur eins. Zwei Minuten später hatte er die Leiche gefunden.

Allerdings war sie schon ›auf dem Weg ins Feuer‹, wie sich der Bestatter ausdrückte. Der Leichnam war im Krematorium in Kassel, wo die Verbrennung gegen 12 Uhr stattfinden sollte.

»Das wird aber nichts mehr, wenn Sie dabei sein wollen«, sagte der Mann am Telefon, »es ist ja schon 12 durch.«

»Haben Sie die Telefonnummer des Krematoriums?«

»Klar, die habe ich im Kopf. Wir haben ja jeden Tag mit denen zu tun.« Er gab eine Nummer durch, die Lenz sofort in sein Mobiltelefon eingab. Der Anschluss war besetzt.

Der Kommissar warf hektisch den Hörer auf den Schreibtisch, ohne das Gespräch mit dem Bestatter zu beenden, rannte aus dem Büro und über den Flur Richtung Treppenhaus. Dort kam ihm sein Freund Uwe Wagner entgegen.

»Zu dir wollte ich gerade …«, weiter kam er nicht. Lenz packte ihn am Arm und zog ihn mit sich.

75

»Ich hab jetzt keine Zeit für Erklärungen, Uwe, aber du musst mir helfen.«

Wagner hastete mit fragendem Gesicht neben ihm her.

»Schnapp dir irgendein Telefon, ruf im Krematorium an und sag denen, sie sollen sofort und ohne Ausnahme alle Kremierungen abblasen. Und wenn sie gerade einen ins Feuer geschoben haben, sollen sie ihn wieder rausholen. Überleg dir eine Begründung, der niemand widerspricht, was, ist mir egal. Und mach es gleich.«

Er hielt sein Mobiltelefon hoch.

»Es ist im Moment besetzt. Ich versuche es auch weiter, einer von uns wird schon jemanden an die Strippe kriegen.«

Damit ließ er den Arm des Pressesprechers los, gab ihm einen Klaps auf die Schulter und schob ihn von sich weg. Wagner erkannte den Ernst der Situation und reagierte goldrichtig. Er sprang ins nächste Zimmer, wo ein Kollege gerade den Menüplan des Abendessens mit seiner Frau besprach, riss ihm den Hörer aus der Hand und legte auf. Dann sagte er ganz ruhig, aber unendlich bestimmt, ein einziges Wort.

»Telefonbuch!«

Davon bekam Lenz nichts mehr mit. Noch bevor Wagner die Nummer des Krematoriums herausgefunden hatte, war er bei Hain und Frau Brill angekommen. Er öffnete die Tür zum Vernehmungsraum und deutete Hain mit einer Kopfbewegung an, ihm zu folgen.

»Sie bleiben hier sitzen, Frau Brill.«

Die beiden Polizisten hetzten durch das Treppenhaus, nahmen drei oder auch vier Stufen abwärts auf einmal und waren ständig in Gefahr, zu stürzen. Währenddessen drückte Lenz immer wieder die Taste der Wahlwiederholung. Hain blieb dicht hinter ihm. Im selben Moment, in dem sie durch den hinteren Ausgang des Polizeipräsidiums stürmten, stoppte ein Einsatzwagen der Schutzpolizei. Lenz riss die Fahrertür auf, zog den völlig verdutzten Kollegen aus dem Auto und stieg ein.

»Dringender Einsatz für die Kripo«, rief Hain ihm zu, während er auf den Beifahrersitz sprang. Allerdings war ihm noch nicht klar, wohin die Reise gehen sollte. Lenz drückte seinem Kollegen das Mobiltelefon in die Hand, schob den Wahlhebel der Automatik auf D und gab Gas. Der Opel schoss davon.

»Lalülala an, mach schon«, rief Lenz. »Und versuch weiter, die Nummer zu erreichen.«

Hain suchte nach dem Knopf für Blaulicht und Sirene. Als er ihn gefunden und betätigt hatte, war an eine Erklärung nicht mehr zu denken. Er griff zur Mittelkonsole, ließ die offenen vorderen Seitenscheiben nach oben gleiten und lehnte sich zurück. Es war nun deutlich leiser im Wagen. Lenz hatte das Gelände der Polizei verlassen und bog auf die Erzberger Straße ein.

»Schade, kein Navi im Auto«, bemerkte Hain, während er sich mit der linken Hand verkrampft am Haltegriff über seinem rechten Ohr einhakte und mit rechts das Mobiltelefon bediente, »sonst hätte ich mit der Nase die Zieladresse eingeben können.«

»Wir fahren zum Krematorium, da soll Brill jetzt verbrannt werden. Uwe versucht, es im Präsidium am Telefon zu verhindern, du hier. Ich wollte keine Zeit verlieren, deshalb mussten wir uns so beeilen.«

Er bog rechts in die Wolfhager Straße ab und gleich wieder links in den Westring. Um diese Zeit herrschte kein großer Verkehr. Trotzdem schauten ihnen viele Fußgänger und Autofahrer irritiert nach und schüttelten die Köpfe.

»Jetzt musst du auf der Holländischen Straße über die Schienen hoppeln«, bemerkte Hain.

»Ich weiß, aber das ist besser als auf der Kreuzung am Holländischen Platz zu verhungern.«

An der Kreuzung, von der Hain gesprochen hatte, begegneten sich gerade zwei Straßenbahnen. Das Warten kostete sie etwa 10 Sekunden. Dann fuhren sie auf die Gleise, umkurvten die stadtauswärts fahrende Bahn und rasten am Henner-Piffendeckel-Platz vorbei. Links und rechts war die Haltestelle der Straßenbahn gesäumt mit Schulkindern, und Lenz hatte nicht nur wegen der Rennerei im Präsidium Schweißperlen auf der Stirn. 200 Meter weiter verließ er die Straßenbahnschienen und bog über die Gegenfahrbahn in den Tannenhecker Weg ein.

Eine halbe Minute später sprangen beide vor dem grün verglasten, modern wirkenden Gebäude des Kasseler Krematoriums aus dem Auto und rannten auf die stählerne Eingangstür zu. Dort gab es keinen Griff. Hain drückte auf die beiden rechts angebrachten Klingeln. Lenz zog ihn am Arm.

»Komm.«

Sie rannten links um das Gebäude herum und fanden auf der gegenüberliegenden Seite eine offenstehende Tür. Durch ein mit Elektronik vollgestopftes Büro kamen sie in den eigentlichen Abschiedsraum. Dort standen zwei Männer und sahen einem hellbraunen Sarg hinterher, der gerade von einer im Boden eingelassenen Lafette durch die mit Edelstahl verkleidete Öffnung in den Verbrennungsofen gefahren wurde. Die Polizisten konnten die enorme Hitze, die im Ofen herrschte, spüren. Im Raum stand ein schweres Metallgestell mit Rädern, auf dem der Sarg an seine Position gefahren worden war.

»Stopp«, brüllte Lenz und hielt den beiden seinen Dienstausweis unter die Nase. Der eine hatte ein Namensschild an der Brust, was ihn als Herrn Hupfeld auswies. Der andere hatte sein langes schwarzes Haar zu einem Pferdeschwanz zusammengebunden und trug einen blauen Overall, aber kein Namensschild. Beide sahen völlig entgeistert abwechselnd auf Lenz, Hain und die Dienstausweise der Polizisten.

»Wer auch immer das ist, wir müssen ihn wieder herausholen.«

»Unmöglich. Der steht schon in hellen Flammen«, erklärte Hupfeld. Lenz sah ihn eindringlich an und zischte gefährlich leise.

»Wenn es irgendeine Möglichkeit gibt, den Sarg wieder herauszuholen, bitte ich Sie darum. Ich erkläre es Ihnen hinterher, aber wenn ich die Situation richtig einschätze, bleibt uns nicht mehr viel Zeit für Ihre Entscheidung.«

Hupfeld sah seinen Kollegen an. Der zuckte mit den Schultern.

»Hier müsste sowieso mal wieder richtig renoviert werden. Wenn das Ding draußen ist, können Sie Farbe kaufen gehen.«

Noch bevor er zu Ende gesprochen hatte, war er zu einem hinter ihm in der Wand eingelassenen Schaltpult gesprungen, um einen Schalter zu betätigen. Hupfeld hastete mit langen Schritten an ihm vorbei und öffnete die neben dem Schaltpult liegende Tür. Dort nahm er von einem Regal ein Paar riesige, silbern schimmernde Hitzeschutzhandschuhe, eine Schürze aus dem gleichen Material und etwas, das wie eine Löschdecke aussah.

»Ich fahre die Luftzufuhr runter«, rief sein Kollege und lief durch eine weitere Tür in einen Raum, in dem Lenz viele silberne Rohre an den Wänden und an der Decke registrierte. Hupfeld hatte die Schürze schon übergestreift und zog nun die Handschuhe an. Dann stellte er sich an das Schaltpult, starrte die beiden Polizisten an und bediente einen weiteren Schalter.

»Ich hoffe wirklich, Sie haben einen guten Grund für das, was gleich hier passiert.«

Der Schieber, mit dem der Verbrennungsofen verschlossen wurde, bewegte sich lautlos nach oben. Sofort drang dichter, schwarzer Qualm heraus. Trotzdem konnte Lenz die brennende Holzkiste im glühenden Ofen sehen. Er fing schlagartig an zu schwitzen. Auf einen weiteren Knopfdruck Hupfelds hin fuhr die Transportlafette nach vorne und hob das lichterloh brennende Teil an. Es knisterte laut und gab einen Funkenregen.

»Wenn das Ding jetzt auseinanderbricht, haben Sie ein Problem«, prognostizierte Hupfelds Kollege, der jetzt wieder neben Lenz stand und einen überlangen Feuerhaken in der Hand hielt. Der Kommissar sah ihn an.

»Wir kriegen ihn nur raus, wenn …«

Weiter kam der Mitarbeiter des Krematoriums nicht, denn in diesem Moment schoss die Lafette mit dem brennenden Sarg in den Abschiedsraum. Es regnete wieder Funken, die sich um Lenz und die anderen verteilten. Die Hitze in dem Raum wurde immer unerträglicher. Im Normalfall hätte die Lafette jetzt den Sarg auf dem Transportgestell abgesetzt, aber durch die große Geschwindigkeit, mit der Hupfeld den Sarg aus dem Ofen gefahren hatte, war die Lafette noch nicht in der richtigen Höhenposition. Deswegen wurde der Transportwagen zurückgeschoben und knallte gegen die Wand. Die noch immer brennende und rauchende Holzkiste stellte sich beim Aufprall quer und fiel von der Lafette.

80

»Mist«, brüllte Hupfelds Kollege, raste zurück in den Raum mit den vielen Rohren und kam mit zwei Feuerlöschern zurück.

Einen drückte er Hain in die Hand, bei dem anderen zog er den Sicherungsstift und wollte den Sarg einnebeln.

»Moment«, rief Hupfeld. Er ließ den Schieber des Verbrennungsofens zurückfahren, sodass kein Löschstaub eindringen konnte.

»Jetzt.«

In der Zwischenzeit hatte auch Hain seinen Feuerlöscher einsatzbereit und drückte auf den Sprühhebel. Innerhalb von Sekunden war es im Raum nicht mehr auszuhalten. Die Mischung aus Rauch und Löschpulver nahm Lenz den Atem. Im Hinauslaufen sah er, wie Hupfeld die Löschdecke auf das brennende Teil warf und dann hinter ihm herrannte. Auch Hain und Hupfelds Kollege stellten die geleerten Feuerlöscher ab und rannten aus dem Raum.

Nachdem alle ausgehustet hatten und von hinzugeeilten Mitarbeitern der nahen Friedhofsverwaltung mit Wasser versorgt waren, wandte Hupfeld sich an Lenz und hielt ihm die Hand hin.

»Hupfeld. Ich bin der technische Leiter. Aber die nächsten zwei Wochen mache ich wohl Urlaub, wie es aussieht.« Er nickte in Richtung der Tür, aus der noch immer Rauch quoll.

»Hauptkommissar Paul Lenz«, stellte der Polizist sich vor.

»Jetzt wissen Sie, was mein Kollege Schütz mit der Renovierung gemeint hat. Aber ich vermute, es wird in einer Komplettsanierung enden. Und jetzt sagen Sie mir bitte, worum es hier eigentlich geht.«

»Gleich. Zuerst müssen wir sicher sein, dass der Sarg nicht mehr brennt.«

81

»Ich bin kein Feuerspezialist, aber meiner Meinung nach ist der Sarg von einer ziemlich dicken Schicht Löschpulver bedeckt. Darauf habe ich noch die Löschdecke gelegt. Natürlich ist er noch heiß, aber brennen oder kokeln wird er nicht mehr. Und wenn doch, dann hätten wir einfach nicht mehr tun können.« Er streifte Handschuhe und Schürze ab.

Lenz war nicht restlos zufrieden, sah aber ein, dass er keine andere Möglichkeit hatte, als abzuwarten.

»In dem Sarg liegt, das hoffe ich zumindest, die Leiche von Dieter Brill aus Wolfhagen. Wir haben den Verdacht, dass er sich nicht, wie wir vermutet haben, selbst getötet hat. Aber um das zu klären, brauchen wir den Leichnam. Deswegen das ganze Theater.«

»Ist das der Typ von der Bergshäuser Brücke?«

»Ja.«

»Dann kann ich Ihnen wenigstens sagen, dass wir den Richtigen aus dem Ofen gezogen haben. Er war der Einzige heute, der in einem Eichensarg eingefahren ist. Wenn er nämlich in einem Fichtensarg gelegen hätte, wäre er nicht mehr rauszuholen gewesen, das können Sie mir glauben.«

»Wieso?«

»Fichte verbrennt viel schneller. Es dauert keine Minute, und der Sarg fällt beim Rausziehen auseinander. Dann geht nichts mehr.«

Hain kam auf die beiden zu. Er blutete aus der Nase und ähnelte einem Schneemann, weil er von oben bis unten mit Löschpulver bedeckt war.

»Was ist passiert?«, fragte Lenz und deutete auf seine Nase.

»Ich bin beim Rauslaufen gegen die Türkante geklatscht, weil ich nichts gesehen hab. Einen Moment lang hab ich

82

gedacht, mir platzt der Schädel, aber jetzt ist es wieder okay. Verstärkung hab ich auch schon angefordert.«

Lenz sah an sich herunter. Seine Jeans hatte einige kleine Brandlöcher, die Schuhe konnte er nicht erkennen, und sein Jackett war reif für die Altkleidersammlung.

Auf dem Platz wimmelte es nun von Menschen, und in der Ferne hörte er die Sirenen von Einsatzfahrzeugen der Feuerwehr. Fünf oder sechs Polizisten waren zwischenzeitlich angekommen und begannen auf Anweisung von Hain, die Zugänge zum Krematorium zu bewachen.

»Meinen Sie, wir können schon wieder reingehen?«, fragte Lenz.

»Meinetwegen können wir es probieren.«

Er rief seinen Kollegen, der mit Hain im Schlepptau auf ihn zuging.

»Der Herr Kommissar hat noch nicht genug, er will wieder rein.«

Schütz sah den Polizisten grinsend an.

»Wenn Sie sich noch ein bisschen anstrengen, brauchen wir gar nicht zu renovieren, dann wird es billiger, wenn wir das komplette Gebäude abreißen und ein neues bauen.«

83

10

Der Sarg rauchte nicht mehr, aber in dem Abschiedsraum sah es fürchterlich aus. Alles war millimeterdick mit
schwarzem Ruß und weißem Löschpulver bedeckt. Von
der Decke hingen Teile des Anstrichs, und die ehemals
blaue Wand um den Ofen herum war komplett schwarz.
Hupfeld zog die Löschdecke herunter und warf sie in eine
Ecke. Sofort stieg wieder Staub auf.

Schütz klopfte vorsichtig auf den Deckel der Kiste und
nickte anerkennend.

»Sie haben Glück gehabt, dass es Eiche ist.«

Hupfeld winkte ab.

»Hab ich ihm schon erzählt.«

»Der hat gehalten. Innen war es bestimmt ganz schön
warm, aber der Leichnam dürfte nichts abgekriegt haben.
Nachsehen müssen Sie allerdings selbst.«

Er nahm seinen Pferdeschwanz in die Hand, roch daran
und verzog das Gesicht.

»Die Haarwäsche setze ich mit auf die Rechnung.«

Ein Trupp der Kasseler Feuerwehr kam mit klappernden
Schritten in den Raum gelaufen. Lenz erklärte dem Anfüh-
rer kurz, was passiert war und bat ihn dann nach draußen.

»Können Sie dafür sorgen, dass der Sarg unter ABC-Be-
dingungen nach Göttingen in die Gerichtsmedizin gebracht
und der Leichnam unter den gleichen Bedingungen obduziert wird?«

»Klar, wenn Sie das wollen. Wir haben Folienschlauch,
damit können wir ihn hermetisch verpackt nach Göttingen bringen. Wie gefährlich ist er denn?«

84

»Ehrlich gesagt, weiß ich das nicht. Aber wir sollten kein Risiko eingehen.«

»Gehen wir mehr von A, B oder C aus?«

Lenz musste einen Moment nachdenken.

»C. Wir müssen von C ausgehen.«

»Gut. Dann verschwinden Sie und Ihre Leute am besten von hier und wir holen uns die richtigen Klamotten.«

»Sehr gerne.«

Er zog Hain und die beiden Krematoriumsmitarbeiter aus dem Raum. Bis zu diesem Moment hatte er sich noch überhaupt keine Gedanken über eventuelle Gefahren gemacht, die von dem Sarg und seinem Inhalt ausgehen könnten, aber nun wurde er unsicher.

»Besser, wir warten hier draußen.«

»Brauchen Sie uns noch?«, fragte Hupfeld vorsichtig.

»Nein. Und vielen Dank. Ohne Sie wären wir heute aufgeschmissen gewesen.«

»Und wir würden ohne Sie jetzt einfach Feierabend machen. Stattdessen verbringen wir den Nachmittag hier und schauen, was alles kaputt gegangen ist. Wenn Sie mal wieder vorbeikommen wollen, rufen Sie vorher kurz an, damit wir von innen absperren können.«

»Moment mal, ich habe versucht, bei Ihnen anzurufen, aber es war dauernd besetzt.«

»Kommt vor«, sagte Schütz grinsend und ging mit seinem Kollegen davon.

»Wascht euch mal. Ihr seht ja furchtbar aus«, tönte eine Stimme hinter Lenz und Hain. Es war Ludger Brandt, der mit zwei weiteren Kollegen hinter ihnen aufgetaucht war. Lenz nickte mit dem Kopf.

»Machen wir.«

85

Dann erzählte er Brandt, was geschehen war, seit sie das Präsidium so fluchtartig verlassen hatten.

»Das war wirklich knapp, aber verdammt gute Arbeit.« Er deutete auf den Streifenwagen, der noch immer mit offenen Türen dastand. Wenigstens hatte jemand das Blaulicht und die Sirene abgeschaltet.

»Und jetzt klopft euch den gröbsten Dreck ab, bringt das Auto zurück und geht duschen. Um das Schlachtfeld hier kümmere ich mich.«

»Gerne«, mischte Hain sich ein, »aber nur, wenn ich fahren darf.«

Als beide im Auto saßen und langsam vom Hof des Krematoriums rollten, wurde der wie in ein riesiges Kondom eingehüllte Sarg auf ein spezielles Fahrzeug der Feuerwehr geladen.

»Wer sagt uns eigentlich, dass wirklich dieser Brill darin liegt?«, fragte Hain.

Lenz sah ihn müde an.

»Ich.«

»Warum bist du da so sicher?«

»Hupfeld hat es mir gesagt.«

»Wenigstens etwas.«

Die Rückfahrt zum Präsidium verlief weit weniger spektakulär als der Weg zum Krematorium. Sie unterhielten sich darüber, wie viele Jahre sie schon nicht mehr in einem Streifenwagen gesessen hatten. Hain parkte das Fahrzeug auf dem Hof des Präsidiums und brachte den Schlüssel zum Büro der Fahrbereitschaft.

»Wir mögen die Farbe nicht, die alten grünen Autos waren viel schöner«, grinste er den Diensthabenden an und meinte damit die Polizeiwagen vor der Umstellung auf das moderne Blau.

86

»Der junge Schüssler, dem ihr die Karre unterm Hintern weggenommen habt, hätte euch abknallen sollen«, antwortete der Streifenpolizist ebenfalls lachend.

Dann gingen sie duschen und wechselten die Kleidung. Jeder Kriminalpolizist hatte für solche Fälle einen zweiten Satz im Präsidium. Zumindest in der Theorie.

11

Lenz saß schon in seinem Büro, als Hain, dessen Nase auf das Doppelte des Normalen angeschwollen war, mit zwei Tassen frischen Kaffees eintrudelte. Seit die Abteilung Praktikanten beschäftigte, klappte die Versorgung mit dem schwarzen Gebräu immer besser. Und in Anspielung auf eine Figur aus der alten schwarz-weiß Serie ›Der Kommissar‹ mit Erik Ode wurden diese meist weiblichen Helfer immer ›Rehbeinchen‹ genannt. Lenz trank einen Schluck, sah die Tasse an und dann Hain.

»Das neue Rehbeinchen gibt sich wirklich Mühe. So einen guten Kaffee hatte ich lange nicht hier im Büro. Gab es Ärger wegen des Autos?«

»Nein, alles paletti.«

»Deine Nase sieht schlimm aus.«

»Halb so wild. Ich hab nur das Gefühl, zu schielen.«

In diesem Moment betrat Rolf Werner Gecks das Büro, ein Kollege, der länger im K 11 war als jeder andere und den alle nur RW nannten. Er war so etwas wie die gute Seele der Abteilung. Und natürlich wollte er alles über den Einsatz der beiden in den letzten Stunden wissen. Nachdem er mit den Einzelheiten vertraut war und Hains Nase ausführlich gewürdigt hatte, kam er zum Grund seines Besuches.

»Den Partner von Brill haben wir nicht gefunden, er scheint abgetaucht zu sein. Was aber nichts heißen muss. Wir bleiben am Ball und haben zwei Mann vor seinem Haus postiert. Wenn er auftaucht, greifen sie ihn ab und bringen ihn her.«

»Vergesst nicht, dass er nur ein Zeuge ist. Ich glaube nicht, dass er mit der Sache was zu tun hat.«

»Schon klar, die Kollegen wissen Bescheid.«

Gecks nahm einen Notizblock aus der Brusttasche und klappte eine Seite auf.

»Seine Mutter hat sich einen Anwalt kommen lassen und ist dann nach Hause gegangen. Ich hatte keine Handhabe, sie hierzubehalten.«

»Schon klar, RW. Wir haben ihren Sohn, darum ging es.«

»Und ich habe eine türkische Putzfrau gefunden«, erklärte Gecks.

»Schön, so eine hätte ich auch gerne«, antwortete Lenz mit gehörigem Neid in der Stimme, »kann ich mir aber leider nicht leisten.«

»Ich habe im Moment eine feste Freundin«, ergänzte Hain.

»Blödfische. Ich hab das Sterberegister durchgearbeitet und bin dabei auf eine türkische Putzfrau gestoßen, die im Februar einen Unfall hatte. Zumindest sah es bis jetzt nach Unfall aus. Sie ist im City-Point von ganz oben nach ganz unten gestürzt. Natürlich habe ich im Tagebuch nachgesehen und mit einem Kollegen gesprochen, der damals vor

88

Ort gewesen ist. Er konnte sich noch gut an die Sache erinnern, weil nacheinander die ganze Familie der armen Frau in der Galerie erschienen ist und um die Wette geschluchzt hat.«

Lenz sah auf seine linke Hand, auf deren Innenseite sich eine Brandblase wölbte. Er hatte bis jetzt nicht gemerkt, dass er sich bei der Aktion im Krematorium verbrannt hatte.

»Und sie ist die Einzige, die in Frage kommt?«

»In den letzten 12 Monaten schon. Weiter bin ich nicht zurückgegangen in den Unterlagen, weil ich glaube, dass sie die Richtige ist. Und weil ich zu faul war.«

»Ist sie verbrannt worden?«

»Glücklicherweise nicht. Vermutlich ist das bei den Muslimen nicht so angesagt. Sie liegt auf dem Nordfriedhof. Ich habe die Exhumierung schon beantragt. Die Staatsanwaltschaft ist zwar heute etwas knapp besetzt, aber die Bereitschaft hat mir ihre volle Unterstützung zugesagt. Jetzt muss ich nur noch die Friedhofsverwaltung, das Ordnungsamt und das Gesundheitsamt von unseren guten Absichten überzeugen, dann kann der Bagger anrücken.«

»Lass mal, RW, das sind alles städtische Behörden. Ich ruf den OB an und bitte ihn, uns zu helfen. Ist ja auch in seinem Interesse, wenn wir die bösen Jungs bald haben, die ihm den Brief geschrieben haben.«

»Apropos, böse Jungs. Habt ihr schon irgendeine Idee, wo wir nach denen suchen sollen, wenn an der Geschichte was dran ist?«

»Bis jetzt nicht. Hast du eine?«

»Na ja. Bis jetzt wissen wir nicht mal, was der oder die für eine Absicht verfolgen oder erreichen wollen. Ich glaube aber nicht, dass Terroristen am Werk sind. Die würden kommen, das Zeug freisetzen, uns beim Zählen der Toten zusehen und einen Bekennerbrief abgeben.«

Es klopfte an der offenen Tür und Ludger Brandt kam herein.

»Kriege ich auch einen Kaffee?«

Hain stand auf und ging zur Tür.

»Ich hol dir einen.«

»Danke.«

Der Kriminalrat setzte sich und schlug die Beine übereinander.

»Habe ich euch bei was gestört?«

»Nein, RW hat eine Türkin gefunden, die im Februar einen Unfall im City-Point hatte. Vielleicht war es aber auch kein Unfall. Wir haben gerade über die Exhumierung gesprochen und ich wollte den OB anrufen, damit er sich um die Genehmigungen kümmert.«

Gecks teilte dem Kriminalrat die weiteren Einzelheiten mit, während Lenz die Nummer des Bürgermeisters wählte.

»Sekretariat Oberbürgermeister Zeislinger, Schäfer, guten Tag«, meldete sich eine Frauenstimme.

»Hauptkommissar Lenz, guten Tag Frau Schäfer. Kann ich den Bürgermeister sprechen?«

»Der Herr Oberbürgermeister ist im Gespräch.«

Sie betonte das Ober des Bürgermeisters so, als wolle sie Lenz auf einen Fehler im Diktat aufmerksam machen.

»Aber ich werde fragen, ob er mit Ihnen sprechen möchte.«

Dann hörte Lenz ein kurzes Knacken, gefolgt von einer Melodie.

›Für Elise auf der Maultrommel‹, fiel ihm dazu ein. Dann ertönte wieder ein Geräusch und die Stimme des OB.

»Herr Kommissar, hallo. Dass ich so schnell wieder von Ihnen höre, hätte ich nicht gedacht. Aber Sie müssen sich

90

einen kleinen Moment gedulden, nicht, meine Frau ist hier und wollte sich eben verabschieden.«

Lenz wurden die Knie weich. Er hörte Marias Stimme, konnte jedoch nichts verstehen, weil Zeislinger die Sprechmuschel mit der Hand zuhielt. Dann war der OB wieder am Telefon.

»So, jetzt bin ich wieder da, nicht. Was kann ich für Sie tun, Herr Kommissar?«

Lenz erklärte ihm den Grund seines Anrufes und bat ihn um Hilfe bei der Exhumierung der Türkin, verschwieg aber die Vorgänge um Dieter Brill.

»Und Sie meinen wirklich, der Tod der armen Frau könnte etwas mit dem Schreiben zu tun haben?«

»Wir werden Genaueres wissen, wenn wir die Leiche obduziert haben, Herr Zeislinger, aber dazu müssen wir sie zuerst exhumieren.«

»Nun ja, wenn das so ist, dann werde ich mit den zuständigen Leuten telefonieren. Ich bin als Bürgermeister weisungsbefugt, nicht. Sie können schon anfangen, wenn jemand Schwierigkeiten macht, berufen Sie sich auf mich.«

»Danke, Herr Bürgermeister. Und ein schönes Wochenende wünsche ich Ihnen.«

Lenz wollte damit das Gespräch möglichst elegant beenden, aber Zeislinger hatte andere Pläne.

»Schönes Wochenende ist gut gesagt, Herr Kommissar. Wie ich vor einer Stunde erfahren habe, ist der Innenminister mit Nierensteinen ins Krankenhaus eingeliefert worden, nicht. Eigentlich wollte er in Berlin die chinesische Handelsdelegation begleiten und den Besuch hier in Hessen in der kommenden Woche vorbereiten. Daraus wird nun nichts. Und weil die Chinesen hier im Kasseler Raum viel Geld investieren wollen, hat man mich zu seinem Vertreter berufen. Ich bin praktisch schon auf dem Weg nach Berlin.«

Das ist doch mal eine gute Nachricht, dachte Lenz.

»Wie schade, Herr Zeislinger«, heuchelte er, »aber wenn die Pflicht ruft …«

»So ganz schlimm ist es auch nicht, Herr Kommissar, Berlin ist ja schließlich eine wunderschöne Stadt.«

»Durchaus.«

Zeislinger hielt Lenz noch einen kleinen Vortrag über die Vorzüge der Berliner Restaurantszene.

»Und wenn etwas sein sollte, können Sie mich auch über mein Handy erreichen.«

Lenz notierte die Nummer, verabschiedete sich und legte auf.

Im gleichen Moment meldete sein Mobiltelefon mit einem kurzen Klingelton den Eingang einer SMS.

»Du hast freie Bahn«, erklärte er dem wartenden Gecks.

»Ich habe es befürchtet. Es ist Freitagnachmittag, ich habe seit einer halben Stunde Feierabend und werde mir den Rest des Tages auf dem Friedhof die Beine in den Bauch stehen. Soll die Leiche gleich nach Göttingen gebracht werden?«

»Sofort, ja. Die Feuerwehr soll sie so einpacken wie den anderen.«

Gecks verabschiedete sich. In der Tür begegnete ihm Hain, der mit einem sehr gut gefüllten Becher dampfenden Kaffees balancierte. Er stellte ihn auf den Schreibtisch und nahm seine Jacke vom Stuhl.

»Ich mach jetzt Feierabend, wenn die Herren nichts dagegen haben.«

Lenz und Brandt schüttelten die Köpfe.

»Wenn du wieder durch die Stadt rasen willst und einen

schmerzfreien Beifahrer suchst, der auch virtuos mit dem Feuerlöscher ist, kannst du mich anrufen. Ansonsten würde ich gerne ausschlafen. Tschüs.«

Damit verließ er das Büro.

»Wir haben vorhin darüber gesprochen, wer für diesen Mist als Täter in Frage kommen könnte«, sinnierte Lenz. »Eine richtig gute Idee hatten wir allerdings nicht.«

Der Kriminalrat nippte vorsichtig an seinem Kaffee.

»Es ist schon merkwürdig, dass der OB das Schreiben bekommen hat. Normalerweise schicken Täter das gerne an eine Zeitung, damit die Öffentlichkeit informiert ist.«

»Aber wie es aussieht, geht es dem oder denen gar nicht darum.«

»Bis jetzt nicht. Wenn die beiden allerdings vergiftet wurden, macht das schneller die Runde, als er es vielleicht will. Und wenn man davon ausgeht, dass wirklich die Documenta getroffen werden soll, dann hat das sowieso eine sehr öffentliche Komponente.«

Lenz legte die Beine auf den Schreibtisch und zündete sich eine Zigarette an.

»Was machen wir, wenn er es wirklich auf die Documenta abgesehen hat?«

»Dann haben wir das große Los gezogen und fahren im Sommer nicht in Urlaub.« Brandt grinste.

»Vielleicht ist der Täter ein irrer Künstler, der auf sich aufmerksam machen will. Zum Glück habe ich von Kunst keine Ahnung, aber der eine oder andere von denen kommt mir schon reichlich schräg vor.«

»Warst du denn jemals auf einer Documenta, Ludger?«

»Gott bewahre, ich bin ein alter Kasselaner. Wir erfreuen uns an den Menschen, die während dieser Zeit unsere Stadt bevölkern, haben aber sonst nichts am Hut mit dem Spek-

93

takel. Meine Frau meint, sie erkenne Documenta-Jahre immer zuerst an den Buden, die auf dem Friedrichsplatz aufgebaut sind und den vielen Touristen, die durch die Stadt ziehen.«

Tatsächlich hatten viele Einwohner der Stadt auch nach Lenz' Meinung ein merkwürdiges Verhältnis zu der größten Ausstellung zeitgenössischer Kunst, die alle fünf Jahre in Kassel stattfand. Viele erfreuten sich zwar an den Gästen und dem Geld, das sie mitbrachten, die meisten Kasseler allerdings hatten noch nie eine Documenta besucht.

Das Bildungsbürgertum und die intellektuelle Elite, sicher, die kauften sich eine Eintrittskarte und bestaunten die Exponate.

Lenz zog an der Zigarette, inhalierte tief und blies den blauen Dunst in den Raum.

»Es wird Kunstbanausen wie mir aber auch schwer gemacht. Wenn ich nur an die eine Leiterin denke, mir fällt ihr Name nicht ein, die war so arrogant und so eingemauert in ihrem Elfenbeinturm der Kunst. Ich bin mal auf einer Podiumsdiskussion mit ihr gewesen, keine Ahnung, wie ich dort hineingeraten bin. Die hat keine Meinung gelten lassen außer ihrer eigenen und wer anders gedacht hat, ist von ihr abgemeiert worden.«

»An die kann ich mich auch erinnern. Sie war immer so hell geschminkt im Gesicht, wie ein Clown. Furchtbar, die Frau.«

Beide fingen an zu lachen.

»Kunst hin oder her, wir müssen sehen, dass aus der Sache nicht ein ganz großes Ding wird«, wurde der Kriminalrat wieder ernst. »Ich glaube zwar nicht an Terroristen in Kassel, allerdings dürfen wir auch diese Option nicht aus den Augen lassen.«

Lenz drückte seine Zigarette in den Aschenbecher.

»Stimmt. Jetzt warten wir erst mal ab, was die Obduktionen ergeben.«

»Ach so, ja, das Ergebnis von Brill ist morgen Mittag da. Sollte er wirklich mit dem Zeug vergiftet worden sein, haben wir eine gute Stunde später das LKA hier und eine Sonderkommission am Hals. Ich habe schon mit dem KDD gesprochen und ihnen die Sache erklärt.«

Der KDD oder Kriminaldauerdienst war eine rund um die Uhr besetzte Abteilung des Polizeipräsidiums Nordhessen.

»Im Moment wird jede Leiche sorgfältig unter die Lupe genommen und jeder Tote auf unseren Fall hin untersucht. Wenn es ein Fall ist.«

»Ja, wenn es denn einer ist.«

»Außerdem habe ich mit den Leuten vom Krematorium vereinbart, dass es offiziell ein Unfall war. Wahrscheinlich steht sowieso morgen was anderes in der Zeitung, aber wir müssen es erstmal so versuchen.«

»Gute Idee. Was wir allerdings machen, wenn an der Sache was dran ist und das dann in der Zeitung steht, will ich mir lieber nicht ausmalen.«

Die beiden verabredeten sich für den nächsten Mittag und Brandt verabschiedete sich. Als Lenz alleine war, nahm er sein Mobiltelefon aus der Jacke und sah nach der SMS. Sie war von Maria. Wie immer, wenn sie zurückgerufen werden wollte, sah er nur ihre Nummer. Er drückte die Wahltaste und nahm das Gerät ans Ohr.

»Das hat ja ewig gedauert«, meldete sie sich hörbar genervt.

Oh je, dachte Lenz, dessen Vorfreude einen Tritt in die Magengrube bekommen hatte.

»Hallo, Maria, ich freue mich auch, deine Stimme zu hören.«

»Ich sitze seit einer halben Stunde vor dem blöden Telefon und warte auf deinen Anruf. Immer lässt du mich warten. Erich ist ein Arsch, und manchmal glaube ich, du bist auch nicht besser.«

Lenz liebte diese Frau, wie er noch niemals zuvor jemanden geliebt hatte. Er liebte sie mit ihren grau schimmernden Haaren, die sie regelmäßig färben ließ, den kleinen Fältchen, die ihre Augen umspielten, und ihren Macken, von denen er eine gerade jetzt wieder erlebte. Wenn sie sich über etwas geärgert hatte oder sie sich ungerecht behandelt fühlte, konnte Maria Zeislinger die Welt dafür in Haft nehmen und zur größten Zicke des Universums mutieren. Lenz schätzte diese Kapriolen nicht, aber er wusste, dass dies der Teil von ihr war, den er ertragen musste, wenn er den Rest haben wollte. Und er hatte gelernt, dass diese ›fünf Minuten‹, wie er es nannte, schnell vorübergingen.

»Sei nicht ungerecht, Maria. Ich hatte hier die Hütte voll und konnte einfach nicht vorher anrufen. Heute war wirklich die Hölle los.«

»Bei mir war auch viel los. Aber irgendwie scheint das niemanden zu interessieren, auch dich nicht.«

Dann war die Leitung tot. Lenz sah auf das Display.

Verbindung beendet, las er.

Auch das war nichts Neues für ihn. Das Telefon würde in spätestens 10 Minuten klingeln und eine zerknirschte Maria um Verzeihung bitten. Er zündete sich eine Zigarette an, legte die Beine hoch, dachte nach und wartete. Nach dem dritten Zug kam der Anruf. Er ließ es fünfmal klingeln, dann nahm er das Gespräch an.

»Ja.«

96

»Es tut mir leid. War nicht so gemeint, wirklich.«

»Schon gut. Aber du kannst einem wirklich auf die Nerven gehen mit deinen Zickereien.«

»Ich weiß. Aber ich kann nichts dazu. Es ist dann einfach so.«

»Es ist dann einfach so«, ahmte er ihren kindlichen Tonfall nach.

»Verarsch mich nicht, sonst fange ich gleich wieder damit an.«

»Gott bewahre. Ich glaube, du wolltest mir vor deinem Zickenanfall freudestrahlend erzählen, dass dein Mann nach Berlin fährt und du dich auf den Abend mit mir freust.«

Für ein paar Sekunden war Stille in der Leitung.

»Woher weißt du denn das schon wieder?«

»Ich bin Polizist. Ich werde dafür bezahlt, alles zu wissen.«

»Du weißt aber bestimmt noch nicht, dass Erich heute einen Brief bekommen hat, der wie ein Erpresserbrief aussieht, aber vermutlich keiner ist. Er ist sogar in Englisch geschrieben.«

»Und woher weißt du davon?«

»Er hat ihn mir gezeigt.«

»Er hat was?« Lenz war aufgesprungen.

»Reg dich doch nicht so auf. Er hat sich eine Kopie davon gemacht, bevor er das Schreiben zu deinen Kollegen gebracht hat.«

Dieser verdammte Idiot, dachte Lenz.

»Kein Problem. Ich reg mich ab.«

»Und was ist mit heute Abend? Sehen wir uns?«

»Natürlich sehen wir uns. Ich erwarte dich ab neun.«

»Neun ist gut. Bis dahin.«

12

Um Viertel nach acht saß Lenz in einem Opel Corsa von ›Stattauto‹, dem Kasseler Car-Sharing-Unternehmen, bei dem er seit einigen Jahren Mitglied war. Als überzeugtem Bahnfahrer wäre ihm ein eigenes Auto nie in den Sinn gekommen, zumal auch der öffentliche Nahverkehr in Kassel sehr gut ausgebaut war. Aber für die Treffen mit Maria brauchte er ein Auto.

Als die Geschichte mit ihr vor mehr als sechs Jahren begann, war es für die beiden nicht leicht, einen Ort zu finden, der ihrem Wunsch nach größter Diskretion gerecht wurde. Als er dieses Dilemma an einem der sehr seltenen, aber immer höchst unterhaltsamen Abende mit Christian, einem guten Freund aus Fritzlar, ansprach, hatte der die rettende Idee. Christian verdiente seinen Lebensunterhalt als Psychiater und bot ihm an, sich mit Maria in seiner Praxis zu treffen. Die lag in einem anonymen Geschäftshaus im Stadtkern, in dem sich nach acht Uhr abends niemand mehr aufhielt. Lenz bekam einen Schlüssel und den Reinigungsplan der Putzfrau und hatte seitdem keine Probleme mehr, einen diskreten Treffpunkt für sich und die Frau des Kasseler Oberbürgermeisters zu finden.

Neben ihm auf dem Beifahrersitz stand ein Pappkarton, gefüllt mit einer Flasche Champagner und einigen Kleinigkeiten zum Essen. Er fuhr die Frankfurter Straße entlang, bog am Auestadion auf den Autobahnzubringer ab und war kurze Zeit später auf der A 49 in Richtung Fritzlar unterwegs. Am Kreuz Kassel West dachte er an Dieter Brill, der

98

vor ein paar Tagen hier unterwegs gewesen war und nun obduziert wurde. Bei Gudensberg verließ er die Autobahn, um die letzten Kilometer bis Fritzlar auf der Bundesstraße zu fahren. Lenz mochte die kleine Fachwerkstadt mit ihren engen Gassen und schönen, oft schiefen Häusern. Er hatte vor einigen Jahren hier in einer Mordsache zu tun gehabt und sich richtiggehend in diese Idylle verliebt.

Der Parkplatz hinter der Raiffeisenbank war leer, wie immer, wenn er um diese Zeit ankam. Mit seinen Utensilien auf dem Arm überquerte er den Marktplatz mit dem Brunnen in der Mitte und war fünf Minuten später in der Praxis.

Maria kam um halb 10. Er öffnete ihr die Tür nach dem vereinbarten Läuten und nahm sie in den Arm.

»Es tut mir leid.«

»Dass du zu spät oder so zickig bist?«

Sie küsste ihn sanft auf den Mund und fuhr ihm mit der Hand über den Nacken.

»Irgendwie beides.«

So standen sie mehrere Minuten im Flur der Praxis und hielten sich umschlungen.

»Kaum zu glauben, dass ich dich erst gestern gesehen habe. Wenn Erich nicht nach Berlin gemusst hätte, wäre ich an diesem Wochenende treusorgende Ehefrau gewesen.«

Lenz dachte an ihr Verhalten vom Nachmittag.

»Hast du Ärger gehabt?«

»Ja, als ich ihn im Rathaus gesehen habe. Aber das muss uns jetzt nicht interessieren.«

»Ich habe dich gehört.«

Sie machte sich von ihm los und sah ihn entgeistert an.

»Wie meinst du das, du hast mich gehört?«

»Komm, wir gehen nach drüben. Ich habe Champagner im Eisfach und was zu essen. Dann erkläre ich dir alles.«

Sie ging vor ihm her in den Ruheraum der Praxis, der für ihre Zwecke ideal war. In der Ecke stand eine große, ausziehbare Couch, auf der sein Freund Christian die Mittagspausen verschlief. Dorthin zogen sie sich zurück, wenn sie miteinander schlafen wollten, was mit ganz wenigen Ausnahmen jedes Mal passierte, wenn sie sich trafen. In der Mitte des Raumes standen ein Tisch und vier bequeme Stühle, die Christian für Besprechungen oder zum Essen benutzte. Im Winter konnten sie sich in der kleinen Teeküche mit einem Wasserkocher Tee oder Kaffee zubereiten.

Lenz ging zum Kühlschrank und nahm den Champagner aus dem Eisfach, Maria zog ihre Schuhe aus und legte sich auf die ausgezogene Couch. Er sah ihr mit breitem Grinsen zu.

»Da könnte was draus werden.«

Sie strahlte ihn an und knöpfte ihre Bluse auf.

»Worauf du dich verlassen kannst.«

Als er mit zwei gefüllten Gläsern in den Händen bei ihr ankam, hatte sie schon die Bluse und den Rock ausgezogen und lag, nur mit einem aufregenden Einteiler bekleidet, auf dem Rücken und sah ihn herausfordernd an. Er stellte die beiden Gläser auf den Boden, zog sein Hemd über den Kopf und ließ sich neben sie fallen. Sie griff von hinten über seine Schultern und streichelte seine Brustwarzen.

»Das wird ein böses Ende nehmen«, stöhnte er.

»Hoffentlich.«

Während der nächsten eineinhalb Stunden nahmen beide nichts wahr außer der Lust auf den anderen. Dann lagen sie restlos erschöpft nebeneinander. Lenz hielt eine Zigarette in der Hand, an der sie beide abwechselnd zogen.

Das Licht eines Werbeschildes auf der anderen Straßenseite tauchte den Raum in kitschiges Hellblau. Aus einem kleinen Kofferradio klang leise Musik, die Luft war erfüllt von Zigarettenqualm und dem Geruch nach Sex.

»Mhhmmm«, summte sie leise.

»Was meinst du?«

»Womit?«

»Mit deinem Mhhmmm?«

»Das drückt aus, dass ich es gerade unglaublich gut besorgt gekriegt habe. Mit allem, was an dir so gewachsen ist.«

»Soso.«

Lenz hatte sich, besonders zu Beginn der Liaison, zuerst an ihr Vokabular während und nach dem Sex gewöhnen müssen. Nachdem er es zunächst als vulgär empfunden und es ihn gestört hatte, fand er mit der Zeit sogar Gefallen daran.

Sie kraulte mit der linken Hand seine immer grauer werdenden Brusthaare. Plötzlich hob sie den Oberkörper, setzte sich aufrecht und sah ihn erwartungsvoll an.

»Und woher wusstest du nun, dass Erich nach Berlin fahren würde? Und wie meintest du das vorhin?«

»Ganz einfach.«

Und dann erzählte er ihr seinen ganzen Tag, bis hin zu dem Moment, in dem er sie in Erich Zeislingers Büro sprechen gehört hatte.

»Für mich bist du ab jetzt das Phantom des Krematoriums, soviel ist klar, aber wieso kam Erich denn mit dem Schreiben zu dir? Du bist bei der Mordkommission, und er konnte doch nicht ahnen, dass der Tod dieses Brill vielleicht was mit dem Brief zu tun hat.«

»Richtig, aber er hatte mit dem Polizeipräsidenten telefoniert, und der gab ihm meinen Namen, frag mich nicht, warum. Als er bei mir angerufen hat, hab ich mir fast in die Hose gemacht. Ich wusste ja nicht, worum es ging, und du warst nicht zu erreichen.«

»Ich war heute Morgen unterwegs und habe mir dieses geile Etwas gekauft, das eben deine Augen und deinen Tastsinn erfreut hat und jetzt wie ein Putzlappen vor der Couch liegt.«

»Stimmt, das hat sich gut angefühlt.«

Sie inhalierte tief.

»Und wie es aussieht, hat irgendjemand was mit der Documenta vor?«

»Ich weiß es nicht oder noch nicht. Wenn die Obduktionen ergeben, dass einer oder beide wirklich an einem Nervenkampfstoff gestorben sind, also umgebracht wurden, haben wir es mit einer großen Sache zu tun. Wie weit das allerdings in die Documenta hineinreicht, müssen wir sehen. Das Schreiben ist ja nicht sehr aussagekräftig.«

»Und wer macht so etwas?«

»Das haben wir uns heute auch gefragt, aber noch keine Antwort darauf gefunden. Mein Chef hat den Verdacht, dass vielleicht ein durchgeknallter Künstler was damit zu tun haben könnte.«

»Hm. Ich habe in meiner Eigenschaft als Frau des Kasseler OB schon mit dem einen oder anderen zu tun gehabt, und ganz dicht ist am Ende keiner von denen, aber wer ist das schon? Außerdem sind einige wirklich nett und sehr gut aussehend.« Sie grinste ihn an.

»Da gab es mal einen Farbigen, meine Herren. Der hat irgendetwas auf dem Friedrichsplatz gebaut, angeblich aus Treibholz. Es ging zwar das Gerücht um, dass man ihn in Hofgeismar auf dem Bauhof beim Holzklauen erwischt habe, aber bewiesen wurde nichts. Auf jeden Fall sah er scharf aus und hatte einen Mordskörper.«

»Den mag ich nicht«, nölte Lenz mit gespielter Eifersucht.

»Aber dass ein Künstler so ein Ding abzieht und Menschen mit Nervengas umbringt, das ist für mich schwer zu glauben.«

»Gab es in der letzten Zeit mal Krach in der Documenta-Szene?«

»Meinst du bei den Machern?«

»Ja. Oder im Umfeld?«

»Mein lieber Paul, bei denen kann der eine den anderen nicht riechen. Da geht es zu wie im Kindergarten. Offen zugeben wird das natürlich keiner, aber ein Mord? Noch dazu an Menschen, die offensichtlich nichts mit der Documenta zu tun haben? Ich weiß nicht.«

»Warum ist Erich eigentlich Aufsichtsratsvorsitzender der Gesellschaft?«

Maria sah ihn strafend an.

»Der Kasseler OB ist immer Aufsichtsratsvorsitzender der Documenta-Gesellschaft, kraft seines Amtes.«

»Aha.«

»Wenn du willst, schleiche ich in den nächsten Tagen mal ein bisschen um den Block und höre, ob es irgendwo im Gebälk der Ausstellung knackt. Ein solches Knacken hört man zum Beispiel immer, wenn die Liste der Teilnehmer veröffentlicht wird, das war auch dieses Jahr so. Da fühlt sich der eine oder andere nach seiner Meinung zu Unrecht nicht eingeladen. Oder es gibt welche, da kann keiner glauben, dass sie tatsächlich dabei sind.«

»Wenn du mich fragst, sind das gute Motive für einen Mord.«

103

»Ich frage dich aber nicht. Ich frage lieber die anderen, die, die sich mit Kunst auskennen.«

Sie schmiegte sich an seinen Körper.

»Zu denen gehörst du leider nicht, mein Geliebter.«

»Gerne.«

»Und wenn es wirklich wahr ist, dass die beiden umgebracht wurden, ist dann die ganze Ausrichtung der Documenta in Gefahr?«

»Du kannst fragen. Diese Nervengase sind ein fieses Zeug. Der Chemiker, der uns heute was darüber erzählt hat, geht von 10 Milligramm aus, um einen Erwachsenen umzubringen. Wenn man ein Kilo davon hat und es geschickt einsetzt, liegen ganz schnell ganz viele Leichen in der Stadt herum. Wenn es noch mehr Tote gibt oder Briefe, die das ankündigen, wäre ich nicht abgeneigt, die ganze Chose abzusagen. Aber mich fragt ja keiner, weil ich mich mit Kunst nicht auskenne, wie meine Freundin zu Recht behauptet.«

»Eine Absage wäre für die Stadt ein Desaster. Ich will jetzt gar nicht von der wirtschaftlichen Seite reden, alleine der Verlust an Renommee ist kaum zu beschreiben. Aber wir leben nun mal in einer Zeit, in der es Einzelnen leicht fällt, eine Gemeinschaft zu erpressen.«

»Deine Idee, dich mal in der Szene umzuhören, finde ich gut. Vielleicht ergibt sich wirklich etwas. Dein Mann hat übrigens von Gerüchten gesprochen, dass die Finanzierung der Documenta nicht gesichert wäre. Er sagt aber, es sei nichts dran.«

»Das muss er, schließlich ist er der Aufsichtsratsvorsitzende. Aber es ist jedes Mal das Gleiche; die Ausgaben werden größer, die Einnahmen kleiner. Seit ich die Documenta als Frau des OB erlebe, gibt es immer eine gewisse Angst vor der Deckungslücke im Etat.«

Sie küsste ihn auf den Hals.

»Aber wenn es nun gar nichts mit der Documenta zu tun hat? Es könnte sein, dass irgendwelche Terroristen dafür verantwortlich sind. Rechte, Linke, Fundamentalisten, was weiß ich?«

»Dann stellt sich die alte Frage ›cui bono?‹, wem nützt es? Für uns Polizisten ist die Frage nach dem Motiv immer genauso spannend wie die Frage nach dem Täter. Also, wem nützt es?«

»Ich weiß es nicht, Paul. Und offengestanden werde ich jetzt auch müde. Zu müde, um in dieser Nacht deinen Fall zu lösen. Wollen wir eine Stunde schlafen und dann losfahren?«

»Ich würde gerne morgen früh mit dir auf den Markt gehen.«

Sie lachte laut los.

»Da werde ich schlagartig wieder munter. Ich könnte den anderen Markthallenbesuchern sicher erzählen, dass die Frau des Bürgermeisters jetzt einen Bodyguard hat, aber Erich würde das bestimmt nicht schlucken.«

Sie drückte ihn an sich.

»Es ist ein reizvoller Gedanke, aber er ist in dieser Welt leider nicht zu realisieren. Wir können uns dort zufällig über den Weg laufen, wie es schon öfter passiert ist, aber zusammen hingehen muss leider ausfallen.«

»Irgendwann willst du mal, dann werde ich dich genauso zappeln lassen«, sagte er mit zusammengekniffenen Augen.

Dann nahm er sein Mobiltelefon vom Tisch, gab eine Weckzeit in 90 Minuten ein und legte sich wieder neben sie.

»Solange Erich OB ist, musst du genauso geduldig sein wie ich. Wenn das mal anders ist, werden die Karten neu gemischt.« Sie grinste ihn an. »Aber bis dahin bist du sicher schon zu alt für so eine attraktive Frau wie mich. Dann nehme ich mir einen neuen, jüngeren Liebhaber.«

Er kniff sie zärtlich in den Po, spürte ihre Brüste und seine wieder aufkeimende Erregung. Zwei Minuten später saß sie mit weit gespreizten Beinen auf ihm.

Als sein Telefon das eingestellte Signal zum Wecken startete, standen beide schon im Flur und verabschiedeten sich voneinander. Wie immer würde Lenz noch 10 Minuten warten und dann ebenfalls die Praxis verlassen. Maria zog ein Kopftuch über, das sie sowohl vor den neugierigen Blicken früh aufgestandener Fritzlarer als auch vor dem Fahrtwind in ihrem Cabrio schützte.

»Wir telefonieren.«

»Ja, wir telefonieren.«

Er nahm sie noch einmal zärtlich in den Arm.

»Ich dich auch«, flüsterte sie und ging.

13

Am Horizont brach der Tag an, als Lenz ins Auto stieg. Während er den Motor startete, wurde ihm klar, dass er überhaupt keine Lust hatte, jetzt auf die Autobahn zu fahren und dem kürzesten Weg nach Kassel zu folgen. Er verließ Fritzlar nach Süden und fuhr mit geöffneten Scheiben Richtung Bad Wildungen. Dann schwenkte er auf die Straße ein, die zum Edersee führt. Über Lieschensruh und Hemfurth erreichte er den Stausee. Auf dem Parkplatz an der riesigen Sperrmauer stellte er den Corsa ab, setzte sich auf eine Bank, hörte dem Zwitschern der Vögel zu und zündete sich eine Zigarette an.

Möglich, dass irgendwo in der Gegend ein Mensch herumläuft, von dem eine riesige Bedrohung ausgeht. Möglich, dass es Tote gab oder geben wird oder die Documenta abgesagt werden muss. An diesem Morgen interessiert es mich nicht. Es interessiert mich nicht, weil ich glücklich bin, dachte er.

Um Viertel nach sechs kam er an der Markthalle in Kassel an. Auf der Freifläche bauten die Anbieter von Obst und Gemüse aus der Region gerade ihre Stände auf. Er ging in die Halle und sah sich um. Trotz der unchristlichen Uhrzeit waren schon viele Besucher am Schauen oder Einkaufen.

»Ciao, Commissario«, begrüßte ihn der junge Italiener am Stand gegenüber dem Eingang, bei dem er gerne Schinken und Käse kaufte.

»Cappuccino, come sempre?«

»Ciao Enzo. Ja, Cappuccino, wie immer.«

Irgendwann mit den Jahren, in denen Lenz den Markt besuchte und beim Italiener einkaufte und seinen Kaffee trank, hatte der Junge herausgefunden, womit Lenz sein Geld verdiente. Seitdem war die Begrüßung immer die gleiche. Vorher wurde er, wie die meisten anderen auch, mit Professore, Dottore oder Avvocato begrüßt, jetzt war er der Commissario.

Lenz trank seinen Cappuccino, kaufte noch einige Lebensmittel fürs Wochenende und zahlte. Den Rest würde er später im Supermarkt holen. Jetzt war er hundemüde und wollte ins Bett. Er verabschiedete sich von den Italienern und war auf der Treppe zum Parkplatz, als sein Telefon klingelte.

Die Uhr an seinem Handgelenk stand auf 10 vor sieben.

»Lenz.«

»Hab ich dich geweckt?« Es war Maria.

»Nein, ich war auf dem Markt und wollte eben nach Hause fahren. Schön, dass du anrufst. Wie geht es dir?«

»Wundermild.«

»Wundermild ist klasse, oder?«

»Wundermild ist superklasse. Ich hab noch keine Minute geschlafen, aber jetzt werde ich wirklich ins Bett gehen. Ich hab auf der Terrasse gesessen und gelesen. Und du?«

»Ich war am Edersee und hab den Vögeln zugehört.«

Ein Ton des Telefons meldete ihm, dass ein weiterer Anrufer anklopfte.

»Entschuldige, Maria, da ist jemand in der Leitung. Kann ich dich später anrufen?«

»Wann immer du willst. Bis dann.«

Er nahm das wartende Gespräch an. Es war Uwe Wagner.

»Du klingst nicht, als hätte ich dich aus dem Bett geholt. Wo steckst du denn?«

»Bin auf dem Markt. Aber wie gerade aufgewacht klingst du auch nicht.«

»Ich bin im Präsidium, weil die Kollegen von K34 vor drei Stunden einen Dealer mit einem halben Pfund Koks hochgenommen haben. Das ist zwar kein dicker Fisch, aber sie wollten trotzdem einen Profi für die Medien dabei haben. Bis jetzt liegen die Zeitungsmacher und Fernsehfritzen wohl alle noch im Bett, bei mir hat sich jedenfalls auf meine Veröffentlichung hin keiner gemeldet. Das ist aber nicht der Grund meines Anrufs.«

108

Er machte eine kurze Pause.

»Machs nicht so spannend, Uwe.«

»Hier auf dem Flur randalieren sechs Türken und machen ein Riesentheater, weil ihr gestern deren Mutter, Frau, Tante und Oma exhumiert habt.«

Lenz wollte darauf hinweisen, dass nur eine Leiche exhumiert wurde, merkte aber, dass es nicht der richtige Zeitpunkt für einen Witz war.

»Und was soll ich jetzt tun?«

»Du sollst herkommen und es ihnen erklären. Ich habe doch keine Ahnung, worum es bei der Sache geht.«

Lenz sah sein Bett, seinen Schlaf und seine Dusche im Kollektiv am Horizont verschwinden.

»Ich kann mir nur vorstellen, dass es zwischen meinem leider erfolglosen Anrufversuch im Krematorium und dieser Exhumierung einen Zusammenhang geben muss.«

»So ist es, Uwe. Ich bin in 20 Minuten da, sag ihnen das. Schneller geht es nicht, weil ich zuerst noch mein Auto zurückbringen muss.«

»Mach ich. Bis gleich.«

14

Lenz hörte schon aus einiger Entfernung den Tumult. Als er sich Wagners Büro näherte, sah er vier Schutzpolizisten und drei Kollegen vom KDD, die versuchten, mehrere erregt gestikulierende Männer offenbar türkischer Abstammung zu beruhigen.

»Ruhe«, rief er laut in die Menge. Zu seinem Erstaunen verstummten alle Beteiligten. Er hielt seinen Dienstausweis hoch und sah in die Runde.

»Ich bin Hauptkommissar Paul Lenz. Wer ist der Älteste von Ihnen?«

Einer der Männer hob den Arm. Er war etwa 65 Jahre alt und trug einen einfachen dunklen Anzug. Lenz hielt ihm die Hand hin, der Türke streckte ebenfalls seine Hand aus.

»Ümit Bilicin. Meine Frau ist gestern aus ihrem Grab herausgeholt worden«, sagte er in gutem Deutsch.

»Kann ich Sie kurz unter vier Augen sprechen, Herr …? Ich habe Ihren Namen leider nicht richtig verstanden.«

»Bilicin. Ich heiße Ümit Bilicin.« Er sprach ganz langsam und legte eine starke Betonung auf die Vokale.

»Gut, Herr Bilicin.«

Lenz nahm den Mann sanft am Arm und zog ihn in Wagners Büro.

»Ihre Begleiter können hier im Flur warten. Wir sind in ein paar Minuten fertig.«

Bilicin, der noch in der Tür stand, sagte einen kurzen Satz auf Türkisch zum Rest seiner Gruppe.

Bis auf einen etwa 20-Jährigen mit gegeltem Haar und Mobiltelefon am Gürtel nickten alle mit dem Kopf. Als der Junge die rechte Hand hob und zur Faust ballte, blaffte der Alte ihn kurz an. Sofort nahm er den Arm herunter und nickte.

Wenn es doch immer so einfach wäre, dachte Lenz.

Er ging vor Bilicin ins Büro und bat Wagner, sie einen Moment alleine zu lassen. Als der Pressesprecher die Tür hinter sich geschlossen hatte, bat er Bilicin, Platz zu nehmen.

»Möchten Sie etwas trinken?«

»Nein, danke.«

Lenz setzte sich ebenfalls.

»Ich weiß, dass es für Sie sehr schwer zu ertragen ist, was gestern mit Ihrer Frau passiert ist, Herr Bilicin.«

Der Türke nickte.

»Warum haben Sie es dann gemacht?«

»Diese Exhumierung war leider nicht zu umgehen. Wir haben Hinweise darauf, dass Ihre Frau das Opfer eines Verbrechens gewesen ist. Deswegen musste der Leichnam exhumiert und einer Obduktion unterzogen werden.«

Bilicin sah den Polizisten völlig entgeistert an.

»Wollen Sie sagen, meine Frau ist ermordet worden?«

Er wartete die Antwort nicht ab.

»Meine Frau hatte einen Unfall bei der Arbeit. Sie ist doch nicht ermordet worden.«

Lenz überlegte fieberhaft, wie viel er Bilicin erzählen durfte.

»Das ist nicht so einfach, Herr Bilicin. Was ich Ihnen jetzt sage, dürfen Sie niemandem weitererzählen, auch Ihrer Familie nicht.«

Bilicin legte seine rechte Hand auf die linke Brust.

»Sie haben mein Wort.«

»Es kann sein, dass Ihre Frau vergiftet wurde, aber das können wir nur klären, wenn wir sie genau untersuchen. Ich kann Ihnen nicht sagen, wie das alles gekommen ist, aber wir müssen zum jetzigen Zeitpunkt davon ausgehen, dass Ihre Frau nicht durch einen Unfall gestorben ist.«

»Wieso vergiftet? Wer tut so etwas?«

Lenz zuckte mit den Schultern. Der Mann tat ihm leid.

»Das weiß ich nicht, noch nicht. Und ich kann mir gut vorstellen, dass diese Information schrecklich für Sie ist. Sie sind bis eben davon ausgegangen, dass Ihre Frau durch einen Unfall ums Leben gekommen ist, was schon schlimm genug wäre. Jetzt sage ich Ihnen, dass sie vielleicht vergiftet wurde. Aber es kann sein, dass durch die Untersuchung Ihrer Frau vielen anderen Menschen das Leben gerettet wird.«

Bilicin faltete die Hände und machte eine kurze Pause, bevor er dem Kommissar antwortete.

»Mein Glaube verbietet es, einem Toten die Ruhe zu stören. Vielleicht wissen Sie das, Herr Kommissar. Aber Sie sagen, dass durch die Untersuchung andere Menschen gerettet werden können. Wenn das so ist, dann machen Sie die Untersuchung. Meine Ayse ist tot und wird nicht wieder lebendig. Und wenn jemand sie vergiftet hat, will ich, dass er dafür bestraft wird. Es tut mir sehr weh, wenn ich an das denke, was mit ihr passiert ist. Aber es gibt so viel schlechte Menschen auf der Welt, und ich will Ihnen helfen. Sie hat immer gesagt, dass sie sich schämt, wenn sie im Fernsehen die vielen bösen Menschen gesehen hat, die andere ermordet haben. Jetzt kann sie vielleicht mithelfen, dass weniger sterben.«

»Ich danke Ihnen sehr dafür, Herr Bilicin. Und im Gegenzug gebe ich Ihnen mein Wort, dass, sollte Ihre Frau wirklich das Opfer eines Verbrechens geworden sein, wir alles tun, um den oder die Täter zu fassen. Wir wissen noch nichts darüber, in welcher Verbindung sie zu ihm oder ihnen stand, aber wir werden alles unternehmen, um es herauszufinden.«

»Ich glaube Ihnen, Herr Kommissar. Jetzt muss ich mir überlegen, wie ich das meinen Söhnen und den Brü-

112

dern meiner Frau erzähle. Ich bin alt und habe keine Kraft mehr, seit meine Frau tot ist, und Sie haben ja eben gesehen, wie mein jüngster Sohn sich benimmt. Er ist manchmal so dumm.«

Lenz gähnte.

»Entschuldigung Herr Bilicin, aber ich habe seit gestern Morgen nicht geschlafen. Kann ich Sie anrufen, wenn ich noch weitere Fragen habe oder Sie über den Fortgang der Ermittlungen informieren möchte?«

»Ich stehe im Telefonbuch: Ümit Bilicin, Struthbachweg 37. Sie können gerne bei mir anrufen.«

Er stand auf und hielt Lenz die Hand hin.

»Vielen Dank, Herr Kommissar, dass Sie so ehrlich zu mir waren. Ich behalte das, was Sie mir gesagt haben, für mich.«

Sie verabschiedeten sich voneinander und Lenz brachte den Witwer von Ayse Bilicin auf den Flur vor dem Büro. Dort hatten sich die Gemüter noch immer nicht völlig beruhigt.

Bilicin und Lenz wurden von vielen Augenpaaren erwartungsvoll angeschaut. Der Türke sagte ein paar Sätze in seiner Muttersprache, gab Lenz noch einmal die Hand und ging. Seine Familie folgte ihm wortlos.

»Danke Kollegen, ihr könnt jetzt auch gehen, der Zauber ist vorbei.«

Die Polizisten nickten, tauschten noch ein paar kurze Worte untereinander aus und verabschiedeten sich. Wagner und Lenz gingen zurück ins Büro.

»Was hast du denn mit dem gemacht? Der war ja handzahm, als du mit ihm fertig warst.«

»Irgendwann sollten die Seminare, die wir so häufig besuchen müssen, mal was nützen. Das war Multi-Kul-

113

ti-Deeskalation. Steht zwar in keinem Lehrplan, aber ich konnte auf die Erfahrungen mit meinen ehemaligen türkischen Nachbarn zurückgreifen. Da ging auch alles und ausschließlich nur über das Familienoberhaupt, und das ist nun mal in der Regel der Älteste.«

»Hut ab, mein Lieber, so was traut man dir auf den ersten Blick gar nicht zu.«

Er grinste feist.

»Aber jetzt will ich alles wissen, was du in den letzten 24 Stunden mitgemacht hast, speziell, warum ich im Krematorium anrufen sollte und was das mit dieser verdammten Exhumierung auf sich hat.«

Ich würde dir gerne meine letzten 24 Stunden komplett erzählen, lieber Uwe, dachte Lenz, aber dann hätte Maria allen Grund, mich umzubringen.

Und deswegen erzählte er seinem Freund nur die dienstlichen Ereignisse.

»Übel, übel«, sagte Wagner nachdenklich, als Lenz fertig war.

»Das könnte eine Riesensache werden, wenn wirklich Nervenkampfstoff im Spiel ist.«

Lenz' Mobiltelefon klingelte.

»Heute Morgen geht mir das Ding aber ziemlich auf den Senkel«, sagte er und griff in die Innentasche seines Jacketts. »Lenz.«

Der Anrufer sprach etwa eine halbe Minute, Lenz stellte nur zwei kurze Zwischenfragen. Dann war das Gespräch beendet und Lenz legte das Telefon auf den Schreibtisch.

»Ab jetzt ist es eine Riesensache, Uwe!«

15

Eineinhalb Stunden später, um acht Uhr 30, saß Lenz mit neun anderen Männern im Raum C 703, intern nur ›kleine Lage‹ genannt, im obersten Stock des Polizeipräsidiums. Anwesend waren außer ihm Georg Wissler, Ludger Brandt und Thilo Hain, die schon an der ersten Sitzung teilgenommen hatten. Weiterhin saßen am Tisch: der Hauptkommissar Friedrich Bommer, Leiter von ZK10 (Staatsschutzabteilung des Polizeipräsidiums Nordhessen) und sein Vorgesetzter, Kriminaloberrat Henner Käbberich, der Leiter der zentralen Kriminalinspektion.

Von der Staatsschutzabteilung des Bundeskriminalamtes in Wiesbaden waren Frank Fleischer, Martin Pfordt und Peter Leimbach angereist. Keiner von ihnen war älter als 35 und alle bezeichneten sich als Terrorismusexperten. Fleischer war der Ranghöchste von ihnen. Die Bundesanwaltschaft in Karlsruhe hatte Staatsanwalt Jost Kramer per Hubschrauber nach Kassel geschickt.

»Nun ist es also Realität geworden, meine Herren, wir haben es allem Anschein nach mit einer sehr ernsten Bedrohung zu tun«, eröffnete Wissler die Besprechung.

»Die Obduktionen der Leichen haben übereinstimmend ergeben, dass beide mit dem Nervenkampfstoff Soman getötet wurden. Über die Gefährlichkeit dieses Giftes muss ich keine Worte mehr verlieren. Der Generalbundesanwalt hat die Ermittlungen an sich gezogen und Staatsanwalt Kramer aus seiner Behörde mit der Leitung der Ermittlungen betraut. Der Justizminister weilt zwar in Brüssel, ist aber von der Sache unterrichtet.«

Wissler fasste die bis dahin vorliegenden Fakten zu den beiden Morden zusammen. Dann übergab er das Wort an den Staatsanwalt aus Karlsruhe.

»Mit Ihrem freundlichen Einverständnis würde ich diese Sonderkommission gerne unter dem Namen ›Brill‹ führen. Der Hintergrund ist, dass wir die Bevölkerung zunächst nicht mehr verunsichern sollten, als zwingend nötig. Außerdem sollte das Ereignis Documenta so lange wie möglich von Spekulationen unbehelligt bleiben.«

Er sah in die Runde. Alle Anwesenden nickten.

»Wir werden nicht verhindern können, dass dieser Fall am Montag in den Zeitungen steht. Spätestens am Montag. Wir müssen weiterhin davon ausgehen, dass in den Medien jede Menge Unsinn geschrieben werden wird. Deshalb bitte ich Sie, keine wie auch immer gearteten Statements an die Medien zu geben. Ich weiß, dass jeder von Ihnen Journalisten kennt, die er besonders schätzt und die Sie schätzen. Aber in diesem Fall bitte ich Sie, keinen Kontakt aufzunehmen und auf Anfragen an unsere Pressestelle in Karlsruhe zu verweisen. Sollte es einen Anlass dazu geben, werden wir hier vor Ort eine Pressekonferenz anberaumen, im Moment gibt es aber keinen.«

Wissler meldete sich zu Wort.

»Wir haben heute in der HNA, unserer Regionalzeitung, einen Artikel über den Einsatz im Krematorium. Da wird eine Quelle zitiert, die einen terroristischen Hintergrund andeutet.«

»Ist mir klar, Herr Wissler. Habe ich schon im Hubschrauber durchgefaxt bekommen. Ist aber kein Problem für uns. Allerdings würde mich diese Quelle schon interessieren.«

Er nahm einen Schnellhefter zur Hand.

»Ich habe mir auf dem Flug hierher ein paar Gedanken

dazu gemacht, wie ich mir die Ermittlungsarbeit vorstelle. Die möchte ich Ihnen jetzt gerne präsentieren. Wenn Sie Fragen oder Anregungen haben, unterbrechen Sie mich bitte. Zunächst müssen wir nach Verbindungen zwischen den Opfern suchen. Kannten sie sich? Hatten sie gemeinsame Bekannte, Freunde oder andere Schnittstellen? Dann müssen wir den Hintergrund jedes Opfers durchleuchten. In welchen Kreisen verkehrten diese Leute? Wie ist das familiäre Umfeld einzustufen? Weiterhin müssen wir berücksichtigen, dass beide Verbrechen an Mitgliedern von Minderheiten begangen wurden, was einen Täterkreis vom äußersten rechten Rand möglich erscheinen lässt. Schwule und Türken stehen auf deren Hasslisten ganz oben. Wir sollten nach Gruppierungen suchen, die hier in Kassel aktiv sind, aber auch bundesweit recherchieren.«

Er griff nach einer der Wasserflaschen, die auf dem Tisch standen, goss sich ein Glas ein und nahm einen großen Schluck.

»Da sind die Herren vom BKA gefragt. Natürlich müssen wir bei dieser Bedrohungslage auch an einen islamistisch begründeten Terroranschlag denken, wofür die Anzeichen nach meiner Meinung aber nicht sprechen. Das Schreiben an den Oberbürgermeister ist zwar auf Englisch verfasst, aber die Handschrift und die Vorgehensweisen der bekannten Organisationen sehen anders aus.«

Er sah Fleischer an. »Was meinst du, Frank?« Offenbar kannten sich der Staatsanwalt aus Karlsruhe und der BKA-Mann aus Wiesbaden.

»Schwierig zu beurteilen. Vielleicht eine neue Form, wir sind da auch am rätseln. Unsere Leute ermitteln mit allen verfügbaren Kräften, aber natürlich stehen wir noch ganz am Anfang.«

Kramer sah in die Runde.

»Weitere Vorschläge Ihrerseits?«

Lenz hob die Hand.

»Sie brauchen sich nicht zu melden, Herr Lenz. Nur zu, was haben Sie?«

»Wir haben darüber nachgedacht, ob es eine Verbindung zur Künstlerszene geben könnte. Nach unseren Informationen ist die Auswahl der Künstler, die zur Documenta eingeladen wurden, sehr kontrovers diskutiert worden. Wir sollten uns daher unter denen umsehen, die sich Hoffnungen gemacht haben und übergangen wurden.«

»Gute Idee. Das sollten wir auf jeden Fall abklopfen.«

»Dann könnte es sein, dass sich die Tat gegen die Stadt Kassel richtet. Vielleicht wollen die Täter eine Absage der Ausstellung erzwingen, was einen riesigen Imageverlust für unsere Stadt bedeuten würde. Vielleicht gibt es dann nie mehr eine Documenta hier.«

»Haben Sie eine Idee, wen wir in diesem Fall in den Kreis der potenziellen Täter einbeziehen müssten?«

»Nein, leider nicht.«

»Gut, auch das werden wir im Auge behalten. Als Nächstes müssen wir herausfinden, wo das Zeug herkommt, mit dem die beiden getötet wurden.« Er sah Fleischer an. »Frank?«

»Im Moment sind Gewebeproben der Toten auf dem Weg ins Labor, allerdings haben wir wenig Hoffnung, dass herauszufinden ist, wer es hergestellt hat. Anders als zum Beispiel bei Anthrax, wo es so etwas wie einen Fingerabdruck gibt, der das Herstellungslabor verrät, ist das bei Soman nicht so einfach, weil es sich dabei im Prinzip um 1944 in Deutschland entwickeltes Pflanzenschutzmittel handelt. Nach dem Zweiten Weltkrieg gab es drei Ner-

118

venkampfstoffe der G-Klasse, also Sarin, Tabun und unser hier verwendetes Soman, das übrigens von dem Gründer der Waschmittelwerke, Henkel, mitentwickelt wurde. Später haben die westlichen Alliierten sich das Tabun und das Sarin unter den Nagel gerissen und weiterentwickelt, während die Sowjets sich das Soman geschnappt haben. Das heißt aber nicht, dass die anderen nicht auch Soman in ihren Arsenalen gehabt hätten oder haben. Das meiste davon sollte nach den aktuellen Verträgen vernichtet sein, aber die Kontrolle ist schwierig. Es geistert also noch jede Menge dieses Kampfstoffes in der Welt umher, und auch die Herstellung ist für einen halbwegs begabten Chemiker mit einem kleinen Labor kein Problem. Das viel größere ist, sich mit dem Zeug nicht selbst umzubringen. Wir versuchen jetzt, zu ermitteln, ob es sich um ehemals sowjetisches, also jetzt russisches Soman handeln könnte, was aber, wie ich schon gesagt habe, verdammt kompliziert ist. Wenn wir eine Antwort gefunden haben, könnte die immerhin einen Hinweis auf unsere Täter liefern.«

Kramer nickte anerkennend mit dem Kopf.

»Das wäre schön. Weiterhin müssen wir noch klären, wie das Soman in die Körper gelangt ist. Bis jetzt haben wir keine Anhaltspunkte. Die Leiche Bilicin ist schon stark verwest, da wird es sehr schwer, den Aufnahmeweg nachzuverfolgen. Bei der Leiche Brill sieht es dank des Einsatzes der Kasseler Kollegen im Krematorium dafür umso besser aus. Da in der ersten Zusammenfassung des Obduktionsergebnisses nichts zu einem möglichen Aufnahmeweg des Nervenkampfstoffes bei Brill zu finden ist, habe ich veranlasst, die Leiche zwecks weiterer Untersuchungen ins Labor des BKA nach Wiesbaden bringen zu lassen.«

»Wir haben uns darüber auch schon unsere Gedanken gemacht«, ergänzte Fleischer.

»Bis jetzt ist es uns ein Rätsel, wie Einzelpersonen mit diesem Kampfstoff kontaminiert werden konnten, ohne Kollateralschäden zu verursachen. Es ist unglaublich schwierig und gefährlich, mit diesen Nervenkampfstoffen zu hantieren, deswegen müssen wir davon ausgehen, es mit Profis zu tun zu haben. Aber unsere Leute bleiben auch da am Ball.«

»Gut. Dann haben wir jetzt eine grobe Marschrichtung. Ich spreche mal von zwei Regelkreisen. Die Ermittler aus Wiesbaden kümmern sich, unterstützt von der hiesigen Staatsschutzabteilung, um den großen Rahmen, also um alles, was terroristische oder staatsfeindliche Motive bedingt, während die Kollegen von der Kasseler Mordkommission sich mit möglichen lokalen und regionalen Motiven sowie der Kunstschiene beschäftigen. Einverstanden?«

Alle nickten.

»Schön. Dann sehen wir uns, sofern keine neue Situation eintritt, morgen um acht wieder. Ich habe noch eine Liste vorbereitet, in die Sie bitte Ihre Mobilnummern eintragen. Diese werde ich vervielfältigen und jedem zukommen lassen. Es hat sich gezeigt, dass Sonderkommissionen die meisten Reibungsverluste auf organisatorischem Gebiet haben, dem möchte ich gerne entgegenwirken. Jeder kann jeden zu jeder Zeit erreichen, das soll mit dieser Liste gewährleistet sein.«

Er stand auf.

»Ach ja, eins habe ich noch vergessen. Ab heute Nachmittag stehen zwei Spürpanzer Fuchs mit voller ABC-Ausrüstung zu unserer Verfügung. Sie werden hier im Hof des Präsidiums stationiert. Wir sollten kein Risiko eingehen, denke ich.«

16

Als Lenz, Hain und Brandt sich einige Minuten später in einem Besprechungszimmer im vierten Stock trafen, schwebte gerade ein weiterer Hubschrauber des BKA ein. Wissler hatte sich entschuldigt, er wollte noch mit den Kollegen aus Wiesbaden einen Kaffee trinken und die Details der Arbeitsteilung besprechen.

»Was Kramer macht, hat Hand und Fuß«, stellte Brandt fest.

»Stimmt«, antwortete Lenz, der eine weitere Tasse Kaffee vor sich stehen hatte, die fünfte, seit er im Präsidium angekommen war. »Und die Aufteilung, die wir jetzt haben, gefällt mir auch gut.«

»Wo willst du anfangen, Paul?«

»Thilo und ich werden uns mit den Hintergründen der beiden Toten beschäftigen. Als Erstes fahren wir zur Familie der Türkin. Dann will ich den Freund von Brill noch einmal vernehmen. Wenn es sein muss, schreiben wir ihn zur Fahndung aus. Vielleicht gibt es ja wirklich Berührungspunkte zwischen den beiden Fällen.«

»Gut. Ich koordiniere hier die Ermittlungen der weiteren Kollegen, von denen ich die verfügbaren jetzt zusammentrommle, informiere und einteile.«

Er sah Hain mit einer Mischung aus Mitleid und Schadenfreude an.

»Den Thilo musst du aber für ein paar Tage im Hintergrund lassen, der könnte ja in einer Geisterbahn arbeiten, so wie er aussieht.«

Hain verzog das Gesicht zu einem Grinsen, was ihm aber offensichtlich Schmerzen bereitete.

»Mach ich«, antwortete Lenz.

»Hast du schon eine Idee, wie du die Ermittlungen in Richtung der Künstler anstellen willst?«

»Ich habe eine Bekannte, die sich in der Szene gut auskennt. Die frage ich mal, ob sie was weiß oder uns mit den richtigen Leuten in Verbindung bringt. Dann sehen wir uns natürlich bei der Documentagesellschaft um.«

Er dachte einen Moment nach.

»Zuerst schauen Thilo und ich aber im City-Point vorbei. Ich will mir ansehen, wo Ayse Bilicin gearbeitet hat und wie die Sache damals passiert ist.«

»Gute Idee. Ich gehe jetzt rüber und kümmere mich um den Rest. Wenn was sein sollte, ruft ihr an. Ich bin, wie es aussieht, den ganzen Tag hier zu erreichen.«

Lenz entschied, zum City-Point zu laufen, was Hain ganz und gar nicht schmeckte, weil seine Nase für allgemeines Interesse sorgte. Jeder, der ihnen begegnete, warf einen mehr oder weniger verstohlenen Blick auf das geschwollene Riechorgan. Sie betraten die von außen futuristisch wirkende Einkaufspassage durch den Eingang an der Mauerstraße. Lenz war erstaunt, wie viele Menschen sich im Innern befanden. Mühsam bahnten sie sich ihren Weg

122

durch die Einkaufstüten schleppende Menge und fanden ein Hinweisschild auf das Centermanagement im obersten Stock. Die Benutzung der diagonal die Etagen überspannenden Rolltreppen war für Lenz grausam, weil seine Höhenangst sich sofort meldete. Vom dritten zum vierten Stock gab es keine Rolltreppe. Sie nahmen den Weg durch das Treppenhaus und betraten kurz darauf die oberste Etage. Lenz sah durch ein großes Bullauge in der Außenwand, in welcher Höhe sie sich befanden und wechselte sofort zur anderen Wandseite. Über einen langen Flur kamen sie zum verglasten Innenbereich der Einkaufspassage, in dem das Centermanagement untergebracht war. Für Menschen, die nicht unter Höhenangst litten, bot sich hier ein atemberaubender Blick in die Tiefe. Durch eine Glastür gelangten sie in den Bereich der Verwaltung. Dort saß eine junge Frau an der Rezeption und arbeitete am Computer.

»Guten Tag«, grüßte sie freundlich. »Was kann ich für Sie tun?« Sie lispelte.

Die Polizisten hielten ihre Dienstausweise hoch und stellten sich vor.

»Wir kommen wegen eines Unfalls, der sich vor drei Monaten hier ereignet hat. Eine der Putzfrauen ist dabei ums Leben gekommen.«

»Das tut mir leid, da kann ich Ihnen nicht helfen. Ich habe erst im April hier angefangen.«

Lenz lächelte sie an.

»Vielleicht ist jemand im Haus, der damals schon hier gearbeitet hat?«

Sie wurde rot.

»Natürlich. Mein Chef ist heute nicht da, aber der Herr Schober, sein Stellvertreter.«

Sie griff zum Telefon und meldete die Kommissare an.

»Die zweite Tür auf der linken Seite.«

Schober kam ihnen entgegen, begrüßte sie und bot ihnen einen Platz an. Er trug eine unglaublich bunte Krawatte und einen großen Ring im rechten Ohr.

»Die Polizei haben wir sonst nur wegen Ladendieben im Haus. Aber deswegen kommen Sie doch sicher nicht, meine Herren?«

Lenz erklärte ihm den Grund ihres Besuches.

»Ach ja, die Putzfrau. Ein tragischer Unfall. Wir waren alle entsetzt, dass so etwas bei uns passiert ist, aber eigentlich sind wir nur mittelbar betroffen gewesen, weil die Frau ja nicht für uns direkt gearbeitet hat.«

»Wie darf ich das verstehen?«

»Wir beschäftigen keine eigenen Reinigungskräfte, das wäre viel zu teuer für uns. Wir arbeiten mit Cleanfix zusammen, einer Firma, die auf Gebäudereinigung im großen Stil spezialisiert ist. Für diese Firma hat die Frau gearbeitet.«

Hain machte sich Notizen.

»Aber sie war hier im Dauereinsatz, oder?«

»Soweit ich weiß, arbeitet Cleanfix immer mit den gleichen Kräften in unserem Center. Aber genau kann ich es Ihnen nicht sagen, weil das Reinigungspersonal erst dann kommt, wenn wir schon weg sind. Wir sehen nur die Arbeitsleistung, nicht den Menschen, der sie erbringt.«

»Aha«, machte Lenz.

»Verstehen Sie mich bitte nicht falsch, meine Herren, aber wir brauchen morgens um acht ein topsauberes Center. Damit beauftragen wir einen Dienstleister. Für uns zählen nur das Ergebnis und der Preis, den er dafür verlangt.«

»Hatte Frau Bilicin hier einen Spind? Oder gibt es einen Raum, in dem sich die Reinigungskräfte umziehen?«

124

»Natürlich. Wir haben einen separaten Bereich, in dem sich die Fremdfirmen aufhalten.«

»Können wir uns den ansehen?«

»Selbstverständlich. Aber was ist denn so interessant daran? Immerhin ist der Unfall schon ein paar Monate her.«

»Wir ermitteln in einer anderen Sache, aber vielleicht gibt es einen Zusammenhang zum Tod von Frau Bilicin.«

Der Centermitarbeiter nahm ein Funkgerät vom Schreibtisch, drückte eine Taste und gab einige Anweisungen durch.

»Ich lasse Ihnen die Räume von einem unserer Haustechniker zeigen.«

Er stellte das Gerät zurück.

»Herr Wielandt kennt sich bestens aus und ist auch der Verantwortliche für den Kontakt mit der Reinigungsfirma. Der kann Ihnen sicher helfen. Er ist gleich hier, Sie können bei meiner Sekretärin auf ihn warten.«

Die Polizisten verabschiedeten sich.

»Was für ein Idiot«, murmelte Hain, als sie auf dem Flur waren.

Wielandt war zwei Minuten später da. Er war um die 60, hatte einen mächtigen Bauch und große Tränensäcke, die sein Gesicht noch dicker wirken ließen. Aber er war freundlich und hatte etwas Verschmitztes.

»Ja, die Ayse«, begann er, nachdem Lenz ihm erklärt hatte, dass es zum Tod der Putzfrau noch ein paar Fragen gäbe.

»Die war seit dem ersten Tag hier, gehörte praktisch zum Inventar.«

»Hat sie jeden Tag hier gearbeitet?«

»Jeden Tag, bis auf sonntags. Immer pünktlich, immer gute Arbeit. Da gab es keinen Grund zur Klage.«

»Also arbeiten immer dieselben Reinigungskräfte von Cleanfix hier?«

»Klar. Stellen Sie sich mal vor, die müssten jede Woche neue Kräfte anlernen, dann wäre die Arbeit gar nicht zu schaffen. Cleanfix schickt immer dieselben Leute, es sei denn, es ist jemand krank. Aber das kommt auch ganz selten vor, denn dann gibt es Ärger in der Firma.«

»Ärger?«, fragte Hain.

»Na ja, die kennen kein Pardon. Wer arbeitet, der hat es einigermaßen gut. Krank werden oder gar zu Hause bleiben, das haben sie nicht so gerne. Die Reinigungsbranche ist ein Haifischbecken, da geht alles nur über den Preis.«

»Also war Frau Bilicin immer an der Arbeit?«

»Ich kann mich an keinen Tag erinnern, an dem sie gefehlt hätte. Wir arbeiten hier zwar im Schichtbetrieb, also habe ich nicht jeden Tag Kontakt gehabt, aber sie war nie krank. Nein, die Ayse nicht.«

»Können wir uns den Raum ansehen, wo sie sich umgezogen hat? Und vielleicht auch den, in dem die Materialien aufbewahrt werden?«

»Klar.« Er lief los.

»Nun sagen Sie mir doch mal, was unsere Ayse lange nach ihrem Tod für Sie denn so interessant macht.«

»Wir ermitteln in einer anderen Sache, da könnte es einen Zusammenhang geben.«

»Aber es war doch eindeutig ein Unfall. Sie ist beim Putzen über das Geländer gefallen. Oder wollen Sie mir jetzt erzählen, dass da einer nachgeholfen hat?«

»Wir stehen erst am Anfang unserer Ermittlungen«, wand Lenz sich. »Leider gibt es Anzeichen, dass ein Gewaltverbrechen nicht auszuschließen ist.«

126

»Moment mal«, sagte der Haustechniker und blieb stehen.

»Ist das die Ayse gewesen, die gestern auf dem Friedhof ausgegraben worden ist?«

Lenz und Hain sahen ihn erstaunt an.

»Da brauchen Sie gar nicht so zu gucken. Einer meiner Skatbrüder ist deswegen eine gute Stunde zu spät gekommen. Der arbeitet auf dem Friedhof und hat sich damit entschuldigt, dass eine Frau ex ...ex ...« Er stockte.

»Exhumiert«, half Hain ihm weiter.

»Exhumiert, genau. Dass eine Frau exhumiert worden ist.«

»Das war Frau Bilicin, ja.«

Wielandt pfiff durch die Zähne und ging weiter.

»Na, dann werden Sie ja noch Spaß haben mit dem alten Ümit.«

»Sie kennen ihren Mann?« Lenz war schon wieder erstaunt.

»Klar. Er hat sie gebracht und abgeholt. Ein guter Mann. Und ein gläubiger Muslim. Ich kann mir nicht vorstellen, dass er es gut findet, dass seine Frau ausgegraben wurde.«

Sie traten durch eine Milchglastür und befanden sich wieder im Kundenbereich. Wielandt ging zielstrebig auf die nächste Rolltreppe zu. Lenz schielte sehnsüchtig zu den Fahrstühlen. Der Haustechniker sah seinen Blick.

»Zwecklos. Jetzt sind die Muttis mit ihren Kinderwagen unterwegs, da brauchen wir mit dem Lift doppelt so lange, auch wenn ich meinen Schlüssel benutze. Die Räume sind im zweiten Stock, wir sind also gleich da.«

Lenz schloss die Augen, als er auf der Rolltreppe stand, und wäre an deren Ende beinahe gestürzt, weil er zu spät mit dem Fuß nach festem Boden hangelte. Eine weitere

Rolltreppe und ein paar Augenblicke später befanden sie sich in einem Raum, in dem etwa 20 Spinde standen.

»Hier hätte Ayse sich umziehen können, wenn sie gewollt hätte. Sie wollte aber nicht. Sie kam in Arbeitsklamotten und ging in Arbeitsklamotten.«

Er ging auf einen der Spinde zu und sah hinein.

»Das war ihrer. Ihre Familie hat alles abgeholt, was drin war. Aber ich glaube nicht, dass es da viel zu holen gab. Und Fingerabdrücke finden Sie bestimmt auch keine mehr, hier wird nämlich jede Woche saubergemacht.«

Lenz und Hain sahen in den blitzblank geputzten Spind. Es war beiden klar, dass sie hier keine Anhaltspunkte mehr finden würden.

»Schon gut, Herr Wielandt. Jetzt zeigen Sie uns bitte noch den Raum, in dem die Reinigungsmittel aufbewahrt werden.«

Der Haustechniker schob die Spindtür zu und ging einen Raum weiter. Dort roch es nach Salmiak und Schmierseife.

»Hier gibt es auch nicht mehr viel zu sehen. Die Putzfrau nach Ayse hat es nur einen Monat ausgehalten, danach kam wieder eine neue Kraft. Also, von dem Zeug, das Ayse benutzt hat, ist hier sicher nichts mehr zu finden, wenn Sie das suchen.«

»Und ihre Gummihandschuhe?«, fragte Hain.

»Das kann ich Ihnen nicht sagen, aber wie ich die Damen kenne, sind die in den Müll gewandert. Das sind alles Diven, von denen würde keine mit gebrauchten Handschuhen arbeiten.«

»Hat im Anschluss an Frau Bilicins Tod bei Ihnen jemand über Krankheitssymptome wie Husten, Atemnot, Erbrechen oder Ähnliches geklagt?«

128

»Bei allem guten Willen, Herr Kommissar, das ist jetzt drei Monate her. Selbst wenn ich was gewusst hätte, ob ich mich daran erinnern könnte? Aber ich glaube nicht, dass es da etwas gab, zumindest nichts Außergewöhnliches. Wir Haustechniker haben zu den meisten Mitarbeitern im Haus Kontakt. Und mir selbst ging es zu der Zeit auch nicht schlecht.«

Hain stöberte in den Putzmaterialien herum, die in einem großen Metallregal lagen. Auch hier würden sie nichts finden, was ihnen weiterhelfen könnte.

»Herr Schober sagte, dass hier im Haus alle entsetzt waren, wegen des Unfalls.«

»Blödsinn. Schober sitzt den ganzen Tag in seinem schönen Büro und hält über sein Funkgerät Kontakt zu uns. Ich habe noch ein gutes Jahr hier abzusitzen, dann gehe ich in Rente, und solche Typen wie den werde ich am wenigsten vermissen. Er hält sich für einen Magier der Zahlen, das sagt er selbst, aber wenn Sie mich fragen, ist er ein ganz armer Hund. Und die Ayse Bilicin hat er nie zu Gesicht gekriegt, geschweige denn hat ihn ihr Tod interessiert. Ich hatte an dem Abend keinen Dienst, aber ich bin sicher, es lag ihm mehr an der Reinigung der Stelle, wo sie aufgeschlagen ist, als an der armen Frau.«

»Kennen Sie einen Dieter Brill?«

»Dieter Brill?« Er dachte stirnrunzelnd nach.

»Nein, tut mir leid. Kenne ich nicht.«

Lenz hatte keine Fragen mehr. Er streckte dem Mann die Hand hin, um sich zu verabschieden. Wielandt griff danach und hielt sie fest.

»Ist die Ayse umgebracht worden?«

In seiner Stimme lag echtes Interesse. Offenbar hatte er die Frau wirklich gerne gehabt.

»Wie es aussieht, ja. Aber wir wissen noch nicht genug, um Ihnen jetzt mehr sagen zu können. Wenn Ihnen allerdings etwas zu Ohren kommen sollte in Bezug auf Erkrankungen der Kollegen, bitte ich um Ihren Anruf.«

Er gab ihm seine Karte.

»Mache ich, Herr Kommissar.«

Als die beiden Polizisten in den Kundenbereich der Einkaufsgalerie zurückkamen, spürten sie sofort die Veränderung. Es waren viel weniger Menschen in den Gängen vor den Geschäften unterwegs als vorher. Dafür hatte sich eine Menschenmenge im Untergeschoss versammelt, wo ein riesiger Bildschirm aufgehängt war. Lenz und Hain traten ans Geländer und sahen nach unten. Ein Nachrichtenkanal berichtete über die Ereignisse in Kassel. Der Ton war abgeschaltet, am unteren Bildrand wiederholte sich auf einem rot unterlegten Laufband ständig die Einblendung ›Terroranschlag in Kassel – Tote durch Nervenkampfstoff‹. Eine Reporterin wurde eingeblendet, die vor dem Kasseler Rathaus stand und mit ernstem Gesicht in ihr Mikrofon sprach. Dann kamen Archivbilder vom Anschlag der Aumsekte auf die U-Bahn in Tokio vor einigen Jahren.

Lenz blickte in die Gesichter der Menschen, die gebannt auf den Bildschirm starrten. Manche hielten eine Hand vor den Mund, andere schüttelten verständnislos den Kopf. Eine Frau zog ihren Begleiter am Arm. Sie wollte offenbar weggehen, aber der Mann stand unbeweglich auf der Stelle. Wie paralysiert betrachtete er, was auf dem Bildschirm über Kassel berichtet wurde.

Nicht Bagdad oder Kabul, nicht New York oder Madrid, nein, es war tatsächlich Kassel.

Hain drehte sich zu Lenz um.

»Jetzt haben wir den Salat.«

130

»Das kannst du laut sagen. Schau dir die Leute an, die Gesichter sagen alles.«

Wie aus dem Nichts tauchte Wielandt wieder neben ihnen auf. Er sah auf die Menschenmenge im Untergeschoss, dann auf den Bildschirm und schüttelte den Kopf.

»Jetzt wird die Ayse noch berühmt, oder?«

»Ich weiß es nicht«, antwortete Lenz.

»Müssen wir uns Sorgen machen, Herr Kommissar?«

Der Polizist sah ihn ernst an.

»Wie es aussieht, ja.«

17

Draußen hatte es mittlerweile angefangen zu regnen.

»Das haben wir nun davon«, maulte Hain.

Sie sprangen in einen Bus, der an der Haltestelle auf der anderen Straßenseite stand, und fuhren zum Bahnhof. Als sie dort ankamen, hatte sich der Regen in einen Hagelschauer gewandelt. Lenz schob seinen jungen Kollegen aus dem Bus in ein Wartehäuschen.

»Ich bin gleich zurück«, rief er und rannte in die Apotheke an der Ecke. Kurze Zeit später kam er mit einem großen Schirm zurück.

»Klappt immer«, entgegnete er Hains verdutztem Blick.

»Die haben so viele stehen gelassene Schirme, dass sie gerne mal einen verleihen. Ich hab das schon öfter gemacht.«

Hain fing so laut an zu lachen, dass er sich die Nase halten musste.

»Mensch Paule, du bist immer für eine Überraschung gut.«

Dicht gedrängt gingen sie am Bahnhof vorbei zum Präsidium. Im Eingang klingelte Lenz' Mobiltelefon. Er klappte den Schirm zusammen, drückte ihn Hain in die Hand und griff in seine Jackentasche.

»Geh schon mal vor, ich komme nach.«

»Lenz«, meldete er sich, als sein Kollege durch die gläserne Eingangstür verschwunden war.

»Hallo, Paul.« Maria klang verschlafen.

»Gerade bin ich aufgewacht und hab im Radio die Nachrichten gehört, da ging es ja nur um Kassel. Und im Fernsehen das Gleiche.«

»Hallo, Maria. Ich freu mich auch, dich zu hören.«

»Tut mir leid, ich bin noch total verpennt und schon ziemlich aufgeregt.«

»Es ist wahr, die beiden sind mit diesem Zeug umgebracht worden. Deswegen stürzt sich die versammelte Medienmaschinerie auf Kassel.«

»Und was machst du jetzt?«

»Ich versuche, die Bösen zu finden. Es ist Grande Casino bei uns, mit Bundesanwalt und BKA und allem. Die suchen nach den großen bösen Buben, wir nach den kleinen.«

Lenz vermied absichtlich Begriffe wie Terrorismus, Nervenkampfstoff oder Soman, weil er wusste, dass durch die Verwendung dieser und anderer Schlüsselwörter das automatische Abhören des Telefongesprächs eingeleitet werden würde.

»Gerade war ich im City-Point und hab mir den Arbeits-

132

platz der türkischen Putzfrau angesehen. Mit ihrer Familie hatte ich es heute Morgen schon zu tun.«

»Warum denn das?«

»Die fanden es nicht so gut, dass wir sie exhumiert haben. Und so sind sie mit sechs Mann im Präsidium erschienen und haben protestiert. Der Anruf, der uns heute Morgen unterbrochen hat, das war der Pressesprecher, bei dem sie auf der Matte standen.« Er gähnte.

»Dann hast du bis jetzt noch nicht geschlafen?«

»Keine Minute. Und wie es aussieht, komme ich auch die nächsten Stunden nicht dazu. Aber du hast geschlafen?«

»Ja, hab ich. Wenn du so viel zu tun hast, können wir uns heute Abend nicht sehen?«

»Klar können wir uns sehen. Du kommst bei mir vorbei, ich mach uns was zu essen und dann schlafen wir vor dem Fernseher ein.« Er lachte.

»So machen wir es«, bestätigte sie.

»Wie, so machen wir es?«

»Passt dir 10 Uhr? Dann ist es dunkel und ich kann inkognito bei dir erscheinen.«

Lenz war einen Moment lang sprachlos.

»Bist du noch da?«

»Na klar. Damit hätte ich nie gerechnet, deswegen freue ich mich umso mehr. Aber du weißt doch noch nicht mal genau, wo ich wohne.«

Er gab ihr seine Adresse und eine kurze Beschreibung des Weges durch. Sie schrieb mit. Sein Telefon meldete durch das bekannte Piepsen, dass ein weiterer Anrufer in der Leitung wartete.

Jetzt nicht, dachte er.

»Und wie kommt das auf einmal?«

133

»Erich hat mich vor fünf Minuten aus dem Schlaf gerissen und mir unter anderem erzählt, dass er heute Abend mit den Chinesen eine Tour unternimmt, was nichts anderes heißt, als dass sie sich sinnlos betrinken werden. Und dass es vermutlich so spät werden wird, dass er nicht mehr anrufen will. Ich habe zerknirscht akzeptiert, und jetzt können wir uns bei dir sehen, auch wenn das gefährlich ist für mich. Aber ich werde ein Kopftuch tragen und meine große Sonnenbrille.«

»Und wir können zusammen wach werden?«

»Können wir, aber verdammt früh. Spätestens um sieben will ich zu Hause sein.«

»Das passt gut, ich muss sowieso früh im Präsidium sein. Hat dein Mann nichts zu den Ereignissen hier in Kassel gesagt?«

»Wahrscheinlich hatte er noch nichts davon erfahren, er saß mit der Delegation auf einem Ausflugsdampfer. Ich habe es ja auch erst ein paar Minuten später mitgekriegt.«

»Egal. Ich freu mich auf jeden Fall auf dich.«

»Ich auch. Bis später.«

»Bis später.«

Er steckte das Telefon zurück in die Jacke und machte sich auf den Weg zu seinem Büro. Dort saß Uwe Wagner und wartete auf ihn.

»Thilo hat mir gesteckt, dass du einen deiner mysteriösen Anrufe bekommen hast und gleich hier auftauchen würdest. Wer war es denn?«

Lenz grinste ihn nur an.

»Kein Kommentar ist auch ein Kommentar. Aber deswegen bin ich nicht gekommen. Mich hat gerade der Bürgermeister angerufen. Eigentlich wollte er dich erreichen, aber du bist nicht ans Telefon gegangen. Also hat er sich bei

134

mir gemeldet. Er wollte wissen, was los ist in seiner kleinen Großstadt. Nachdem ich es ihm erklärt hatte, wollte er sich gleich in die Bahn setzen und nach Kassel zurückkommen.«

Lenz schluckte.

»Das ist doch nun wirklich nicht nötig. Er kann hier auch nicht mehr tun als in Berlin.«

»Habe ich ihm auch gesagt, aber er wollte nicht auf mich hören. Wahrscheinlich hat er die Koffer schon gepackt.«

»Mist.«

»Na ja, er wird dich sicher nicht bei deiner Arbeit stören.«

Lenz' Mobiltelefon vermeldete den Eingang einer SMS. Er hatte keine Zweifel über deren Inhalt und hätte kotzen können.

»Schon gut. Ich hab ja nichts gegen ihn.«

Thilo Hain kam herein und setzte sich.

»Der Freund von Brill ist aufgetaucht. Die Kollegen haben ihn im Auto und sind auf dem Weg hierher.«

»Das ist doch mal eine gute Nachricht«, freute sich Lenz mit säuerlicher Miene.

»Was hat er denn?«, fragte Hain den Pressesprecher.

»Keine Ahnung. Die Nachricht von der Rückkehr des OB aus Berlin hat ihm die komplette Lebensfreude ausgetrieben. Aber frag mich nicht, warum.«

Hain imitierte den Tonfall des OB.

»Vermutlich, weil er einen Narren an unserem Kommissar Lenz gefressen hat, nicht, seit der ihm vom Polizeipräsidenten empfohlen wurde, nicht.«

Alle drei lachten, und Lenz war froh, dass seine Freunde und Kollegen keine weiteren Spekulationen anstellten.

20 Minuten später saßen Lenz und Hain mit Markus Leichter in einem Besprechungszimmer auf der gleichen

Etage. Alle drei hatten einen Becher Kaffee vor sich stehen. Zwischenzeitlich hatte Lenz noch die SMS gelesen. Wie von ihm erwartet, hatte Maria das Treffen für den Abend abgesagt.

»Es tut mir leid, dass wir Ihnen Umstände machen mussten, Herr Leichter, aber Sie hatten recht mit Ihrer Annahme, dass Ihr Partner sich nicht das Leben genommen hat.«

»Ich bin heute Morgen aus der Pfalz zurückgefahren, wo ich einige Tage bei Freunden verbracht habe. Im Radio wurde über nichts anderes berichtet als über die Todesfälle in Kassel. Mir war sofort klar, dass es sich bei dem einen Opfer um Dieter handeln muss, was bedeutet, dass er umgebracht wurde. Nur, von wem? Und warum?«

»Das versuchen wir herauszubekommen, Herr Leichter. Wir haben Sie auch deswegen hierher bringen lassen, weil wir uns von Ihren Aussagen wichtige Erkenntnisse versprechen.«

»Bitte, wenn ich Ihnen helfen kann. Es macht mir im Übrigen nichts aus, dass Sie mich abholen ließen. Ich hätte ohnehin versucht, mit Ihnen Kontakt aufzunehmen.«

»Schön.« Lenz klärte ihn über die Hintergründe von Brills Tod und den Einsatz des Nervenkampfstoffes auf. Leichter wirkte viel gefasster als noch drei Tage zuvor.

»Kannten Sie oder Herr Brill das andere Opfer?«

»Wer ist das andere Opfer?«

Lenz nannte ihm den Namen der Türkin, wann sie ermordet wurde und wo sie gearbeitet hatte.

»Es tut mir leid, Herr Kommissar, aber ich kann mich nicht erinnern, die Dame kennengelernt oder von ihr gehört zu haben. Ob Dieter allerdings im Rahmen seiner Tätigkeit für das Jugendamt mit ihr zu tun hatte, kann ich Ihnen nicht sagen. Hatte sie Kinder?«

Lenz überlegte.

»Schon, aber in einem Alter, in dem das Jugendamt keinen Einfluss mehr haben dürfte.«

»Sagen Sie das nicht. Manchmal musste Dieter bei Gericht auch Einschätzungen abgeben über Volljährige, wenn die nach dem Jugendgesetz bestraft werden sollten.«

»Aha.«

»Da war natürlich auch die eine oder andere türkische Familie betroffen. Aber ob es in diesem Fall eine Verbindung gibt, entzieht sich meiner Kenntnis.«

»Das werden wir klären, aber es ist ein interessanter Hinweis.«

Leichter, der komplett schwarz gekleidet war und wieder nach teurem Parfum roch, lehnte sich zurück.

»Es will mir nicht in den Kopf, dass Dieter von jemandem so gehasst wurde, dass der ihn umgebracht hat. Zumal auf so eine Art und Weise.«

Er holte ein Taschentuch aus seiner Jacke und schnäuzte sich. Lenz hatte schwerste Bedenken, dass der Mann wieder anfangen würde zu weinen, aber diesmal hatte er sich unter Kontrolle.

»Wir stehen auch vor einem Rätsel, deswegen sind wir für jeden Hinweis dankbar. Ich habe Sie schon bei Ihrem letzten Besuch nach Menschen gefragt, die sich Herr Brill vielleicht zu Feinden gemacht haben könnte. Im Job, im Privatleben? Gibt es da irgendjemand, der Ihnen einfällt?«

»Sie meinen, ob Dieter in der schwulen Community Feinde hatte?«

»Zum Beispiel.«

»Ich habe es Ihnen schon gesagt, Herr Lenz, wir haben wie ein ganz normales Paar zusammengelebt. Die schwule Community hat uns nie sonderlich interessiert. Wir gehörten auch nicht zu denen, die auf Autobahnparkplätzen nach einer schnellen Nummer gesucht hätten. Und in der Szene haben wir uns sowieso nicht herumgetrieben, zumindest nicht in den letzten 11 Jahren.«

»Also keine Feinde?«

»Suchen Sie in den Akten des Jugendamtes, vielleicht werden Sie dort fündig. Ich kann Ihnen keine Feinde anbieten.«

Hain beugte sich nach vorne.

»Was ist mit alten Beziehungen? Gibt es da jemanden, den wir unter die Lupe nehmen könnten?«

»Oh je.« Leichter schnäuzte sich erneut.

»Bis wir uns kennengelernt haben, ist Dieter von den Kerlen immer nur hintergangen worden. Das ging so weit, dass er sich aus Verzweiflung sogar einmal mit einer Frau eingelassen hat. Glauben Sie mir, die meisten von denen könnten sich nicht mal mehr an ihn erinnern.«

»Hatten Sie vielleicht einmal Kontakt zur rechten Szene?«

»Ihre Frage ist nur so zu verstehen, ob wir mal von denen bedroht oder geschlagen wurden? Nein, auch da kann ich Ihnen keine Hinweise geben. Freunden von uns ist das passiert, aber uns selbst nicht. Wie gesagt, wir haben wie jedes andere Paar zusammengelebt, nicht mehr und nicht weniger.«

»Haben Sie Kontakt zur Documenta?«

»Wir haben uns beim letzten Mal ein paar Sachen angesehen, das ist alles. Wir konnten nie viel mit der modernen Kunst anfangen. Ich selbst interessiere mich mehr für die Kunst des siebzehnten und achtzehnten Jahrhunderts.«

»Gibt es in Ihrem Bekanntenkreis einen Chemiker?«, fragte Lenz weiter.

»Einen Chemiker?« Der schwergewichtige Mann kratzte sich am Kinn. »Nein, einen Chemiker kenne ich nicht. Warum?«

»Die Herstellung dieses Nervenkampfstoffes Soman ist nicht so einfach, wie es jetzt vielleicht in den Medien dargestellt wird. Dazu braucht man detaillierte Chemiekenntnisse und ein Labor. Deshalb meine Frage nach einem Chemiker.«

»Wie hat Dieter das Gift denn verabreicht bekommen?«

»Das wissen wir nicht, und das macht uns auch noch große Sorgen. Die Leiche Ihres Partners ist auf dem Weg nach Wiesbaden, um von Spezialisten untersucht zu werden.«

Lenz konnte ein Gähnen nicht unterdrücken.

»Für den Moment habe ich keine Fragen mehr, Herr Leichter.«

Er sah Hain an, der den Kopf schüttelte.

»Wir danken Ihnen, dass Sie sich für uns Zeit genommen haben. Und nochmals Entschuldigung, dass wir Sie vor Ihrem Haus abgefangen haben.«

»Kein Problem.«

Sie verließen gemeinsam das Büro. Lenz brachte Leichter zum Treppenhaus und verabschiedete sich von ihm. Dann ging er zurück zu Hain, der in seinem Büro auf ihn wartete.

»Wir müssen jemand vom Jugendamt auftreiben, der uns etwas zu Brills Arbeit erzählen kann und der uns Zugang zu den Akten verschafft, die er bearbeitet hat.«

»Kümmer dich drum«, forderte Lenz ihn auf. »Ich geh rüber in mein Büro und schlafe ein paar Minuten, weil ich kaum noch stehen kann. Anschließend fahren wir zu den Bilicins oder zum Jugendamt.«

Er zog die Tür hinter sich zu, ging in sein Büro und

139

schloss von innen ab. Dann nahm er einen großen Suppenteller, den er nur für diesen Zweck dort aufbewahrte, aus dem Schrank, und stellte ihn neben seinen Stuhl. Anschließend kramte er seinen Schlüsselbund aus der Jackentasche, setzte sich und brachte sich in eine bequeme Position. Die Schlüssel nahm er in die rechte Hand und positionierte sie etwa 60 Zentimeter über dem Teller. Keine Minute später war er in dieser Position eingeschlafen.

Diesen Trick, der bei ihm ausgezeichnet funktionierte, um dem Körper etwas Erholung zu gönnen, ihn aber nicht in eine tiefere Schlafphase kommen zu lassen, war Lenz einmal von einem alten Gewerkschafter verraten worden. Der hatte ihn während endloser Verhandlungsmarathons ausprobiert. In dem Moment, in dem der Körper auf Entspannung schaltet, lässt die Hand den Schlüssel fallen. Der veranstaltet im Suppenteller genug Krach, um den Einschlafenden aufzuwecken. In diesem Moment hat der Körper jedoch noch nicht die zur Einleitung des tieferen Schlafs erforderlichen Stoffe ausgeschüttet, und man wacht etwas erholter auf. Theoretisch zumindest.

Das genau tat Lenz 14 Minuten, nachdem er eingeschlafen war. Er streckte sich, blinzelte und nahm die Füße vom Schreibtisch. Dann stellte er den Teller zurück in den Schrank, nahm sein Telefon aus der Jacke, steckte sich eine Zigarette an und las noch einmal die SMS von Maria.

›Erich hat eben angerufen, er ist auf dem Weg nach Kassel. Leider wird aus unserem gemeinsamen Aufwachen nichts. Eine unendlich traurige Maria‹.

Wer auch immer diese Nervengasfuzzis sein mögen, dachte der Kommissar, ich hasse sie.

20 Minuten später saß er neben Hain in einem zivilen Dienstwagen und war auf dem Weg zu Ümit Bilicin. Der

140

Regen hatte aufgehört, aber die Straßen waren noch nass. Auf dem Jugendamt war niemand zu erreichen gewesen. Hain hatte den Namen des Amtsleiters herausgefunden, ihm eine Nachricht auf seinem privaten Telefonanschluss hinterlassen und um Rückruf gebeten.

Sie bogen am Holländischen Platz auf die vierspurige Ausfallstraße ab, die von Straßenbahnschienen in der Mitte geteilt wurde. Lenz sah links die spanische Gaststätte, von der Brills Partner gesprochen hatte.

›Casa Manolo‹, las er auf dem Werbeschild.

Im Autoradio spekulierte der Hessische Rundfunk, ob unter den gegebenen Bedingungen eine Absage der Documenta nicht die einzig denkbare Lösung wäre. Er schaltete das Gerät aus.

»Welche Hausnummer?«, fragte Hain, als sie von der Wiener Straße in den Struthbachweg einbogen. Lenz kramte umständlich nach dem Zettel, auf dem er die Adresse notiert hatte.

»37, ganz da hinten«, antwortete er seinem Kollegen und deutete mit der Hand auf ein gelb gestrichenes Gebäude.

Hain steuerte den Wagen auf einen Parkplatz vor dem Haus und beide stiegen aus. Lenz sah sich um. Hier wohnten Menschen, die sich die Mieten in den besseren Stadtteilen nicht leisten konnten oder wollten, aber alles sah sehr gepflegt aus. Die Wohnblocks standen etwas nach hinten versetzt, jeder hatte zwei Eingänge. Der, vor dem sie jetzt standen, trug vorne die Nummer 37.

»Ich …«, wollte Lenz gerade einen Satz beginnen, als der Sohn von Ümit und Ayse Bilicin in der Haustür auftauchte. Der Türke sah die Polizisten, blieb für den Bruchteil einer Sekunde stehen und rannte dann in die entgegengesetzte Richtung davon.

»Was soll das jetzt schon wieder?«, fragte Hain, bevor seine Polizisteninstinkte griffen und er die Verfolgung aufnahm.

»Das ist einer der Söhne von Bilicin«, rief Lenz, der ebenfalls losrannte, aber nur wenige Meter mithalten konnte. Hain war früher aktiver Leichtathlet gewesen und noch immer bestens trainiert. Davon ahnte der junge Türke nichts, als er um die Hausecke bog und über die Wiese auf den nächsten Wohnblock zulief. Auch nichts davon, dass Hain seit dem Ende seiner Leichtathletikkarriere ein begeisterter Karatekämpfer war. Lenz konnte zusehen, wie der Vorsprung des jungen Türken kleiner wurde, obwohl er gut in Form zu sein schien. Der nasse Rasen verursachte bei jedem Schritt ein klatschendes Geräusch unter seinen Sohlen. Am Ende des nächsten Hauses lag Hain nur noch etwa sechs Meter zurück. Bilicin bog nach rechts ab und lief hinter dem Haus entlang. Lenz verlor die beiden an der Hausecke aus dem Blick. Als er sie wieder sehen konnte, hob Hain gerade vom Boden ab und überwand mit einem Sprung den letzten Meter zwischen sich und dem Türken. Er griff im Fallen nach den Beinen des Jungen und bekam eins zu fassen. Beide stürzten, sich spektakulär überschlagend, auf die Wiese. Hain war viel schneller wieder auf den Beinen, griff sich keuchend den noch am Boden liegenden Bilicin und drehte ihm einen Arm auf den Rücken. Dann fasste er routiniert zu seinem Gürtel, nahm das dort eingehängte Paar Handschellen und klickte das Handgelenk fest. Er zog den anderen Arm daneben und band die Hände zusammen. Nun lag der junge Türke mit dem Gesicht nach unten im Gras und stöhnte. Hain stand auf, stützte die Hände auf die Knie und rang nach Luft. Lenz hatte sie erreicht und stellte sich in der gleichen Haltung neben ihn.

»Was war denn das für eine Nummer?«, fragte der noch immer keuchende Hain. Lenz sah ihn mit zusammengebissenen Zähnen an.

»Moment«, presste er hervor.

Bilicin versuchte sich aufzurappeln und auf die Knie zu setzen. Hain sprang neben ihn und warf ihn um.

»Liegenbleiben!«, befahl er.

Lenz sah auf den am Boden Liegenden.

»Das ist ein Sohn der Bilicins. Seinen vollen Namen wird er uns sicher gleich sagen.«

Er hob die Stimme.

»Und er wird uns sicher auch verraten, warum er hier den Sprinter gespielt hat.«

Er beugte sich zu dem jungen Mann hinunter.

»Ich höre?«

»Kann ich aufstehen?«

Lenz sah Hain fragend an. Der hatte den Kopf nach hinten gelegt, weil er schon wieder aus der Nase blutete, war von oben bis unten mit Dreck beschmiert und sah fürchterlich aus.

»Sag ihm, wenn er Blödsinn macht, hau ich ihm eine runter. Ich hab mir schon wieder die Nase angeschlagen, so langsam geht mir das echt auf die Nerven. Beim nächsten Mal lasse ich dich vorrennen.«

»Dann können wir uns die Arbeit sparen und schreiben ihn einfach zur Fahndung aus. Du hast doch gesehen, wie ich hier angekommen bin. Und vor allem wann.«

»Kann ich jetzt aufstehen?«

Lenz half dem Jungen auf die Beine. Seine schwarzen Haare starrten vor Schmutz und an seiner Kleidung hingen Grasreste.

»Mein Arm tut weh.«

»Meine Nase auch«, gab Hain mitleidslos zurück.

Lenz sah sich den Türken an. Das war nicht der Täter, den sie suchten. Auch war nichts mehr vorhanden von der großen Geste, mit der er im Polizeipräsidium Eindruck machen wollte.

»Also, warum wollten Sie abhauen?«

»Ich hab Dope in meiner Hosentasche.«

»Was und wie viel?«

»Nur ein bisschen Shit. Haschisch. Ich wollte heute Abend auf eine Party und hab es gestern besorgt.«

Hain trat neben den Jungen und griff ihm in die rechte Hosentasche.

»Andere Seite«, sagte der Türke und senkte den Blick.

»Wenn mein Alter davon erfährt, bin ich geliefert. Ich hab schon zweimal Ärger gehabt deswegen.«

Hain zog etwas silbrig Glänzendes aus Bilicins Hosentasche. Es war ein in Stanniolpapier gewickeltes Stück Haschisch. Nicht sehr groß, aber zu groß, um als Eigenverbrauch durchzugehen. Der Polizist roch daran und rümpfte die Nase.

»Junge, davon musst du ja ein Kilo rauchen, um high zu werden. Was zahlt man denn dafür?«

»50 Euro.«

Hain grinste und sah Lenz an.

»Ich sollte ihm für seine Doofheit eine runterhauen, sich von seinem Dealer so dermaßen bescheißen zu lassen.«

Lenz betrachtete das Haschisch.

»Du hattest schon öfter Ärger wegen deiner Kifferei?«

»Ja. Einmal musste ich 40 Stunden im Altersheim arbeiten, weil ich mit einem Stück erwischt wurde.«

»Gab es eine Gerichtsverhandlung?«

»Klar.«

144

»Und da hast du Dieter Brill kennengelernt.«

»Wen?«

»Dieter Brill vom Jugendamt?«

»Kenne ich nicht.«

In diesem Moment wurde eines der Fenster des Hauses, hinter dem sie standen, geöffnet. Ein Mann, der wie seine eigene Karikatur aussah, hängte sich mit den Unterarmen auf das Fensterbrett und sah zu ihnen herüber. Er trug ein ehemals weißes Unterhemd und hielt eine Zigarette in der Hand. Seine Haare schrien stumm nach einer Wäsche.

Lenz sah sich um. Sie standen zwischen dem Haus und einer Waldschneise.

»Mach ihn los«, forderte er seinen Mitarbeiter leise auf.

Hain griff in seine Hosentasche, nahm einen Schlüssel heraus und öffnete die Handschellen. Der Junge massierte sich mit übertrieben schmerzverzerrtem Gesicht seine Handgelenke.

»Ham se ihn endlich mal erwischt?«, rief der Mann von der Fensterbank und gab dabei den Blick auf ein Gebiss frei, an dem sich ein guter Kieferchirurg sicher hätte monatelang austoben können.

Lenz nahm den Jungen am Arm und zog ihn in die Richtung, aus der sie gekommen waren.

»Du hältst jetzt einfach den Mund«, zischte er leise.

»Ein Irrtum. Bedauerlich, aber ein Irrtum«, rief er dem Mann am Fensterbrett laut zu. »Wir müssen uns bei dem Herrn entschuldigen.« Er nahm demonstrativ Bilicins Hand und schüttelte sie. Dann zog er ihn weiter und um die Hausecke. Hain folgte ihnen mit schief gelegtem Kopf.

Auf der kurzen Seite des Hauses, die sie jetzt erreicht hatten, blieb Lenz stehen. Hier gab es nur kleine Fenster mit Milchglas, also vermutlich Toiletten.

»Ich mache dir jetzt zwei Vorschläge«, sagte er. »Der erste ist, dass wir dich mitnehmen und den Kollegen vom Rauschgiftdezernat übergeben. Was dann passiert, kannst du dir ausrechnen. Vorschlag zwei erkläre ich dir am Montag im Präsidium. Wenn du ja sagst und nicht kommst, schicke ich ein paar Kollegen, um dich abzuholen. Dann sehen wir uns vor Gericht wieder wegen deines Blödsinns hier. Und dann geht es nicht nur um Haschisch, sondern auch um Widerstand gegen Vollzugsbeamte. Verstanden?«

»Ja.«

»Also sehen wir uns am Montag.« Er drückte dem Jungen seine Karte in die Hand.

»Ruf mich an, dann machen wir die Uhrzeit aus. Und jetzt verschwinde.«

»Was war denn das jetzt?«, fragte Hain, als der Türke um die Ecke gebogen war.

»Hättest du es anders gemacht?«

»Ich hätte ihm wenigstens die Reinigung meiner Klamotten aufs Auge gedrückt.«

Lenz grinste und lief los.

»Aber dein Sprung, Thilo, alle Achtung. Da hätte Tarzan seine Freude dran gehabt.«

»Wirklich? Sah gut aus, meinst du?«

»Wie bei einem Profi.«

»Du verscheißerst mich jetzt, oder?«

»Ja.«

»Mistkerl.«

Lenz blieb stehen und sah ihn von oben bis unten an.

»Wenn du mich so zu den Bilicins begleitest, könnte das zu ernsten diplomatischen Verwicklungen führen. Besser, du wartest im Auto auf mich.«

»Klar, großer Meister. Ich bin nass und mir ist kalt, aber das interessiert ja hier kein Schwein.«

»Von mir aus kannst du auch aufs Präsidium fahren. Ich komme mit der Bahn zurück.«

»Und was soll ich auf dem Präsidium? Meinen frischen Klamottensatz hab ich gestern schon aufgebraucht. Dann fahre ich besser zu Hause vorbei und ziehe mich um.«

»Mach das. Wenn der Typ vom Jugendamt sich heute nicht mehr meldet, können wir sowieso Feierabend machen.«

»Das klingt doch nach mehr. Mir tut die Nase weh, ich sehe aus wie ein Bauarbeiter, und außerdem habe ich was Nettes zu rauchen in der Tasche.«

Lenz sah ihn an und hielt die Hand auf.

»Du sagst selbst, dass es nichts taugt. Also her damit, damit du erst gar nicht in Versuchung kommst.«

Lenz wusste, dass Hain ab und zu einen Joint rauchte.

»Das ist jetzt echt nicht fair, Paul.«

Lenz streckte ihm auffordernd die Hand entgegen. Hain legte das Haschisch mit finsterem Blick hinein.

»Ist besser so, glaub mir. Du machst dich jetzt nach Hause und weinst ein bisschen der verpassten Chance nach. Wenn der Anruf vom Jugendamtsleiter kommt, müssen wir noch mal raus, wenn nicht, lassen wir es für heute gut sein. Dann sehen wir uns morgen um halb acht im Büro. Ich befrage jetzt den alten Bilicin, telefoniere danach mit Ludger und fahre auch nach Hause, wenn ich nichts von dir gehört habe.«

18

Lenz legte kurz den Finger auf die Klingel und wartete. Dann hörte er das kreischende Summen des Öffners und drückte gegen die Tür. Im Haus roch es nach Essen und Reinigungsmittel. Bilicin wohnte im dritten Stock und erwartete ihn an der Tür. Er begrüßte den Polizisten, und Lenz hatte das Gefühl, dass sein Besuch nicht überraschend kam für den Türken, der ihn bat, im Wohnzimmer Platz zu nehmen. Die Wohnung war hell und modern eingerichtet, ganz anders, als Lenz es sich vorgestellt hatte.

»Çay, Herr Kommissar?«

»Ja, gerne.«

Bilicin ging in die Küche und kam mit zwei Teegläsern zurück.

»Sie sind überrascht, wie es hier aussieht?«

»Na ja, es ist ein wenig …« Er überlegte. »Es ist anders als in den Wohnungen Ihrer Landsleute, die ich bis jetzt gesehen habe.«

»Meine Tochter Emina ist Architektin.« Er griff hinter sich und zeigte Lenz ein Bild. Darauf war eine etwa 30-jährige hübsche Frau mit dunklen Haaren und ebenso dunklen Augen zu sehen.

»Das ist sie«, sagte der Türke mit Stolz in der Stimme.

»Sie hat bis vor zwei Jahren hier gewohnt, und weil sie gerne so leben wollte, haben meine Frau und ich sie hier alles einrichten lassen. Zuerst fanden wir es nicht schön, aber mit der Zeit haben wir uns daran gewöhnt.«

»Hat sie ein eigenes Architekturbüro?«

»Ja. Sie macht viele Planungen für unsere Landsleute. Die

148

arbeiten lieber mit Türken als mit Deutschen. Weil sie so misstrauisch sind, wissen Sie.« Er schmunzelte.

»Und sie hat bis vor zwei Jahren hier gewohnt? Ist das nicht ungewöhnlich?«

Bilicin trank einen Schluck von seinem Tee und zuckte mit den Schultern.

»Sie hat sich anders entwickelt, als wir es uns vorgestellt haben. Als sie klein war, ist sie immer nur mit deutschen Mädchen und Jungen zusammen gewesen. Sie hat auch nie daran gedacht, einen Türken zu heiraten. Einmal hatte sie einen türkischen Freund, da waren meine Frau und ich sehr glücklich, aber es hielt nicht lange. Sie hatte auch deutsche Freunde, aber bis vor drei Jahren war keiner der Richtige. Dann hat sie ihren Mann kennengelernt. Und jetzt hat sie ein Kind, obwohl sie selbst nie schwanger gewesen ist. Aber er ist ein guter Mann.«

»Haben die beiden ein Kind adoptiert?«

»Nein, ihr Mann hatte schon einen Sohn. Er hat seine Frau wegen Emina verlassen, und zuerst war der Kleine bei seiner Mutter. Aber letztes Jahr hat die ihre Arbeit verloren und komische Sachen gemacht, da kam das Kind zu Emina und Kurt, so heißt er. Zuerst war es schwer mit einem deutschen Schwiegersohn, aber jetzt ist er wie ein richtiger Sohn für uns geworden. Und Emina liebt ihn.«

Er stellte seine Teetasse auf den Tisch.

»Aber Sie sind nicht zu mir gekommen, um mit mir über meine Tochter zu sprechen?«

»Nein. Ich wollte Ihnen sagen, dass Ihre Frau wirklich vergiftet worden ist, wie wir es vermutet haben.«

»Ich weiß, ich habe die Nachrichten im Fernsehen gesehen. Da haben sie von einer Frau gesprochen, die im Februar gestorben ist. Es wurde kein Name genannt, das war gut so, sonst wären schon alle meine Verwandten hier. Und meine Söhne würden auf dumme Gedanken kommen.«

»Auch wenn es offiziell wird, dass Ihre Frau ermordet wurde, und es vielleicht in der Zeitung steht oder im Fernsehen kommt, dürfen Ihre Söhne keine Dummheiten machen. Wir haben es hier mit sehr gefährlichen Menschen zu tun, die über hochwirksame Gifte verfügen.«

»Ich werde tun, was ich kann. Aber der Baba ist nicht mehr das in der Familie, was er früher war, auch wenn die Deutschen das immer denken. Unsere Kinder sind erwachsen und haben ihren eigenen Kopf. Manchmal auch einen Dummkopf.«

Lenz nickte zustimmend.

»Können Sie sich vorstellen, dass Ihre Frau einen Feind hatte, der sie umgebracht hat?«

Der alte Türke lachte laut auf.

»Meine Ayse? Wenn Sie sie kennengelernt hätten, würden Sie diese Frage nicht stellen. Sie hat vier Kinder zur Welt gebracht und war immer eine gute Mutter und eine gute Frau. Wir hatten nie viel Geld und ich musste hart arbeiten, um alle satt zu kriegen, aber Ayse hat für jeden etwas übrig gehabt. Manchmal musste ich sie stoppen, sonst hätten wir vielleicht gehungert.« Er lachte wieder.

»Na ja, so schlimm war es nicht.«

»Wo haben Sie gearbeitet?«

»Zuerst bei Henschel, später, als das Werk übernommen wurde, bei Mercedes. Ich konnte immer zu Fuß zur Arbeit gehen.«

»Und seit wann sind Sie in Deutschland?«

»Ich bin 1968 hierher gekommen, meine Frau zwei Jahre später. Und wir waren immer in Kassel, wir wollten nie woanders hin. Viele von meiner Familie wohnen

150

in Frankfurt, aber die Stadt ist mir zu groß, da will ich nicht hin.«

Er nahm einen weiteren Schluck Tee und Lenz war einmal mehr beeindruckt wie gut der Mann sich in der deutschen Sprache ausdrücken konnte.

»Und jetzt sitze ich hier alleine in dieser Wohnung. Manchmal kommt mein jüngster Sohn nach Hause, er lebt eigentlich noch hier, aber seit er eine oder mehrere Freundinnen hat, sehe ich ihn nicht mehr so oft.«

»Der Mann, der von der Brücke gefahren ist, wurde auch vergiftet. Er hieß Dieter Brill. Kannten Sie ihn?«

»Ich weiß nicht. Den Namen kenne ich nicht. Haben Sie ein Bild von ihm? Die deutschen Namen klingen auch nach den vielen Jahren noch alle gleich für meine anatolischen Ohren.«

Lenz ärgerte sich, dass er nicht daran gedacht hatte, Leichter nach einem Bild von Brill zu fragen.

»Nein, aber ich werde eins besorgen und komme dann wieder vorbei.«

»Machen Sie das, ich freue mich. Und finden Sie den Mann, der meine Ayse ermordet hat, dann kann ich wieder besser schlafen. Die letzte Nacht war schlimm für mich, weil ich immer daran denken musste, wie sie vielleicht leiden musste mit diesem Gift.«

»Das tut mir ehrlich leid. Aber soweit wir wissen, musste sie nicht leiden.«

Er wollte aufstehen, aber ihm fiel noch etwas ein. Es kam ihm zwar merkwürdig vor, diese Frage zu stellen, aber er tat es trotzdem.

»Haben oder hatten Sie oder Ihre Frau irgendwelche Kontakte zur Documenta, Herr Bilicin?«

»Zu was?«

»In Kassel gibt es alle fünf Jahre eine große Kunstausstellung, die Documenta. Dann kommen berühmte Künstler nach Kassel und viele Menschen besuchen diese Ausstellung. Im Sommer findet sie wieder statt.«

»Ich habe vielleicht mal davon gehört, Herr Kommissar, aber weiß nichts darüber. Ayse und ich waren nie interessiert an Kunst. Meine Tochter, die kennt sich da bestimmt gut aus, aber wir nicht. Wir sind einfache Leute geblieben.«

Lenz stand auf, bedankte sich für den Tee und verabschiedete sich von Bilicin. Auf der Treppe drehte er sich noch einmal um.

»Wenn ich etwas Neues erfahre, melde ich mich bei Ihnen, aber ich komme sowieso noch einmal mit dem Foto vorbei.«

19

Zwei Stunden später saß er in der kleinen Küche seiner Wohnung und las in der Regionalzeitung. Hain hatte sich nicht gemeldet, und Ludger Brandt, den er angerufen hatte, war einverstanden, dass er seinen Arbeitstag beendete. Während der Fahrt mit der Straßenbahn durch die Stadt, als er die vielen Menschen auf der Königsstraße, der Einkaufsmeile, beobachtet hatte, waren ihm sonderbare Dinge durch den Kopf gegangen. Was würde passieren, wenn es tatsächlich zu einem Anschlag käme? Wie viele Tote würde es geben? Wie konnte er sich persönlich schützen? Und Maria? Er stand auf, füllte ein Glas mit Wasser und nahm einen großen Schluck. Nichts wäre wie vorher in seiner Stadt.

Das Klingeln des Mobiltelefons riss ihn aus seinen Gedanken.

»Lenz.«

»Hallo, Herr Hauptkommissar, hier ist Zeislinger. Störe ich Sie?«

»Überhaupt nicht, Herr Zeislinger«, log er. »Was kann ich für Sie tun?«

»Ich bin auf dem Weg nach Kassel, nicht, wie Sie vielleicht wissen. Nun wollte ich fragen, ob es einen neuen Sachstand gibt.«

»Nein, Herr Bürgermeister, es gibt keine neuen Erkenntnisse. Wir sind mit allen verfügbaren Kräften am Ermitteln, stehen aber erst am Anfang.«

»Schön, schön. Jetzt habe ich mich gefragt, ob es wegen der besonderen Umstände vielleicht besser wäre, mich unter Personenschutz zu stellen? Schließlich war der Brief an mich persönlich adressiert, nicht.«

Ach, der Herr Oberbürgermeister hat die Hose voll, dachte Lenz.

»Da sind Sie bei mir ganz falsch, Herr Bürgermeister, solche Entscheidungen treffe ich nicht. Aber mit Ihren guten Kontakten ins Präsidium sollte das doch mit einem Anruf geklärt sein.«

»Ja, sicher, ich wollte aber vorher die Meinung eines Experten einholen, nicht. Was meinen Sie persönlich, ist das notwendig?«

Durch Lenz' Kopf schossen für den Bruchteil einer Sekunde merkwürdige Gedanken. Zeislinger tot, Maria lebt, Lenz lebt, Happy End.

»Da muss man natürlich viele Faktoren in Erwägung ziehen, Herr Zeislinger. Aber ich kann dazu beim besten Willen keine Empfehlung abgeben. Wenn genügend Kräfte frei sind ... Im Moment ist die Personalsituation allerdings angespannt, wegen der besonderen Umstände. Wir müssen ohnehin seit Jahren mit einer sehr dünnen Personaldecke auskommen.«

»Aber Herr Lenz, meine Sicherheit sollte doch nicht von der Personalausstattung bestimmt werden?«

»Nein, sicher nicht.«

»Nun, dann werde ich besser mal mit dem Polizeipräsidenten telefonieren, um zu einer Entscheidung zu kommen, nicht. Ich denke aber, ich werde um diese Schutzmaßnahme nicht herumkommen.«

Lenz hatte den miesen Verdacht, dass der OB keinen Expertenrat, sondern eine Aussage wollte, auf die er sich beim Polizeipräsidenten berufen konnte.

»Das wird sicher das Beste sein.«

Zeislinger beendete das Telefonat kurz angebunden und Lenz hatte den Eindruck, dass der OB sich mehr versprochen hatte.

Eine Stunde später lag er im Bett und schlief.

Nach einer traumlosen Nacht saß er um sieben Uhr wieder im Bus zum Präsidium. Die Fahrt durch die menschenleere Stadt hatte etwas Apokalyptisches. An jeder größeren Kreuzung stand ein Polizeifahrzeug; die Polizisten, die sich in der Nähe der Autos aufhielten, trugen Splitterwesten, Maschinenpistolen und sahen angespannt aus.

Als der Bus in die Kölnische Straße einbog, rief Maria an.

»Hallo, meine Liebe. Warum bist du so früh wach?«, fragte er erstaunt.

»Ich bin hellwach. Und ich könnte ihn erschießen.«

154

Er wusste sofort, von wem sie sprach.

»Warum denn jetzt schon wieder?«

»Diese Dumpfbacke hat Polizeischutz für sich angefordert. Jetzt schleichen hier vier finster dreinblickende Jüngelchen durchs Haus, weil der Herr OB fürchtet, die bösen Terroristen könnten sich ihn als Ziel aussuchen und kaltmachen. Erich!«

Lenz merkte, dass sie wirklich zornig war.

»Und was ist mit dir?«

»Das ist das Allerschärfste. Eben war hier großes Meeting, weil ich angeblich auch eine gefährdete Person bin. Die haben sie doch nicht mehr alle. Weißt du, was das für uns bedeuten würde? Wir könnten uns nur noch in Begleitung meines Escortservices sehen, also gar nicht.«

Lenz dachte einen Moment darüber nach, wie leicht ihr Mobiltelefon abzuhören wäre. Oder seins.

»Und was ist bei dem Meeting herausgekommen?«

»Erich hat versucht, mich von der Wichtigkeit dieser ›Schutzmaßnahme‹ zu überzeugen, aber ich wollte und will nicht. Ich habe keine Lust, auf Schritt und Tritt von zwei oder vier Bodyguards belauert zu werden. Es ist doch auch schon von der Sache her idiotisch, weil es ja nicht um einen Angriff auf eine bedeutende Person geht, sondern sich die Bedrohung gegen die Documenta richtet.«

»Na ja, immerhin hat es zwei Tote gegeben«, gab Lenz zu bedenken.

»Stimmt, die hätten mit Bodyguards überlebt. Leider waren diese armen Menschen nicht so wichtig wie ich und hatten keine.«

»Warte mal einen kleinen Moment«, bat er, als sein Bus am Bahnhof anhielt. Er sprang mit dem Telefon am Ohr auf die Straße. Mit ein paar Schritten war er in der menschenleeren Bahnhofshalle.

»Paul, bist du noch dran?«

»Ja, klar, ich bin nur aus dem Bus ausgestiegen und in die Bahnhofshalle gegangen. Also, du willst nicht unter Personenschutz gestellt werden?«

»Noch mal, nein. Wie lange sollte das denn gehen? Bis zur Documenta? Bis nach der Documenta? Und wenn der Irre bis dahin noch niemand um die Ecke gebracht hat, bis Weihnachten? Wir beide wären doch am meisten davon betroffen, Paul.«

Diesem Argument konnte Lenz sich nicht entziehen.

»Stimmt. Ich glaube außerdem, das Risiko ist überschaubar.«

»Schön, dass du das sagst.«

Sie gähnte.

»Wie geht es dir denn nach der nur ganz knapp verpassten ersten Nacht mit mir?«

»So weit ganz gut. Gestern Abend hatte ich noch ein Gespräch mit deinem Mann.«

Er erzählte ihr von Zeislingers Anruf und davon, dass ihn der Einsatz der Bodyguards nicht überraschte.

»Der Herr OB hat die Hose gestrichen voll, glaube ich.«

»Wenn ich es nicht besser wüsste, würde ich vermuten, dass er uns auf die Schliche gekommen ist, so oft, wie er den Kontakt mit dir sucht. Aber er ist völlig ahnungslos, wie immer. Und nein, du irrst dich da gewaltig. Er hat keine Angst, das ist ja das Merkwürdige. Ich glaube, er will nur sich und der Welt seine Wichtigkeit demonstrieren.«

Lenz wollte ihr antworten, aber Maria hatte die Verbindung unterbrochen. Wahrscheinlich war der OB aufgetaucht. Viele Telefonate mit ihr endeten auf diese Weise,

156

und Lenz hatte sich daran gewöhnen müssen. Aber sie würde wieder anrufen, sobald sich die Möglichkeit dazu ergab, das wusste er.

Mit den Jahren ihrer Liebschaft hatte er sie außerdem auf einige Schwachstellen ihres ›Betrugsmanagements‹ aufmerksam gemacht. Danach verzichtete sie auf einen Einzelgesprächsnachweis für ihre Mobilfunkrechnung. Und sie versuchte, im direkten Anschluss an Gespräche mit ihm immer eine unverfängliche Nummer zu wählen, etwa die ihres Friseurs oder ihres Frauenarztes. Dazu genügte es schon, die Nummer einzugeben und den Wählvorgang wieder zu beenden.

»Das ist zwar nicht wasserdicht und schon gar nicht kugelsicher«, hatte er ihr erklärt, »aber es ist ein guter Anfang.«

Er steckte das Telefon weg und machte sich auf den kurzen Weg zum Präsidium.

Der Platz vor dem Hauptbahnhof und der Parkplatz auf der gegenüberliegenden Seite waren komplett gesperrt. In der Reihe, in der zu normalen Zeiten die Taxis standen, drängte sich ein Auto mit Wiesbadener Kennzeichen am anderen. Der Kommissar war selten sonntags um diese Zeit unterwegs, aber er hatte das Gefühl, über die Stadt habe sich eine bedrückende Stimmung gelegt.

Zu seinem Erstaunen saß Hain schon im Büro und wartete auf ihn.

»Sag nichts«, begrüßte ihn sein Kollege. »Ich weiß, dass ich zu früh dran bin, aber der Herr vom Jugendamt hat mich gestern Abend noch angerufen. Wir haben heute Morgen um halb 10 einen Termin mit ihm und dem Abteilungsleiter von Brill im Amt.«

Lenz zog seine Jacke aus und setzte sich.

»Schön. Bist du gestern noch gut nach Hause gekommen?«

»Die Klamotten hängen schon auf der Leine, aber mein Kopf hat die ganze Nacht gedröhnt wie irre. Und Aspirin kann ich nicht nehmen, weil ich dann sofort Nasenbluten kriege.«

»Dann nimm halt was anderes gegen Schmerzen.«

»Ich vertrage doch nichts anderes.«

Das Telefon auf dem Schreibtisch klingelte. Hain nahm ab, sagte nur kurz: „Ja klar, wir sind hier«, und legte wieder auf.

»Uwe kommt gleich vorbei.«

Zwei Minuten später klopfte es und Uwe Wagner stand im Raum.

»Morgen, Männer. So früh hat euch das Präsidium aber selten zu sehen gekriegt. Hat jemand Kaffee gekocht?«

»Moin«, erwidere Lenz und stand auf. »Keine Ahnung, ich bin auch gerade erst gekommen.« Die beiden nahmen sich kurz in den Arm und setzten sich dann.

»Kein Rehbeinchen, kein Kaffee«, konstatierte Hain knapp.

Offensichtlich war an diesem Sonntagmorgen kein Praktikant im Haus.

Wagner legte ein Bein auf Hains Schreibtisch, zog einen Kaugummi aus der Tasche und steckte ihn in den Mund.

»Es geht mich offiziell ja nichts mehr an, wie es hier weitergeht, aber interessieren würde es mich schon.«

»Was«, fragte Lenz erstaunt, »geht dich nichts an?«

»Ich bin völlig kaltgestellt, alle Infos gehen an mir vorbei. Die BKA-Herren aus Wiesbaden und Berlin haben ihre eigenen Vorstellungen, was Informationen an die Öffentlichkeit angeht.«

»Berlin ist auch schon da?«

»Ja, der OB und ein paar weitere Repräsentanten der Stadt kriegen Personenschutz.«

»Vom BKA?«, wunderte sich Hain.

Wagner zuckte mit den Schultern.

»Zeislinger hat wohl ziemlich weit oben Druck gemacht. Deswegen haben ihm die Parteifreunde aus Berlin gleich die Elite geschickt. Die Jungs sind letzte Nacht hier angekommen, wie ich vorhin erfahren habe.«

»Mich hat er gestern Abend angerufen und gefragt, was ich von Personenschutz für ihn halten würde, aber ich hatte keine Lust, mich mit ihm darüber zu unterhalten«, informierte der Hauptkommissar seine Kollegen.

»Und was gibt es außer der Furcht unseres OB noch Neues?«

Lenz gab Wagner einen Überblick über die aktuellen Ereignisse.

»Meinst du, der Türke hat was damit zu tun?«

»Nein, völlig ausgeschlossen. Vielleicht bringen uns die Akten des Jugendamtes weiter, aber der Türkenjunge ist harmlos.«

»Es ist gleich acht«, warf Hain ein. »Lass uns mal besser pünktlich oben sein.«

Die zweite Besprechung der Sonderkommission Brill dauerte 70 Minuten. Es gab keine neuen Erkenntnisse der Ermittler vom BKA, was die Täter anging. Lenz berichtete von den Besuchen in der Einkaufsgalerie und bei Bilicin, aber wirklich Neues hatte auch er nicht zu bieten. Bundesanwalt Kramer hatte einen Polizeipsychologen als Profiler hinzugezogen, der mit anderen Worten das Gleiche feststellte, was Lenz schon von Helga Driessler gehört hatte.

20

»Insgesamt keine berauschende Veranstaltung«, fasste Hain zusammen, als sie zum Haus des Landkreises in der Wilhelmshöher Allee fuhren, in dem das Jugendamt untergebracht war.

»Das ist meistens so, wenn es keine Neuigkeiten gibt. Jeder Teilnehmer erklärt nur lang und breit, was er alles unternommen hat. Wir sind ja auch noch nicht sehr erfolgreich gewesen.«

»Aber du hat es gut verkauft, Chef. Wirklich.« Beide grinsten.

Der Abteilungsleiter erwartete sie am Hintereingang. Er war ein nervöser, asketisch wirkender Mann von etwa 40 Jahren, der Bundfaltenhose und Poloshirt trug.

»Johannes Hainmüller«, stellte er sich vor und gab den Polizisten die Hand.

»Ich bin der Abteilungsleiter von Herrn Brill.« Er stockte. »Gewesen.« Er nahm ein Taschentuch aus der Hosentasche und tupfte sich die Stirn ab.

Womit habe ich den jetzt wieder verdient, fragte sich Lenz.

»Mein Chef, Herr Vockeroth, lässt sich entschuldigen. Sein Sohn hat sich die ganze Nacht erbrochen, er ist mit ihm zum Arzt gefahren. Wenn er es schafft, stößt er noch zu uns, ansonsten müssen Sie mit mir vorliebnehmen.«

»Ich denke, wir kommen auch so zurecht, Herr Hainmüller. Wahrscheinlich sind Sie ohnehin besser mit der Arbeit von Herrn Brill vertraut.«

»Das ist sicher richtig. Ich habe jeden Fall im Kopf, mit dem Brill, also Herr Brill, zu tun hatte.«

Er schloss die Tür auf und ging voraus. Der moderne Zweckbau war im Innern kühl und hatte etwas Beruhigendes.

»Hier, bitte«, sagte der Abteilungsleiter und drückte den Lichtschalter. Sie standen in einem kleinen Raum ohne Fenster, der von einer einzelnen Neonröhre beleuchtet wurde, die rhythmisch zuckte und dabei ein knisterndes Geräusch von sich gab. In der Mitte stand ein mit Akten überladener Schreibtisch. Lenz und Hain sahen sich verdutzt an.

»Hier hat Herr Brill gearbeitet?«, fragte Hain ungläubig.

»Nun ja, er war meistens unterwegs. Wir haben leider keinen anderen Raum für ihn gehabt.«

Lenz zog die Tür zu einem Schrank auf, der an der langen Seite des Raumes stand. Auch darin waren Akten gestapelt.

»Wie lange hat Herr Brill denn schon hier gearbeitet?«

»In unserer Abteilung? Da müsste ich nachsehen, ich bin erst vor einem Jahr hier Abteilungsleiter geworden. Aber sicher mehr als 10 Jahre.«

»Und immer in diesem Raum hier?«

Hainmüller tupfte sich wieder mit dem Taschentuch die Stirn.

»Herrje, das weiß ich beim besten Willen nicht. Ein paar Monate vielleicht.«

Lenz griff sich eine Akte aus dem Schrank.

»Wie und wo Herr Brill gearbeitet hat, geht uns eigentlich gar nichts an. Was er gemacht hat, interessiert uns dafür umso mehr.«

Er öffnete die rote Mappe in seiner Hand und blätterte darin.

»Vielleicht finden wir in seinen Akten einen Hinweis, wer ihn getötet hat. Wie viele Fälle hat Herr Brill denn in Bearbeitung gehabt?«

»Etwa 400.«

Lenz pfiff durch die Zähne.

»400! Ist das denn zu schaffen?«

»Für ihn war es schwierig, andere Mitarbeiter schaffen das spielend.«

»Herr Brill war also langsamer als andere?«

»So könnte man sagen, ja.«

»Und Sie haben alle Fälle im Kopf, die er bearbeitet hat?«

»Jeden einzelnen.«

Lenz betrachtete den Abteilungsleiter. Etwas sagte ihm, dass er von Hainmüller nicht ernst genommen wurde.

»Wussten Sie, dass Brill homosexuell war?«

Hainmüller zuckte zusammen.

»Nein, woher auch? Mich interessiert, ob meine Mitarbeiter ihre Arbeitsleistung erbringen, mehr nicht. Und schon gar nicht ihre sexuellen Neigungen.« Wieder betupfte er sich die Stirn. Lenz sah ihn mehrere Sekunden lang an. Dann klappte er die Akte zusammen und setzte sich.

»Gut, Herr Hainmüller. Jetzt erzählen Sie uns bitte, was Herr Brill hier gemacht hat. Sie können gerne Platz nehmen.«

»Nein danke, ich stehe lieber. Er war für die Betreuung von Kindern und Jugendlichen in Problemfamilien zuständig. Seine Kunden sind im ganzen Landkreis zu Hause. Demzufolge war er viel unterwegs und selten hier in seinem Büro. Aber er musste natürlich Berichte schreiben und Akten sichten. In seltenen Fällen war er auch für die Jugendgerichtshilfe tätig.«

»War er beliebt bei seinen Kunden?«

»Wie ich es einschätze, ja. Allerdings ging mir sein Engagement für die Menschen zu weit. Er kannte einfach keine Grenzen, wenn es um seine Arbeit ging.«

162

Lenz sah ihn fragend an.

»Brill ließ oftmals die professionelle Distanz vermissen. Er machte sich oft zu sehr zum Liebkind seiner Klienten, wenn Sie verstehen was ich meine?«

»Nein, verstehe ich nicht. Erklären Sie es mir bitte.«

»In unserem Job muss man manchmal auch hart durchgreifen, das ist ihm schwer gefallen. Er hat Entscheidungen immer bis zum letzten Moment hinausgezögert und sich dann trotzdem schwer getan damit.«

»Haben Sie ein Beispiel dafür?«, fragte Hain.

»Ein Beispiel?«

»Ja, bitte.«

»Wenn eine Familie partout nicht mit einem Kind zurechtkommt, dann muss von unserer Seite aus etwas passieren. Das geht bis zu einer Heimunterbringung. Und mit solchen Heimeinweisungen hat sich Brill immer schwer getan.«

»Kommen Heimeinweisungen häufig vor?«

»Nein, nicht sehr oft.«

»Aber es ist ihm nicht leicht gefallen?«

»Ja.«

In Lenz meldete sich der dringende Wunsch nach einer Zigarette.

»Er war also die meiste Zeit unterwegs und betreute diese Familien. Meinen Sie, sein Mörder könnte aus einer dieser Familien stammen?«

»Das weiß ich nicht, weil ich die meisten nicht kennengelernt habe. Aber möglich ist alles.«

Lenz und Hain sahen sich wieder verdutzt an.

»Aber Sie sagten doch, dass Sie mit allen seinen Fällen vertraut seien?«

»Natürlich, aber nur aktentechnisch. Ich kenne die Fälle, weil ich die Akten lese.«

163

Lenz wurde langsam der Kragen zu eng. Er zog eine Mappe aus dem Stapel auf dem Schreibtisch, klappte sie auf und las darin.

»Hier haben wir den Fall der Familie Kellermann. Sagen Sie mir was dazu, Herr Hainmüller.«

»Kellermann … Kellermann.« Wieder tupfte er sich mit dem Taschentuch über die Stirn.

»Dazu fällt mir im Moment nichts ein. Können Sie mir einen kleinen Hinweis geben?«

Lenz warf die Akte auf den Tisch und stand auf.

»Wir sind doch hier nicht bei Günther Jauch, und ich bin nicht Ihr Telefonjoker. Hören Sie auf, uns Blödsinn zu erzählen, Herr Hainmüller.«

Der Abteilungsleiter straffte seine Körperhaltung noch mehr, was Lenz für unmöglich gehalten hatte.

»Das muss ich mir nicht sagen lassen, Herr Kommissar. Ich bin immer im Bilde über die Vorgänge meiner Mitarbeiter. Und wenn ich mal einen …«

»Es ist mir völlig egal, wie viele Vorgänge Ihrer Mitarbeiter Sie im Kopf haben, das kann ich Ihnen versichern«, unterbrach Lenz ihn schroff.

»Aber ich frage mich, warum Sie so darauf herumreiten? Obwohl …« Er drehte sich um, griff nach einer anderen Akte und nahm sie in die Hand.

»Gibt es hier einen Hausmeister?«

»Natürlich.«

»Rufen Sie ihn an. Er soll bitte herkommen. Sie brauchen wir in diesem Fall nicht mehr. Sollte er nicht erreichbar sein, lassen wir uns eine andere Lösung einfallen.«

»Wie Sie meinen«, sagte der Abteilungsleiter schnippisch, steckte das Taschentuch weg und verließ das Büro.

Hain grinste.

164

»So kenne ich dich gar nicht, Paul. Sonst reagiere ich doch nur so auf solche Kaliber.«

»Was hättest du denn gemacht?«

»Nichts anderes. Aber jetzt müssen wir zwei die Akten alleine sichten, und vielleicht wäre der Kerl ja doch irgendwie eine Hilfe gewesen?«

»Er hätte uns die Stirn abtupfen können.«

Beide prusteten los.

Fünf Minuten später stand Hainmüller wieder in der Tür.

»Herr Weber, der Hausmeister, ist in 10 Minuten hier. Sie können dann die nötigen Absprachen mit ihm treffen«, erklärte er kühl.

»Auf meine Anwesenheit müssen Sie nach Ihrem Auftritt vorhin leider verzichten. Bitte entfernen Sie nichts aus den Akten, das wäre illegal.«

Damit drehte er sich um und ging.

»Ich glaube, jetzt brauche ich eine Zigarette, Thilo.«

»Warte, bis der Hausmeister hier war, sonst kommst du am Ende noch in Teufels Küche, weil die Rauchmelder Alarm schlagen.«

Sie vertieften sich in die Akten. Schon nach einer Minute bedauerte Lenz, den Abteilungsleiter weggeschickt zu haben, weil er vieles von dem, was Brill geschrieben hatte, einfach nicht verstand. Der Hausmeister kam nach einer halben Stunde. Er trug einen blauen Kittel und einen schwarzen Lederhut. Hain erklärte ihm, um was es ging.

»Ach so, Sie wollen einfach nur wieder rauskommen? Das ist kein Problem. Ich schreibe Ihnen meine Telefonnummer auf, und wenn Sie fertig sind, rufen Sie mich drüben an. Dann komme ich und lasse Sie raus.«

Er habe eine Wohnung im hinteren Trakt, erklärte er

165

noch, schrieb die Nummer auf und wollte sich verabschieden.

»Kann man hier irgendwo rauchen?«, fragte Lenz seufzend.

»Klar. Offiziell ist das Gebäude zwar rauchfrei, aber die meisten Mitarbeiter, die rauchen, halten das den ganzen Tag über nicht aus. Wenn Sie wollen, gehen Sie einfach raus auf den Flur, machen ein Fenster auf und rauchen. Nur bitte danach wieder schließen.«

»Versprochen«, erwiderte Lenz dankbar.

21

Sie saßen bis nachmittags um vier Uhr, dann konnten sie nicht mehr. Bis auf einen kleinen Stapel hatten sie alle Akten durchgesehen und einige beiseite gelegt. Darin ging es um Heimeinweisungen, Zuweisungen in Pflegefamilien, Vormundschaften und Sorgerechtssachen. Es blieben etwa 20 Fälle, bei denen sie davon ausgehen konnten, dass Brill gegen die Wünsche seiner Kunden entschieden hatte. Aber keiner davon drängte sich zur Lösung ihres Falles auf.

»Und was machen wir jetzt, Paul?«

»Ich weiß es nicht. Wir suchen die Nadel im Heuhaufen, und offengestanden haben wir nicht die leiseste Ahnung von den Vorgängen hier, die wir bräuchten. Am besten ist es, wir kommen morgen früh wieder und sehen zusammen mit einem anderen Mitarbeiter die interessanten Fälle noch einmal durch. Was meinst du?«

»Klasse Idee. Und bis dahin schließen wir hier ab und versiegeln die Tür?«

»Das ist nicht notwendig, denke ich. Wir rufen jetzt Weber an, damit er uns rauslässt. Dann machen wir Feierabend, wenn es im Präsidium nichts mehr gibt.«

Fünf Minuten später war der Hausmeister da.

»Und, sind Sie fündig geworden?«

Lenz steckte sich eine Zigarette in den Mund, zündete sie jedoch nicht an.

»Wir hoffen es. Kannten Sie eigentlich Herrn Brill?«

»Selbstverständlich. Der war ja seit einer Ewigkeit hier bei uns. Ich kann überhaupt nicht verstehen, dass er umgebracht worden sein soll.«

»War er beliebt?«

»Auf jeden Fall. Er hat für alle und jeden Zeit gehabt. Einmal hat er mir sogar nach Feierabend geholfen, als der neue Computer meines Jungen nicht wollte. Da hat er bis 11 Uhr abends gesessen.«

»War hier im Haus bekannt, dass er homosexuell war?«

»Klar, jeder hier wusste, dass er schwul war, aber keiner hat groß Aufhebens drum gemacht. Der eine mag Fleisch, der andere ist Vegetarier, so einfach ist das. Leben und leben lassen. Außerdem hat er es auch nicht an die große Glocke gehängt, wenn Sie das meinen.«

»Hat Herr Hainmüller, der Abteilungsleiter, davon gewusst?«

Weber lachte laut auf.

»Was glauben Sie denn, warum er in diesem Kabuff arbeiten musste? Bis letztes Jahr, also bevor Hainmüller

167

hier angefangen hat, saß Herr Brill in einem schönen, hellen Büro. Dann nahm das Schicksal seinen Lauf.«

»Wie meinen Sie das?«

»Man munkelt, Hainmüller gehört einer erzkatholischen Sekte an, für die Schwulsein eine Todsünde ist. Aber wie gesagt, das weiß ich nur vom Hörensagen. Auf jeden Fall hat er Brill, nachdem er es erfahren hatte, nicht gerade nett behandelt. Ein paar Wochen später saß er schon in dieser Abstellkammer, die ich extra für ihn leer räumen musste. Auch sonst soll es zwischen den beiden immer mal wieder gekracht haben.«

»Aha. Aber Einzelheiten wissen Sie nicht?«

»Nein. Was man halt so hört, wenn man hier rumkommt. Und weil der Herr Brill so ein netter Kerl war.«

»Na ja, trotzdem vielen Dank.«

Als Weber die Eingangstür hinter ihnen abgeschlossen hatte, zündete Lenz sich die Zigarette an.

»Was meinst du, Thilo?«

»Sehr interessant. Ob daraus eine Spur wird, müssen wir sehen. Aber immerhin merkwürdig, dass Hainmüller uns vormacht, von Brills Schwulsein nichts gewusst zu haben.«

»Kommt so einer für einen Mord in Frage?«

»Weil ich ihn nicht leiden kann, würde ich ja sagen.«

Er lachte.

»Aber im Ernst, wir sollten herausfinden, um was für eine Religionsgemeinschaft oder Sekte es sich da handelt. Vielleicht bringt uns das weiter.«

»Also müssen wir morgen nicht nur Akten sichten, sondern uns auch mit Informationen über Hainmüller versorgen. Und wir sollten gleich mal eine Abfrage über ihn starten.«

168

»Mach ich. Aber jetzt lass uns irgendwo was essen, ich hab mächtigen Hunger.«

Hain fuhr zu einer kleinen Stehpizzeria an der Martinskirche, in der sie öfter aßen, weil man dort für wenig Geld satt werden konnte.

Den Rückweg trat Lenz zu Fuß an, weil er sich ein bisschen bewegen wollte. Er ging langsam durch die Fußgängerzone in der unteren Königsstraße. Wie so oft war nicht viel los, wenn die Geschäfte geschlossen hatten. An der Haltestelle am Königsplatz warteten ein paar Jugendliche auf die Straßenbahn, und er sah die Besatzungen zweier Polizeiwagen. Sonst war der Platz menschenleer, aber das konnte auch mit den Ereignissen der letzten Tage zusammenhängen. Er blieb an einem der Wasserspeier stehen, die vor ein paar Jahren auf dem Platz installiert worden waren. Wie schon damals, wirkten diese bronzefarbenen Gebilde auch heute noch wie Fremdkörper auf ihn. Er erinnerte sich daran, was die Stadt in den vergangenen 20 Jahren diesem innerstädtischen Juwel alles zugemutet hatte. Immer neue Verschlimmbesserungen hatte der Platz über sich ergehen lassen müssen, gekrönt von einer überdimensionierten Treppe ins Nichts, die als Documentabeitrag gestartet war und in einer illegalen Nacht- und Nebelaktion mit dem Abriss endete. Kopfschüttelnd überquerte er den Platz und ging über die Kölnische Straße und den Bahnhofsvorplatz zurück zum Präsidium. Dort suchte er nach Ludger Brandt, konnte ihn aber nicht finden.

»Ludger ist nach Hause gegangen«, klärte ihn ein Kollege vom KDD auf. »Er hat sich nicht gut gefühlt, wahrscheinlich eine Erkältung.«

Auf dem Gang vor ihren Büros kam Hain auf ihn zu.

169

Der junge Kollege wedelte mit einem Blatt Papier vor seiner Nase herum.

»Hainmüller ist so blitzsauber, wie ich es vermutet habe. Der parkt nicht mal falsch.«

»War zu erwarten. Trotzdem fühlen wir ihm weiter auf den Zahn. Ludger ist schon daheim, weil er sich nicht gut gefühlt hat, und wir machen jetzt auch Feierabend. Gibts was Neues von den BKA-Kollegen?«

»Ich hab nichts gehört.«

»Dann darfst du mich jetzt nach Hause fahren.«

22

Am nächsten Morgen gab es tatsächlich Neuigkeiten für die Sonderkommission. Ein Bericht aus Wiesbaden besagte, dass sowohl Brill als auch Ayse Bilicin das Soman über die Haut zugeführt worden war. Eine genaue Untersuchung des Wagens von Brill hatte zwar keine neuen Erkenntnisse gebracht, aber die Fachleute beim BKA gingen trotzdem davon aus, dass er es im Wagen aufgenommen hatte, weil sie stark vermuteten, dass sein Rücken mit dem Nervenkampfstoff in Berührung gekommen war. Bei Ayse Bilicin sprach alles dafür, dass sie den Stoff über die Hände aufgenommen hatte. Fleischer vom BKA berichtete über eine Gruppe von Rechtsextremen, die wegen eines Chemikers, der sie unterstützte, ins Visier der Fahnder geraten war. Sie wurden observiert, ihre Telefone abgehört, und es wurde ein V-Mann angesprochen, der in ihrer Nähe platziert war. Dann berichtete Lenz von den Ergebnissen der Aktensichtung im Jugendamt und den Auffälligkeiten bei Hainmüller. Fleischer verzog leicht säuerlich die Mundwinkel, als Lenz sprach.

Bundesanwalt Kramer informierte die Teilnehmer der Sitzung über einen Hinweis ›amerikanischer Ermittler‹, dass eine jemenitische Gruppe fundamentalistischer Moslems einen Anschlag in Deutschland plane. Allerdings gab es noch keine eindeutigen Beweise dafür.

Als die Sitzung beendet war und Lenz sich auf dem Flur eine Zigarette anzünden wollte, trat der Bundesanwalt neben ihn.

»Glauben Sie, dass Hainmüller etwas mit der Sache zu tun hat?«

Lenz war erstaunt, dass Kramer den Namen des Abteilungsleiters noch im Kopf hatte. Er nahm die Zigarette aus dem Mund und steckte sie zurück in die Packung.

»Bis jetzt ist alles, was ihn betrifft, noch vage, aber sein Verhalten war schon sehr merkwürdig. Wir gehen gleich wieder zum Jugendamt und werden sehen, was dabei herauskommt.«

»Lassen Sie sich von Fleischer nicht verunsichern, Herr Lenz. Ihre Ermittlungen sind genauso wichtig wie seine.«

Offenbar war auch dem Bundesanwalt Fleischers Reaktion während des Berichts von Lenz nicht entgangen.

»Er neigt manchmal dazu, seine Arbeit als übergeordnet zu bewerten. Ich kenne ihn schon einige Jahre und schätze ihn als guten Ermittler, aber er ist nun mal ein arroganter Kerl.«

Er lächelte.

171

»Und das meine ich im besten Sinne, Herr Lenz.«

Der Kommissar nickte.

»Ich werde es bedenken, wenn wir uns näher miteinander beschäftigen. Im Moment fischt ja jeder in seinem Teich.«

Kramer wünschte ihm einen guten Tag und verabschiedete sich.

Hain hatte schon ein Auto organisiert und wartete mit laufendem Motor auf ihn.

»Ludger hat sich krankgemeldet, er hat sich vermutlich bei seinem Enkel angesteckt und kann kaum aufstehen, so heftig hat es ihn erwischt«, informierte sein Kollege ihn über ein Telefonat, das er gerade mit ihrem Vorgesetzten geführt hatte. »Er kommt zurück, sobald es ihm wieder besser geht.«

»Gut, dann auf zum Jugendamt.«

Hain legte den ersten Gang ein und fuhr langsam über den Hof. Sie rollten an den beiden Fuchs-Spürpanzern vorbei, die Kramer zwei Tage zuvor avisiert hatte. Lenz war beeindruckt.

»So groß hatte ich mir die Dinger nicht vorgestellt. Die sehen ja richtig bedrohlich aus.«

Sie fuhren an der Schranke vorbei auf die Straße, mussten aber nach wenigen Metern an einer Baustelle warten. Hain griff zum Zündschlüssel und schaltete den Motor aus.

»Trotzdem gut zu wissen, dass sie da sind. Ich hab gestern mit meiner Freundin darüber gesprochen, was passiert, wenn es zu einem Anschlag kommt, und wir waren uns einig, dass sie möglichst selten nach Kassel kommt, bis die Sache ausgestanden ist.«

»Woher kommt sie denn?«

»Aus Melsungen.«

Hain war im Allgemeinen nicht diskret, wenn es um seine zahlreichen Eroberungen ging. Da er Lenz aber noch nichts über seine aktuelle Freundin erzählt hatte, vermutete der Kommissar etwas mehr als eine kurze Liaison hinter der Geschichte.

Seine Gedanken wurden von einem mit Blaulicht und Sirene an ihnen vorbeifahrenden Streifenwagen unterbrochen. Er schaltete den Funk ein, aber in diesem Moment brach die Hölle über sie herein. Drei weitere Streifenwagen jaulten auf den Straßenbahnschienen in der Mitte der Straße an ihnen vorüber, gefolgt von einem der Ungetüme, die sie vor nicht einmal zwei Minuten noch mit Respekt betrachtet hatten. In dem ganzen Lärm der Sirenen war weder etwas aus dem Funkgerät noch der Krach des Panzers zu hören. Einzig eine dichte, dunkle Rauchwolke aus dem Auspuff verriet, dass der Motor an seiner Belastungsgrenze arbeiten musste.

»Fahr hinterher«, brüllte Lenz seinem Kollegen zu. Er selbst drehte den Funk so laut es ging, trotzdem konnte er nur Wortfetzen verstehen. Einer davon war ›Druckzentrum‹.

Hain hatte den BMW auf die Schienen gelenkt und die Sirene eingeschaltet. Dann öffnete er die Fahrerscheibe, griff neben sich und heftete ein magnetisches Blaulicht auf das Dach des Wagens. Er bediente einen weiteren Schalter oberhalb des Autoradios und startete damit das Blaulicht. Der Spürpanzer vor ihnen raste springend über die Schienen. Am Lutherplatz wollte Hain dem Konvoi folgen, der geradeaus in Richtung Altmarkt fuhr, aber Lenz deutete ihm wild gestikulierend an, nach rechts in die Rudolf-Schwander-Straße einzubiegen. Hain sah ihn kurz fragend an, während er den Wagen in Richtung des Ständeplatzes beschleunigte.

173

»Ich hoffe, du weißt, was du tust«, schrie er, obwohl der Lärm abgenommen hatte, da sie jetzt alleine mit Sirenengeheul unterwegs waren. Lenz musste sich trotzdem anstrengen, laut genug zu sprechen.

»Die Kollegen müssen sich den Steinweg hochkämpfen, aber da geht es viel langsamer. Wir können auf den Schienen bis zur Frankfurter Straße fahren.«

»Wo wollen wir eigentlich hin?«

»Zum Druckzentrum. Ich konnte bis jetzt nichts Richtiges aufnehmen, aber wenn die den Panzer rausjagen, dann muss es was mit unserer Sache zu tun haben.«

In diesem Moment entnahm er dem Funk, dass Einheiten der Schutzpolizei angewiesen wurden, das Areal um das Presse- und Druckzentrum weiträumig abzusperren. Hain bog mit quietschenden Reifen in die Fünffensterstraße ein und jagte am Rathaus vorbei. An der nächsten Kreuzung, der Trompete, mussten sie warten, bis eine Straßenbahn um die Ecke gebogen war. Lenz sah an dem silbern verkleideten Kinobau vorbei und erkannte den Konvoi mit dem Spürpanzer am Ende, der noch etwa 400 Meter von der Kreuzung entfernt war und trotz der Sirenen mit dem Verkehr kämpfte. An der Weinbergkreuzung konnte Hain nur mit viel Geschick einem alten Golf ausweichen, dessen junger Fahrer vermutlich mit voller Lautstärke Musik hörte und beim Linksabbiegen den Polizeiwagen übersah. Einige Sekunden später raste der BMW am Auestadion an den uniformierten Kollegen vorbei, die gerade im Begriff waren, die Kreuzung abzusperren. Vor dem Druckzentrum, in dem neben anderen Unternehmen auch die Kasseler Redaktion der Regionalzeitung HNA beheimatet ist, bremste Hain den Wagen ab und fuhr auf den Hof. Dort standen schon etwa 10 Polizeiwagen, die meisten

174

mit rotierendem Blaulicht. Auf der linken Seite des Hofs hatte sich eine Menschentraube gebildet, die wild gestikulierend diskutierte. Zwei Uniformierte bemühten sich vergeblich, die Gruppe zum Verlassen des Hofes zu veranlassen. Im verglasten Eingangsbereich des Bürogebäudes erkannte Lenz mehrere Feuerwehrleute in Schutzanzügen. Einer von ihnen hatte den Helm abgenommen. Es war der Truppführer, der auch schon im Krematorium den Einsatz geleitet hatte. Lenz rannte los.

»Komm, Thilo.«

Sie erreichten das Gebäude und Lenz klopfte von außen an die Scheibe. Der Feuerwehrmann sah ihn an, erkannte ihn aber zunächst nicht. Lenz hielt seinen Dienstausweis hoch und bedeutete ihm, kurz herauszukommen.

»Sie sind das«, meinte er, als er vor Lenz stand.

»Ja, wir schon wieder«, erwiderte der Polizist. »Was ist denn hier los?«

»ABC-Alarm. Ein verdächtiger Gegenstand in einem Päckchen. Jetzt warten wir auf den ...« Er hob den Arm und deutete auf die Hofeinfahrt, durch die in diesem Moment der Spürpanzer schoss. Seine sechs Reifen jaulten auf, als er direkt neben den dreien zum Stehen kam. Der Motor ging aus, danach passierte einige Sekunden lang nichts. Lenz, Hain und der Feuerwehrmann standen wie erstarrt neben dem Fahrzeug. Dann hörten sie es zweimal zischen. Im hinteren Bereich wurde eine große Klappe geöffnet und zwei Personen kletterten aus dem Ungetüm. Sie trugen olivgrüne Schutzanzüge, die ihren ganzen Körper bedeckten, und sahen mit ihren Atemschutzmasken aus wie Insekten. Bedrohliche Insekten. Lenz lief ein Schauer über den Rücken.

»Wohin?«, fragte einer der beiden mit nasalem Ton.

175

Er hielt einen großen silbernen Koffer in der Hand. Der andere trug zwei seidig glänzende Aluminiumröhren.

»In der Halle stehen Kollegen, die wissen Bescheid.«

Die Soldaten setzten sich in Bewegung und verschwanden im Gebäude.

›Pscht‹, machte es laut neben Lenz, als ein Kompressor des Panzers Luft abließ. Die drei zuckten zusammen. Lenz machte eine Bewegung mit dem Kopf, und sie gingen 20 Meter zur Seite.

»So, jetzt noch mal ganz langsam«, sagte er zu dem Feuerwehrmann. »Was ist hier los?«

»Der Chefredakteur, der momentan im Urlaub ist, hat ein Päckchen erhalten. Sein Stellvertreter ist heute auf einer Sitzung in Frankfurt, deswegen hat ein Redakteur das Ding aufgemacht. Der hat gesehen, was drin war, und es mit der Angst zu tun gekriegt. Außerdem lag ein Schreiben dabei, über dessen Inhalt weiß ich aber nichts.«

»Und was war nun in dem Päckchen?«

»Es ist ein Glasröhrchen, das wirklich merkwürdig aussieht. Zum Glück ist der Redakteur gleich aus dem Zimmer gestürmt. Dann hat er alle Mitarbeiter zusammengetrommelt und sie haben gemeinsam das Haus verlassen. Danach hat er uns angerufen.«

Er zog umständlich eine silberne Digitalkamera aus der Innentasche seines Schutzanzuges.

»Ich habe ein Foto von dem Ding gemacht, wollen Sie es sehen?«

»Natürlich.«

Auf dem kleinen Monitor erkannten Lenz und Hain etwas, das wie zwei zusammengesetzte Babyflaschen aussah, nur viel kleiner. In der Mitte zwischen den voneinander getrennten Glaskolben befand sich ein Hohlraum.

176

»Was ist das?«, fragte Lenz unsicher.

»Hightech für den Hausgebrauch, wenn ich es richtig einschätze«, antwortete eine Stimme hinter ihnen. Sie drehten sich um und blickten in das Gesicht von Frank Fleischer, dem BKA-Mitarbeiter. Er nahm dem Feuerwehrmann ohne ein weiteres Wort die Kamera aus der Hand und sah sich das Bild an.

»Wenn es nicht ein saublöder Scherz ist, dann ist das eine Steigerung der Bedrohung, meine Herren. Wahrscheinlich handelt es sich um die einfache Ausführung eines binären Nervenkampfstoffes.«

Die drei sahen ihn fragend an. Er zog die Speicherkarte aus der Kamera und steckte sie ein. Die Kamera gab er dem Feuerwehrmann zurück.

»Die Karte bekommen Sie auch noch, jedoch müssen wir zuerst sicher sein, was sich in dem Röhrchen befindet. Ich danke Ihnen, aber jetzt muss ich Sie bitten, uns alleine zu lassen.«

Der Feuerwehrmann starrte fragend in Fleischers unverbindliches Gesicht und entfernte sich dann kopfschüttelnd.

»So, Herr Lenz, ab jetzt ist klar, dass wir es hier nicht mit einer Horde nordhessischer Eierdiebe zu tun haben oder mit ein paar übergangenen und deshalb trotzigen Documentakünstlern.«

Er klopfte sich mit der flachen Hand auf die Jackentasche, in der kurz zuvor die Speicherkarte verschwunden war.

»So was kriegen Sie nicht an der nächsten Straßen-ecke zu kaufen.«

Lenz nickte.

»Wenn, wie Sie selbst einschränken, es sich nicht um einen saublöden Scherz handelt.«

»Ich gehe davon aus, dass sich in dem Röhrchen die nicht gemischten Bestandteile eines Nervengiftes befinden. Sollte jemand die Trennwände zerstören, verbinden sich die getrennt nicht sonderlich gefährlichen Stoffe und schaffen so die Basis für viele Tote. Um auf so eine Idee zu kommen, bedarf es schon einer Menge Hintergrundwissen.«

Lenz sah den BKA-Mann an.

»Als ob ich Nitro und Glycerin getrennt durch die Gegend fahre und einen Unfall habe, bei dem es sich vermischt. Dann macht es Bumm.«

»Exakt«, stimmte Fleischer ihm zu.

»Und das haben Sie jetzt so schnell durchschaut?«, wunderte sich Hain.

»Es ging nicht ganz so schnell. Seit ich den Bericht gelesen habe und weiß, dass dieser Schwule das Soman über den Rücken aufgenommen hat, habe ich die Möglichkeit in Betracht gezogen. Zumal sich seine letzten Lebensminuten in einem Autositz abgespielt haben, wo eine Binärladung relativ leicht unterzubringen ist.«

Lenz sah aus den Augenwinkeln, dass in diesem Moment die Soldaten das Gebäude verließen. Fleischer folgte seinem Blick.

»Kommen Sie mit«, forderte er Lenz und Hain auf und ging auf den Panzer zu.

178

23

Einer der beiden Soldaten machte gerade einen weiteren Test der Umgebungsluft. Dann nahmen beide die Hauben von ihren verschwitzten Köpfen, zogen die wulstigen Handschuhe aus und streiften die Atemschutzmasken ab. Der eine kletterte in den Innenraum des Panzers und fing an, sein kleines Analysegerät an die Schnittstelle eines größeren Messgerätes anzuschließen.

»Hallo, Herr Fleischer«, grüßte der andere. Lenz und Hain bedachte er mit einem kurzen Kopfnicken.

»Und?«, fragte Fleischer ernst.

»Komische Sache …«, begann der Soldat zögernd.

»So eine Konstruktion haben weder mein Kollege noch ich jemals gesehen. Als ob einer mit dem Chemiebaukasten herumexperimentiert hätte. Aber es deutet alles darauf hin, dass es sich um eine primitive Binärwaffe handelt.«

Von wegen Hightech, dachte Lenz.

»Irgendwelche Hinweise, was genau es sein könnte?«

»Klare Flüssigkeiten, mehr wissen wir nicht. Und die Glaskolben sind von außen optimal gereinigt. Unsere Messungen da oben haben keine Hinweise auf eine Kontaminierung ergeben.«

»Das heißt, das Haus ist freigegeben?«

»Von uns aus, ja. Wir haben das Objekt in einen Transportzylinder verpackt und bringen es gleich ins Labor. In etwa zwei Stunden wissen wir, was drin ist. Oben liegt noch ein Schreiben, das in dem Päckchen gesteckt hat, auch das ist von uns untersucht worden. Sie können es bedenkenlos erkennungsdienstlich behandeln lassen.«

»Rufen Sie mich bitte sofort an, wenn die Ergebnisse vorliegen!«

»Klar, mache ich. Aber jetzt will ich erst mal was trinken.«

Die drei Polizisten gingen ins Gebäude. In der Halle standen noch immer einige Feuerwehrleute, darunter auch der Truppführer, den Fleischer weggeschickt hatte. Er bedachte den BKA-Mann mit einem bösen Blick. An einer alten Druckmaschine vorbei gingen sie zur Treppe und von dort in den vierten Stock. Fleischer schien über die Örtlichkeiten bestens informiert zu sein.

Lenz registrierte, dass alle Wände in dem Gebäude in hellem Sichtmauerwerk gehalten waren, was ihm einen Touch von Industriearchitektur verlieh. Oben angekommen, wurden sie von einem Feuerwehrmann in Empfang genommen und in ein Büro geführt. Dort saß ein untersetzter, kreidebleicher Mann in einem Bürostuhl und atmete schwer.

»Das ist der Herr, der das Päckchen aufgemacht hat«, stellte der Feuerwehrmann ihn vor. »Er ist gerade mit dem Fahrstuhl wieder hier oben angekommen. Weil er noch einige Artikel schreiben muss, sagt er.«

Fleischer ging auf den Mann zu und gab ihm die Hand.

»Wir müssen uns bei Ihnen für Ihre Umsicht bedanken, Herr …?«

»Ditzel, Willi Ditzel. Vielen Dank, aber ich hatte nicht vor, den Helden zu spielen.«

»Das war ganz richtig so, Herr Ditzel. Und jetzt erzählen Sie uns bitte noch einmal jedes Detail, an das Sie sich erinnern können.«

Der Redakteur schilderte in kurzen Worten die Ereignisse bis zu dem Moment, als er aus dem Büro geflüchtet war.

180

»Der stellvertretende Chef hatte mich telefonisch gebeten, mich um die Post zu kümmern. Ich bin also mit dem ganzen Stapel rüber ins Chefbüro und habe einen Brief nach dem anderen aufgemacht. Und zuletzt das Paket.«

»Ist das nicht die Arbeit der Sekretärin des Chefredakteurs?«

»Eigentlich schon, aber die hat sich krankgemeldet. Deswegen ist hier heute Morgen alles drunter und drüber gegangen. Und an mir ist es dann hängen geblieben, mich um den Kram zu kümmern.«

»Wo befindet sich das Paket?«

»Ich zeige es Ihnen.«

Er stand auf, ging geradeaus durch eine weitere Glastür und dann ins letzte Zimmer auf der linken Seite. Die Beamten folgten ihm.

»Hier residiert unser Chef. Da auf dem Tisch liegen die Sachen.«

Er deutete auf einen Tisch, der in der linken vorderen Ecke des geschmackvoll eingerichteten Büros stand. Am anderen Ende war ein Schreibtisch mit zwei Stühlen davor platziert, eingerahmt von mehreren Pflanzen.

»Danke, Herr Ditzel«, sagte Lenz zu dem Redakteur. »Wenn Sie uns jetzt bitte alleine lassen würden.«

»Nichts lieber als das …«

Fleischer zog Einweghandschuhe aus der Hosentasche und streifte sie über. Hain warf Lenz einen verstohlenen Blick zu. Auf dem Tisch lagen etwa 10 geöffnete Briefe und das gelbe Päckchen. Daneben eine Lage Luftpolsterfolie und ein bedrucktes weißes DIN-A4-Blatt. Die Untersuchung der Verpackung würde vermutlich keine Erkenntnisse bringen, denn es handelte sich um ein Pluspäckchen der Deutschen Post, wie es täglich tausendmal verkauft und benutzt wird.

Wenn der Versender nicht seine Fingerabdrücke oder verwertbare DNA-Spuren hinterlassen hatte, und damit rechnete Lenz nicht, konnte man es vergessen. Er sah auf das Papier daneben. Auch da war er sicher, dass die Spurensicherung, von der in diesem Moment zwei Mitarbeiter in weißen Einwegoveralls den Raum betraten, nichts finden würde.

»Tag, meine Herren. Wenn Sie bitte draußen warten würden, bis wir fertig sind.«

»Tag, Heini«, sagte Lenz zu einem der beiden.

Der hob den Kopf und sah dem Kommissar ins Gesicht.

»Mensch, Paule, dich hab ich eben gar nicht erkannt.«

Heinrich Kostkamp, genannt Heini, stellte seinen Spurensicherungskoffer ab und gab Lenz die Hand. Dann sah er Hain an.

»Und wo der Lenz ist, kann der Hain nicht weit sein«, scherzte er und hielt auch ihm die Hand hin.

»Wer hat dich denn so verbeult, Thilo? Deine Nase sieht ja schlimm aus.«

»Geht schon wieder. Ich war selbst schuld.«

Lenz gab Kostkamp einen kurzen Überblick, was in dem Raum geschehen war. Fleischer stand am Tisch und sah sich das Papier an, das noch immer unberührt dort lag.

»Gib uns noch einen Moment, ja«, bat Lenz den Kollegen.

»Von mir aus. Wir gehen dann eben noch eine rauchen.«

Lenz drehte sich um und beugte sich über den Tisch. Das Blatt war mit Schreibmaschine oder Drucker in der linken oberen Hälfte beschrieben worden, eine Überschrift gab es nicht. Im Gegensatz zum Brief, den der OB erhalten hatte, war dieses Schreiben in Deutsch verfasst.

ultimative warnung
nächster test ein kindergarten

nächster test eine schule
nächster test ein kaufhaus
letzter test documenta VX
letzter termin absage
Kevin

Die drei Polizisten sahen sich fragend an. Fleischer fand als Erster die Sprache wieder.

»Jetzt schicken uns die Terroristen schon Drohbriefe mit einer Widmung drunter. Für wie doof hält uns dieser Arsch eigentlich?«

Lenz las den Text noch einmal.

»Hast du was zu schreiben dabei, Thilo?«

Hain nickte und zog einen kleinen Block und einen Kugelschreiber aus der Jacke.

»Schreib das ab, wörtlich. Irgendwas klingelt gerade bei mir im Hirn, aber ich kann noch nichts damit anfangen.«

Mit dem Brieföffner, der auf dem Tisch lag, drehte er das Päckchen auf die andere Seite und las das Adressfeld.

HNA Kassel
Chefredakteur
Frankfurter Straße 169

34121 Kassel

Ein Aufklebervordruck, maschinell beschrieben, ohne Absender.

»Hallo, Frank.«

Die drei Beamten drehten sich um. Fleischers Kollegen aus Wiesbaden standen in der Tür. Sie gingen auf ihn zu und gaben ihm die Hand zur Begrüßung. Die beiden

Kasseler Polizisten schienen für sie nicht existent zu sein. Lenz machte eine Andeutung mit dem Kopf zu Hain, und beide verließen grußlos das Büro.

»Die Starermittler Wichtig und Superwichtig sollen mal ihren Job machen, wir haben noch andere Sachen zu tun.«

Auf dem Flur kamen ihnen die beiden Kollegen der Spurensicherung entgegen.

»Schon fertig?«, fragte Kostkamp.

»Die Herren aus Wiesbaden sollen sich mal um die Sache hier kümmern, wir müssen in die Niederungen der Lokalkriminalität absteigen. Wenn du was findest, ruf mich an, Heini.«

»Abgemacht!«

Vor dem Gebäude war noch immer ein Großaufgebot an Polizisten damit beschäftigt, Neugierige und Medienleute am Zugang zu hindern. Auf der gegenüberliegenden Straßenseite, auf dem Gelände eines vor zwei Jahren pleitegegangenen Autohauses, stand etwa ein halbes Dutzend Übertragungswagen von Fernsehanstalten. Davor hatten sich Presseleute und Fotografen versammelt, die auf neue Informationen warteten.

»Jetzt ist die Documenta wohl nicht mehr zu halten«, sagte Hain, als sie im Auto saßen.

»Wenn morgen die ersten Eltern eine Überwachung aller Kindergärten und Schulen fordern, müssen wir nachgeben.«

Lenz schüttelte energisch den Kopf.

»Und wenn er dann einen weiteren Anschlag verübt? Wenn er trotzdem so ein Ding in einem Kindergarten hochgehen lässt? Nein, Thilo, wir können erst dann wieder ruhig schlafen, wenn wir ihn haben.«

»Also keine Absage?«

Der Hauptkommissar sah aus dem Fenster.

184

»Nein, ich würde auf jeden Fall noch ein paar Tage damit warten. Irgendetwas in dem Schreiben signalisiert mir, dass ich eine Idee habe, aber ich weiß noch nicht, welche.«

Hain bremste den BMW am Auestadion vor einer roten Ampel ab und sah ihn fragend an.

»Hast du vielleicht das Haschisch aus Versehen geraucht oder zu Plätzchen verarbeitet, Paul? Früher hättest du solche Sätze nicht zustande gebracht.«

Nun musste auch Lenz grinsen.

»Das klang wirklich merkwürdig, stimmt. Aber wenn ich es dir sage, ich kann damit was anfangen. Wenn ich nur draufkäme, was.«

»Mit Kevin?«

»Ich weiß es nicht«, erwiderte er aufgebracht, »aber Fleischer ist ein Idiot, wenn er glaubt, dass der Name Kevin etwas über die Identität des Täters preisgibt. Ich glaube, der Rest sagt etwas aus.«

Hain machte eine beschwichtigende Handbewegung.

»Wo fahren wir jetzt hin?«

»Zum Jugendamt, wie geplant. Im Gegensatz zu unserem Superstar aus der Landeshauptstadt glaube ich nämlich immer noch, dass der Schlüssel zu diesem Fall hier in Kassel liegt.«

Bis zum Weinberg sagte keiner etwas. Lenz sah aus dem Fenster und hing seinen Gedanken nach.

»Wenn dieser Redakteur nicht so gut reagiert hätte, wäre es vermutlich zu einer Katastrophe gekommen«, nahm er den Gesprächsfaden wieder auf. »Und warum schicken der oder die Täter dieses Ding ausgerechnet an die HNA?«

»Wegen der Öffentlichkeit. Darüber wird jetzt in der ganzen Welt berichtet. Hier gab es immerhin einen Anschlag auf Journalistenkollegen«, antwortete Hain.

»Meinst du, die haben damit gerechnet, dass das Ding kaputt geht?«

»Was weiß ich? Wenn ich mir anschaue, wie manches Paket bei mir ankommt, müssen wir froh sein, dass es nicht schon auf dem Postweg zu einer Katastrophe gekommen ist. Dann hätten wir jetzt vielleicht ein Dutzend toter Postler im Verteilungszentrum liegen.«

»Stimmt auch wieder.«

Hain parkte den Wagen gegenüber der Kreisverwaltung. Sie stiegen aus und gingen über die Straße zum Haupteingang.

Lenz sah auf seine Uhr.

»Gleich 12. Hoffentlich machen die nicht schon Mittag.«

Das bekannte Geräusch aus seiner Jackentasche machte ihn auf den Eingang einer SMS aufmerksam. Hain machte ein erwartungsfrohes Gesicht, Lenz dagegen keine Anstalten, sich um die Nachricht zu kümmern. Der junge Oberkommissar hob die Hände.

»Schon gut, ich sag nichts.«

Auf dem Flur zum Jugendamt kam ihnen Weber, der Hausmeister, entgegen. Er trug die gleichen Klamotten wie am Vortag und hielt einen Werkzeugkoffer in der Hand.

»Hab leider keine Zeit, im Keller gibt es einen Wasserschaden«, begrüßte er die Polizisten und war auch schon um die nächste Ecke verschwunden.

Sie fragten sich nach dem Leiter des Jugendamtes durch und standen kurze Zeit später vor seiner Bürotür. Lenz klopfte, von innen kam jedoch keine Antwort. Er versuchte es erneut.

»Wollen Sie zu mir?«, fragte eine freundliche Stimme hinter ihnen.

»Wenn Sie Herr Vockeroth sind, der Leiter des Jugendamtes, dann ja.«

186

»Der bin ich. Und ich wette, Sie sind von der Polizei.«
Vockeroth drückte Hain einen Aktenstapel in die Hand,
den er wie ein Schutzschild vor dem Bauch getragen hatte,
zog einen Schlüssel aus der Hosentasche und schloss die
Tür auf. »Danke«, bemerkte er freundlich, als er Hain die
Mappen wieder abnahm und auf den Boden legte. Der
Amtsleiter war zwischen 50 und 60 Jahre alt, schlank, drah-
tig und versprühte rundum gute Laune. Er ließ sich federnd
auf seinen Schreibtischstuhl fallen.

Welch ein Kontrast zu gestern, dachte Lenz, und stellte
sich und Hain vor.

»Setzen Sie sich, meine Herren Kommissare, möchten
Sie einen Kaffee, Tee, oder ein Wasser?«

»Ein Kaffee wäre nett«, sagte Hain. Lenz nickte.

»Ich nehme auch einen.«

Vockeroth griff zum Telefon und gab die Bestellung an
seine Sekretärin weiter.

»Kommt gleich. Also, was kann ich für Sie tun?«

»Wir untersuchen den Mord an Dieter Brill.«

»Der Tod von Brill hat uns alle hier im Haus schockiert,
und die anfängliche Darstellung, er hätte sich das Leben
genommen, war weder für die Kollegen noch für mich
nachvollziehbar.«

»Sie wussten nicht, dass er unter Depressionen litt?«

»Wer tut das nicht, Herr Kommissar? Depressionen,
Burn-out, Schwermut, Angstzustände, das sind alles
Krankheiten, die bei den Menschen, die hier arbeiten, öfter
anzutreffen sind als anderswo. Brill und ich haben darüber vor etwa einem halben Jahr mal ein Gespräch geführt;
er hatte das, so weit ich es beurteilen kann, überwunden.«

»War er beliebt bei seinen Kollegen?«

»Durchaus, ja. Man konnte sich auf ihn verlassen, er war

ehrlich und integer. Und er hatte eine wunderbare Art, mit den Belangen seiner Kunden umzugehen.«

Hain sah ihn verwundert an.

»Herr Hainmüller hat uns gestern erklärt, er sei zu dicht an seinen Kunden drangewesen. Er hätte die ›nötige professionelle Distanz‹, wie er sich ausdrückte, vermissen lassen.«

Vockeroths Gesichtsausdruck wurde sichtbar ärgerlich. »Vielleicht sollte ich doch bei Gelegenheit einmal ein Gespräch mit meinem Abteilungsleiter führen. Diese Behauptung kann ich ganz und gar nicht nachvollziehen. Wie gesagt, Dieter Brill war einer unserer profiliertesten Mitarbeiter.«

»Geht es Ihrem Jungen wieder besser?«, wechselte Lenz bewusst das Thema. Vockeroth sah ihn erstaunt an, und sein Gesichtsausdruck klarte auf.

»Ja, natürlich. Wir sind da etwas übervorsichtig, meine Frau und ich. Nein, eigentlich mehr ich. Aber ich freue mich, dass Sie nachfragen. Vermutlich hat Herr Hainmüller Ihnen von den gesundheitlichen Problemen meines Sohnes erzählt.«

»Ja, das hat er. Aber danach hat er uns nicht wirklich weiterhelfen können oder wollen.«

»Leider wird er das auch jetzt nicht tun können, er hat sich nämlich heute Morgen krankgemeldet.«

Lenz hob interessiert den Kopf.

»Was hat er denn?«

»Das weiß ich nicht. Und wenn, dann dürfte ich es Ihnen auch auf keinen Fall sagen«, gab Vockeroth grinsend zurück.

»Ist er öfter krank?«

»Ich habe ihn erst letztes Jahr kennengelernt, als er zu uns gekommen ist, und in dieser Zeit war er einige Tage arbeitsunfähig, ja. Aber ich würde es nicht als auffällig bezeichnen.«

Er sah die Polizisten verwundert an.

»Haben Sie einen Verdacht gegen Herrn Hainmüller?«

»Im Moment nicht.«

»Das klingt wie: ›könnte aber jeden Moment losgehen‹.«

»Vielleicht können Sie uns dabei helfen, Herrn Hainmüller besser zu verstehen. Er hat sich gestern nicht sehr kooperativ gezeigt, um das mal vorsichtig auszudrücken.«

»Kooperatives Verhalten ist nicht seine größte Stärke, soviel kann ich Ihnen sagen. Aber erzählen Sie doch mal, was gestern vorgefallen ist.«

Lenz schilderte Vockeroth das Zusammentreffen mit Hainmüller.

»Ach je, das schon wieder. Natürlich wusste er, dass Brill schwul gewesen ist. Jeder hier im Amt wusste das. Aber Hainmüller hat damit mehr Schwierigkeiten gehabt als andere. Vielleicht …«

Es klopfte, und eine junge Frau im Minirock kam herein, grüßte und servierte den Kaffee. Dann verschwand sie wieder.

»Vielleicht sollte ich Ihnen dazu ein paar Sätze sagen, damit das besser nachzuvollziehen ist.«

Er gab Milch und Zucker in seinen Kaffee und trank einen Schluck.

»Hainmüller ist Mitglied in einer Religionsgemeinschaft. Keine Sekte, aber auch nicht ganz ohne. Und schwule Menschen mögen sie dort vermutlich nicht so gut leiden. Es hat mich nie im Detail interessiert, aber Hainmüller hat es Brill wohl deutlich merken lassen, was er von ihm hielt.«

»Hätten Sie nicht einschreiten müssen, als Amtsleiter und Vorgesetzter der beiden?«

»Darüber habe ich manchmal nachgedacht, mich aber dagegen entschieden. Erstens sind das zwei erwachsene Menschen, von denen ich erwarte, dass sie miteinander auskommen, und zweitens hat Brill sich nie beschwert.«

Er trank einen weiteren Schluck Kaffee.

»Ich weiß, da gab es die Zimmerfrage. Er wurde von Hainmüller regelrecht abgeschoben. Ich habe Brill dort öfter aufgesucht, und er hat auf mich nicht unglücklich gewirkt. Aber gefragt habe ich ihn natürlich nicht.«

»Hainmüller ist also seit einem Jahr hier im Amt. Was hat er vorher gemacht?«

»Er ist nach Kassel gezogen, weil er hier eine Frau gefunden hat, die seinen Vorstellungen entsprach. Auch dabei ging es um die Zugehörigkeit zu dieser Religionsgemeinschaft. Er hat sich bei uns beworben und den Job bekommen.«

»Gab es öfter Schwierigkeiten zwischen Brill und ihm?«

»Nicht mehr oder weniger als mit anderen Kollegen. Wie gesagt, Herrn Hainmüllers Mitarbeiterführung ist nicht so, wie wir uns das bei der Einstellung erhofft hatten. Es gab einmal eine Kontroverse, die soweit ging, dass Hainmüller Brill einen Fall entzog, letztes Jahr während meines Urlaubs. Als ich zurückkam, war es aber schon wieder vergessen.«

»Gibt es jemand unter den Kunden, den Brill verärgert hat?«

»Wenn ein Mann in seinem Job von allen Menschen geliebt wird, dann ist er ein Fall für den Psychiater. Er hat versucht, den Menschen die bestmögliche Hilfestellung zu geben, das hatte ich schon angedeutet, aber er konnte auch knallhart sein. Um Ihre Frage zu beantworten: Natürlich gab es Menschen, die nicht gut auf ihn zu sprechen waren, weil seine Entscheidungen mit ihren Interessen kollidiert sind.«

»Nach solchen Menschen haben wir gestern in seinen Akten gesucht, sind aber an den vielen Details gescheitert, von denen wir keine Ahnung haben. Wir bräuchten also jemanden, der mit uns zusammen die Unterlagen sichtet und bei Fragen weiterhilft.«

Der Amtsleiter stand ruckartig auf und schlug sich mit der flachen Hand auf die Brust.

»Sie haben ihn gefunden. Ich denke, wir sollten keine Zeit verlieren.«

Mit Vockeroths Hilfe sahen sie alle Akten noch einmal durch. Sein Fachwissen war unbezahlbar und um kurz vor drei lagen sieben Dossiers auf dem Tisch, fünf davon waren ihnen am Tag zuvor nicht aufgefallen.

»Das alles sind strittige oder für die Kunden harte Entscheidungen. Wenn sie nach Verbindungen suchen wollen, dann hier. Aber machen Sie sich bitte nichts vor, wenn es irgendwo einen Hinweis gibt, kann er auch in jeder anderen Akte stecken, die wir zur Seite gelegt haben.«

»Leider ist kein Kevin im Spiel«, stellte Hain fest, während er die Namen und Adressen von Brills Kunden notierte, deren Akten sie aussortiert hatten.

»Wie bitte?«

Lenz klärte den Jugendamtsleiter darüber auf, dass dem Namen Kevin in Zusammenhang mit Brills Tod möglicherweise eine besondere Bedeutung zukommen könnte.

»Nein, einen Kevin haben wir da nicht auf dem Tisch liegen. Und ich kann mich auch nicht an einen Jungen dieses Namens erinnern, aber das soll nichts heißen, weil mein Namengedächtnis eine Katastrophe ist.«

Hains Blick fiel auf einen Computer auf dem Boden. Am Vortag hatte er ihn nicht wahrgenommen.

»Kann es sein, dass Herr Brill noch weitere Daten oder Hinweise in seinem Computer gespeichert hat?«

»Möglich, ja, aber die relevanten Informationen finden Sie alle in den Akten. Wir leben hier in der EDV-Steinzeit, meine Herren, aber das System funktioniert.«

24

Auf der Rückfahrt zum Präsidium hatte Lenz den Eindruck, die Präsenz der uniformierten Kollegen in den Straßen hätte noch zugenommen, was ihn nach den Ereignissen vom Vormittag nicht erstaunte. Er wurde dadurch daran erinnert, dass Kassel sich im Ausnahmezustand befand.

»Ich steige hier aus, wir sehen uns später bei dir im Büro«, erklärte er Hain, als sie an einer roten Ampel am Ständeplatz hielten. Auf dem Weg las er Marias SMS.

23 Uhr am Herkules. Freu mich! M

Die Nachricht verwirrte ihn. Am Herkules, dem weithin sichtbaren Wahrzeichen Kassels oberhalb des Bergparks Wilhelmshöhe, hatte Maria sich noch nie mit ihm treffen wollen, und wenn sie ihn gefragt hätte, wäre seine Antwort

192

wegen des hohen Risikos der Entdeckung ein klares ›Nein‹ gewesen. Aber sie hatte ihn nicht gefragt.

Vielleicht sollten wir uns endlich erwischen lassen, damit das Versteckspiel ein Ende hat, dachte er.

Er wollte in seinem Büro eine Zigarette rauchen und dann Uwe Wagner einen Besuch abstatten, um sich auf den neuesten Ermittlungsstand bringen zu lassen. Auch wenn Uwe gejammert hatte, dass er von den wichtigen Schnittstellen getrennt sei, war er immer noch der am besten informierte Mann im Präsidium.

Auf dem Stuhl vor seinem Zimmer saß ein Mann. Während Lenz auf ihn zuging, erkannte er den jungen Bilicin.

Der hat mir jetzt noch zu meinem Glück gefehlt, ging es ihm durch den Kopf. Aber im gleichen Moment erinnerte er sich, dass er ihn einbestellt hatte. Oder sollte er ihn anrufen? Er wusste es nicht mehr.

»Tag, Herr Bilicin«, begrüßte er ihn und reichte ihm die Hand.

»Warten Sie schon lange?«

»Seit heute Mittag.«

Lenz sah auf seine Uhr.

»Es ist halb fünf, und Sie warten seit heute Mittag hier? Wollten wir nicht zuerst telefonieren?«

»Das stimmt, aber ich habe Ihre Visitenkarte verloren. Und ich wollte auf Nummer sicher gehen.«

Lenz lächelte.

»Das ist Ihnen gelungen.«

Er bot ihm einen Stuhl an und setzte sich dann ebenfalls. Der junge Türke holte tief Luft.

»Was am Samstag passiert ist, tut mir wirklich leid. Ich habe Scheiße gebaut, das weiß ich.«

Lenz überlegte fieberhaft, was für eine Situation Bilicin

meinte. Natürlich konnte er sich an die Verfolgungsjagd zu Fuß zwischen ihm und Hain erinnern, aber warum er ihn ins Präsidium bestellt hatte, wusste er einfach nicht mehr. Das Haschisch hatte Hain dem Jungen abgenommen und er danach Hain. Aber wo war das Zeug eigentlich gelandet? Glücklicherweise meldete sich die Erinnerung doch noch zurück.

»Stimmt, das kann man so sagen. Und ich will nicht, dass sich so was wiederholt. Deswegen wollte ich mit Ihnen reden.«

»Klar, das habe ich mir schon gedacht.«

Der Kommissar sah den Türken ernst an.

»Wir haben hier im Haus einen medizinischen Dienst. Bei dem werden Sie sich ein Jahr lang jeden Monat einmal melden und unter Aufsicht eine Urinprobe abgeben. Soweit klar?«

»Klar.«

»Das kostet Geld. Den Test müssen Sie bezahlen.«

»Wie viel kostet es denn?«

»Keine Ahnung. Aber wenn Sie ein Jahr clean gewesen sind, ist es eine gute Investition. Und wenn in dem Jahr ein Test in die Hose geht, landen Sie vorm Richter. Wie das ausgeht als Wiederholungstäter, wissen Sie selbst.«

»Und wann soll ich das erste Mal dort hingehen?«, fragte der Junge unsicher.

»Tja, wenn wir heute anfangen, geht die Geschichte schief, das wissen wir beide. Also geben wir Ihrem Körper jetzt vier Wochen Zeit, dann kommen Sie zum ersten Test.«

Es entstand eine Pause.

»Danke«, flüsterte der Junge dann.

»Danke, dass Sie meinem Vater nichts erzählt haben. Das hätte eine Katastrophe gegeben.«

194

»Gern geschehen. Und Sie sehen zu, dass er nichts mehr mit dieser Scheiße zu tun haben muss. Ihr Vater ist nämlich ein ganz feiner Mensch.«

Er stand auf und hielt Bilicin die Hand hin.

»Wir treffen uns in vier Wochen. Lassen Sie mich nicht hängen, sonst komme ich persönlich und hole Sie ab.«

Als der Junge gegangen war, brachte der Kommissar sich in seine Komfortposition, zündete eine Zigarette an und sah den Rauchringen nach, die er genüsslich in die Luft blies.

Dann drückte er die Kippe aus und nickte ein.

»Aufwachen, Paul.«

Lenz sah blinzelnd in Uwe Wagners grinsendes Gesicht.

»Stell dir vor, ich wäre der Polizeipräsident, dann könntest du deine Pensionsansprüche jetzt vergessen.«

»Ich hatte einen harten Tag und brauchte dringend eine Konzentrationsphase. Außerdem kann ich mit geschlossenen Augen besser nachdenken.«

»Schon gut«, winkte sein Freund ab, »mir musst du nichts erzählen. Ich hatte auch einen schweren Tag.«

»Was war los?«

»Auf der A 7 ist ein Reisebus in einer Baustelle verunglückt. Es gab sechs Tote.«

Lenz riss die Augen auf.

»Shit.«

»Kommt vor. Das war für mich so was wie die Rückkehr ins Geschäft. Endlich durfte ich vor Ort mal wieder das erzählen, was ich wollte.«

Lenz verstand den Wink auf die Kollegen vom BKA.

»Die werden auch noch ruhiger, Uwe.«

»Jetzt sind alle Presse-, Funk- und Fernsehleute versorgt

und ich gehe nach Hause und bestaune mich im Fernsehen, wenn du mir die Geschichte von heute Morgen bei der HNA erzählt hast.«

Lenz begann, ihm die Ereignisse des Tages im Detail zu schildern. Wagner hörte mit immer größer werdenden Augen zu.«

»Das war verdammt knapp«, stellte er dann fest.

»Stimmt. Vermutlich verdanken wir es dem Redakteur, diesem Ditzel, dass es nicht zur Katastrophe gekommen ist.«

»Allerdings will mir die Sache mit diesem Kevin nicht in den Kopf.«

»Mir auch noch nicht.«

Lenz vermied es, seinem Freund gegenüber die gleichen Gedanken zu formulieren, wie er es bei Hain getan hatte. Etwas sagte ihm noch immer, dass dieses Schreiben einen Hinweis enthielt, aber solange er sich nicht sicher war, wollte er nichts mehr dazu sagen.

»Feierabend!«, frohlockte Wagner. »Ich bin müde und freue mich auf meine Badewanne.«

25

Lenz griff zum Telefon und reservierte bei der Carsharing-Agentur einen Wagen für den Abend. Dann wählte er eine Nummer im Präsidium.

»Driessler«, hörte er die Stimme der Psychologin.

»Hallo, Frau Dr. Driessler. Hier ist Hauptkommissar Lenz.«

Helga Driessler brauchte eine Sekunde, um dem Namen und der Stimme am Telefon ein Gesicht zuzuordnen.

»Guten Tag, Herr Lenz.« Sie klang erstaunt.

»Ich hoffe nicht, dass Sie unseren Termin am Mittwoch absagen wollen?«

»Ich würde Sie gerne sprechen; wenn es möglich ist, noch heute.«

Sie überlegte kurz.

»Kommen Sie sofort, wenn es Ihnen passt, ich kann mir jetzt ein paar Minuten Zeit für Sie nehmen.«

Auf dem Weg zu ihr fragte Lenz sich, wo der Impuls in ihm, das Schreiben mit ihr zu besprechen, herrühren konnte, fand aber keine Antwort. Fünf Meter vor ihrer Bürotür klingelte sein Telefon. Hain war dran und kündigte seinen Feierabend an.

»Außerdem habe ich mit Ludger telefoniert«, erklärte er Lenz, »er kommt morgen wieder zur Arbeit.«

»Gut, dann sehen wir uns morgen früh.«

Die Psychologin bot ihm den gleichen Stuhl an wie bei seinem letzten Besuch.

»Also, was kann ich für Sie tun?«, fragte sie ohne Umschweife, noch bevor er sich gesetzt hatte.

Er nahm den von Hain geschriebenen Zettel aus der Jacke und gab ihn ihr.

»Sicher haben Sie davon gehört, was heute Morgen in den Redaktionsräumen der HNA los war«, begann er vorsichtig.

»Hier ist der Text des Schreibens, das wir in dem Päckchen gefunden haben.«

Die Psychologin nickte, nahm den Zettel und las.

»Hm«, machte sie, nachdem sie den Text zum zweiten Mal gelesen hatte. Lenz sah sie erwartungsvoll an.

»Wenn Sie eine Einschätzung von mir wollen, wer oder was sich hinter diesem Zeug verbirgt, müssen Sie mir etwas mehr von den Ereignissen heute Vormittag erzählen.«

Das kann ich doch auswendig, dachte Lenz, und berichtete auch der Psychologin, was sich am Vormittag abgespielt hatte. Und er berichtete ihr über die Erkenntnisse im Jugendamt.

»Unter uns«, begann sie zögernd, »und natürlich ohne jegliche Gewähr sage ich Ihnen, dass der Täter oder die Täterin erwischt werden will. Aber ich würde Stein und Bein schwören, dass ich das nie so ausgedrückt habe.«

Er sah sie verwirrt an.

»Nicht nur Sie werden von den Kollegen aus Wiesbaden an der kurzen Leine gehalten, Herr Lenz. Nachdem die Herren erfahren haben, dass Sie mich zu der ersten Besprechung letzte Woche hinzugezogen hatten, wurde ich zu einem Gespräch gebeten. Dabei wurde mir klargemacht, dass ich ab sofort mit diesem Fall nichts mehr zu tun habe und auch keine Statements mehr abgeben darf. Daran halte ich mich selbstverständlich.«

Sie grinste ihn an.

»Informell darf ich mich natürlich mit Ihnen über alles unterhalten. Zumal man im Haus gerüchteweise hört, dass die Zusammenarbeit zwischen Ihren Leuten und den Herren vom BKA nicht immer ganz reibungslos verläuft.«

»Es war schon schlimmer. Aber Sie haben recht, die Zusammenarbeit klemmt an manchen Stellen spürbar.«

Er deutete auf den Zettel, den sie noch immer in der Hand hielt.

198

»Rein informell: Wie meinen Sie das, der will erwischt werden?«

»Zunächst einmal glaube ich nicht an eine Tätergruppe. Die Art des Vorgehens, die Briefe, die Morde. Mein Gefühl sagt mir, das ist das Werk eines einzelnen Menschen.«

»Belegt durch …?«

»Sie haben mich nach meinem Eindruck gefragt.«

»Mann oder Frau?«

»Keine Ahnung. Aber ich würde, wegen der technischen Finessen und der Kaltblütigkeit bei den Morden, auf einen Mann tippen.«

Sie wedelte mit dem Zettel.

»Und dieser Quatsch hier sagt mir, der hat eine Botschaft, die er aber erst preisgeben will, wenn er erwischt wurde. Sehen Sie, wenn einer Forderungen stellt, wie der hier nach der Absage der Documenta, will er jemandem schaden. Aber wem würde eine Absage der Ausstellung schaden? Sicher der Stadt, deswegen glaube ich, dass Sie an dieser Stelle ermitteln müssen. Vielleicht trifft es auch die Geschäftsleute, aber nach dem, was ich so gehört habe, wäre das ein überschaubarer Schaden. Dummerweise leben wir in einer so kranken Welt, dass schon ein nichtiger Anlass ausreicht, um einen Menschen zu einer solchen Tat zu provozieren.«

»Die Documenta ist ihm also dabei völlig egal, er will nur seine Botschaft loswerden?«

»Exakt. Genau wie Sie glaube ich nicht an die Terroristenpistole, die uns die Kollegen vom BKA hier verkaufen wollen, sondern an einen Täter aus der Gegend, vielleicht sogar aus Kassel selbst. Allerdings teile ich Ihre Vermutung nicht, es könnte sich um einen Täter aus dem Umfeld der Documenta oder einen gescheiterten Künstler handeln. Dazu ist die ganze Sache zu rational angelegt.«

Sie griff hinter sich und zog aus ihrer Handtasche eine Packung Zigaretten und einen Miniaschenbecher. Es war eine filterlose französische Marke, die Lenz vor vielen Jahren auch geraucht hatte.

»Rauchen Sie?«

»Sehr gerne.«

Als beide brennende Zigaretten in den Fingern hielten, fuhr die Psychologin fort.

»Es mag vielleicht so aussehen, als ob der Kerl blöd sei, aber ich sehe in seiner Vorgehensweise planvolles Handeln und eine gehörige Portion Intelligenz. Und er ist völlig unberechenbar. Aber noch einmal, der will erwischt werden.«

»Ein Widerspruch für mich.«

»Mag sein, aber viele Kriminelle sind in ihren Handlungen widersprüchlich.«

Sie fischte mit dem Ring- und dem Zeigefinger einen Tabakkrümel aus ihrem Mund.

»Weiterhin glaube ich nicht, dass er einen Kindergarten bedrohen würde. Die Reihenfolge, also zuerst der Kindergarten, ist ungewöhnlich. Wenn Sie so etwas planen würden, wäre der Kindergarten sicher Ihr Ultima Ratio, weil danach nichts mehr kommen kann. Wenn Sie einen Kindergarten plattgemacht haben, brauchen Sie sich nicht mal mehr im Knast blicken zu lassen. Aber er setzt ihn an die erste Stelle seiner Drohskala, und an den Schluss das Kaufhaus, was irrational ist.«

»Haben wir es mit einem psychisch Kranken zu tun«

Sie fing an zu grinsen.

»Ist Paris eine Stadt? Ist der Papst katholisch? Ganz gesund ist er nicht, würde ich sagen, aber das kann ich erst verifizieren, wenn er mir gegenübersitzt.«

Er deutete auf den Zettel.

»Und was ist mit Kevin?«

»Das ist wirklich merkwürdig, es ergibt keinen Sinn. Natürlich ist es nicht sein Name, obwohl Sie das wohl denken sollen. Vielleicht wurde deswegen auch der erste Brief in Englisch verfasst, aber es ist eine Täuschung. Er ist, wie gesagt, nicht dumm, aber diesen Punkt verstehe ich nicht.«

»Was halten Sie von einem Verdächtigen wie Hainmüller, dem Abteilungsleiter von Brill?«

»Natürlich müsste ich auch den erst kennenlernen, um mir ein Bild machen zu können, ich bin nun mal kein Profiler.«

Sie lächelte gequält.

»Diese Halbgötter können anhand einer alten Socke und eines Tatorteindrucks den Täterkreis auf drei Personen eingrenzen, ich nicht. Aber der Religionsfuzzi kommt für mich nicht als Täter in Frage.«

Sie drückte ihre Zigarette aus.

»So einer ist sich nicht zu schade, einen Schwulen zu diskriminieren, aber für einen Mord braucht es dann doch eine andere Schuhnummer.«

Lenz drückte ebenfalls seine Zigarette in den Aschenbecher und stand auf.

»Das war sehr interessant, ich danke Ihnen.«

Er wollte zur Tür gehen, aber ihr Gesichtsausdruck zeigte ihm, dass sie noch etwas zu sagen hatte.

»Ich kann Sie übrigens gut verstehen.«

»Wie meinen Sie das?«, fragte er unsicher.

»Mein Mann lebt auch mit seiner neuen Frau in dem Haus, für das ich bezahlt habe. Und von meinem Unterhalt. Deshalb kann ich Sie gut verstehen.«

Er schluckte.

»Dann sind wir sozusagen Geschwister im Geiste.«

»Ja«, antwortete sie sarkastisch, »aber kaufen können wir uns dafür nichts. Und ich glaube, ich gehe heute Abend auch mal ein Bier trinken.«

Wenn das ein Angebot gewesen sein sollte, überhörte Lenz es einfach. Er hatte seinen Abend verplant und wollte daran nichts ändern. Außerdem war die Psychologin nicht sein Typ.

Zurück im Büro nahm er seine leicht angestaubte Dienstwaffe und das dazugehörige Achselholster aus dem Schrank.

26

Um Viertel vor 11 fuhr er mit dem gemieteten Kleinwagen auf den verlassenen Parkplatz hinter dem Herkules. Durch die Bäume sah er die von der gegenüberliegenden Seite grell erleuchtete, komplett unter einem Baugerüst stehende Statue und die dunklen Umrisse des Oktogons und der Pyramide, die als monumentaler Unterbau dienten. Am Wasserteich und dem geschlossenen Ausflugsrestaurant vorbei kam er zu einer Treppe, die ihn nach links und von dort auf den Weg zur Vorderseite des Herkules führte. Zu seinem Erstaunen war außer ihm niemand unterwegs. Er stellte den Kragen seiner Jacke hoch und blickte dabei nach oben, zur Spitze der wegen Sanierungsarbeiten kopflosen Figur in etwa 70 Metern Höhe.

Weil ihm dabei schwindelig wurde, senkte er den Blick und setzte sich auf die oberste Stufe der Treppe, die hinunter zu den Wasserspielen führte. Mit einer Zigarette in der Hand sah er auf die Millionen Lichter der Stadt, die so seltsam friedlich aussah. Er erinnerte sich an einen Winter vor vielen Jahren, als er mit seiner geschiedenen Frau am Silvesterabend hier oben war, um mit Tausenden anderer Menschen in den letzten Minuten des alten Jahres auf die Stadt zu schauen. Umherfliegende Feuerwerkskörper hatten ihn dabei fast zum Wahnsinn getrieben. Der Blick auf die Stadt war 20 Minuten nach Anbruch des neuen Jahres dann auch nicht mehr möglich gewesen, weil der Qualm der gezündeten Knaller und Raketen zu dicht geworden war.

Jetzt saß er da und genoss seine Zigarette und die Ruhe. Die Magistrale der Wilhelmshöher Allee, die sich wie ein Strich in die Innenstadt zog, dominierte wie immer den Blick. Lenz versuchte, in dem Gewirr der kleineren Straßen den ungefähren Standpunkt seines Hauses auszumachen, aber es gelang ihm nicht. Dafür wurde ihm schlagartig die Einsamkeit bewusst, in der er sich hier oben befand. Von der auch in der Nacht nie endenden Kakofonie Kassels kam nur ein leises Rauschen an. Er schirmte mit der linken Hand seine Augen gegen das Licht ab, um einen Blick in den dunklen Park zu werfen, der sich weit vor ihm ausbreitete, als auf dem Parkplatz weit hinter ihm eine Autotür zugeworfen wurde und eine Weile danach Schritte zu hören waren. Er hielt die Hand noch immer als Blendschutz an den Kopf, konnte aber im grellen Gegenlicht des Halogenstrahlers nicht erkennen, wer sich näherte. Die Schrittfolge wurde jetzt unterbrochen, wegen der Treppe, wie er vermutete. Dann nahm er eine schwarze Gestalt wahr, die mit einem großen Gegenstand in der Hand langsam auf ihn zukam. Das Geräusch der Schritte wurde lauter, begleitet vom rhythmischen Klimpern eines Schlüsselbundes. Als die Person noch etwa zehn Meter von ihm entfernt war, wollte er aufstehen, aber in diesem Moment wurde es schlagartig dunkel um ihn. Ein leises Klacken war zu hören. Er spürte, wie sich seine Nackenhaare aufstellten und sämtliche Stresshormone in sein Blut geschwemmt wurden. Sein Gefühl völliger Umnachtung wurde verstärkt, als er den Kopf drehte und auf die Stadt sehen wollte, die jedoch verschwunden war – so erschien es ihm zumindest. Die Schritte kamen immer noch näher, also war zumindest sein Gehör noch in Ordnung. Panisch drehte er sich um und suchte mit der Hand nach einem Halt, stocherte aber nur in der Luft herum, als seine Augen plötzlich von einem Lichtstrahl geblendet wurden und er eine Hand in seinem Gesicht spürte.

»Du solltest eine Sonnenbrille tragen, wie ich«, hörte er Marias Stimme.

Das Licht, das ihn einen Moment lang geblendet hatte, ging aus, und er spürte ihre Umarmung.

»Du zitterst ja«, säuselte sie mit gespielter Besorgnis und streifte mit der Hand über seinen Rücken.

Lenz brauchte einige Sekunden, bis seine Lippen wieder den Befehlen seines Gehirns folgten.

»Sei froh, dass ich dich nicht erschossen habe«, erwiderte er erleichtert.

»Ach was, du hast doch nie eine Knarre dabei. Was glaubst du denn, warum wir uns um diese Uhrzeit an diesem gottverdammten Ort treffen? Weil um Punkt 11 hier die Lichter ausgehen und man dann ungestört auf den Treppen ein nächtliches Picknick veranstalten kann.«

Sie zog ihn zur Seite des Gebäudes. Seine Augen gewöhnten sich langsam an die Dunkelheit und er erkannte, dass der Gegenstand, den er vorhin gesehen hatte, ein Korb war. Auch die Lichter der Stadt waren jetzt für ihn wieder zu erkennen.

»Ich bin zu alt für mein Leben«, seufzte er, während sie eine Decke, eine Thermoskanne und eine gelbe Packung herausholte.

»Ich habe an alles gedacht. Eine Decke, damit wir uns nicht verkühlen, Kaffee, damit wir warm bleiben, und Kekse, falls wir Hunger kriegen. Fehlen nur noch Vitamine, damit wir auch morgen noch kraftvoll zubeißen können.«

Sie lachte laut los, setzte sich und zog ihn zu sich herunter.

»Du hättest eben dein Gesicht sehen sollen, Paul. Schauderhaft. Aber jetzt weiß ich wenigstens, wie du in 50 Jahren aussiehst.«

Er legte seinen Kopf auf ihre Schulter.

»Was für ein Tag …«

Sein Herz klopfte noch immer heftig, doch er hatte sich jetzt wieder unter Kontrolle.

Sie klemmte die Thermoskanne zwischen ihre Beine, schraubte den Becher ab und goss mit der freien rechten Hand ein.

»Ich hab dich vorhin in den Nachrichten gesehen.«

Er nahm den Kopf von ihrer Schulter.

»Mich? In den Nachrichten?«

»Ja, du hast neben einem Kollegen im Auto gesessen, als ihr vom Hof der HNA gefahren seid, und sahst ziemlich gestresst aus. War das gefährlich heute?«

Sein Kopf fiel wieder auf ihre Schulter.

»Nicht wirklich.«

»Verscheißer mich nicht. Im Fernsehen haben sie gesagt, dass es sich um eine ernste Sache gehandelt hat, weil in den beiden getrennten Röhrchen jeweils ein Zeug war, das zusammengemischt furchtbar giftig wird.«

»Ach ja«, antwortete er abwesend, weil ihm einfiel, dass er bis zu diesem Moment noch keine Bestätigung dafür erhalten hatte, dass es sich bei den beiden Flüssigkeiten wirklich um die Komponenten eines binären Kampfstoffes handelte. Jetzt hatte er sie.

»Das stimmt«, wurde er ernster. »Wenn der Redakteur nicht so gut reagiert hätte, wäre es vermutlich zur Katastrophe gekommen.«

Sie schmiegte sich an ihn und küsste seinen Hals. Dabei bemerkte sie seine Pistole.

»Du hast ja tatsächlich eine Knarre dabei. Muss ich mir jetzt Sorgen machen?«

»Nein«, beruhigte er sie, »ich weiß auch nicht, warum ich das Ding vorhin mitgenommen habe. Aber vermutlich werde ich sie jetzt so lange tragen, bis wir ihn haben.«

»Apropos Täter. Ich habe heute mit einer Freundin telefoniert, die gut mit dem Leiter der Documenta bekannt ist. Denen geht ganz schön die Muffe, meinte sie, weil sie Angst davor haben, die Documenta könnte abgesagt werden. Man befürchtet, dass dann nie mehr eine in Kassel stattfinden würde. Angeblich gibt es schon seit Jahren Bestrebungen von anderen Städten, die Ausstellung aus der Provinz herauszuholen und an einen anderen Ort zu verlegen, aber Genaueres wusste sie auch nicht. Sie hat mir versprochen, sich mal ein bisschen schlau zu machen, ob es im Vorfeld der Künstlerauswahl zu Unstimmigkeiten gekommen ist, oder ob es sonst irgendeinen Krach gab. Dass die Gesellschaft unter Geldnot leidet, hat sie selbst schon im letzten Oktober bekannt gegeben.«

»Hoffentlich macht sich deine Freundin keine Gedanken, warum du das alles wissen willst.«

Sie grinste ihn an.

»Keine Sorge. Ich bin als neugierig bekannt. Aber erzähl doch mal, was hast du denn heute noch so alles gemacht?«

Lenz zuckte unmerklich zusammen. Seit Jahren hatte ihn niemand mehr abends gefragt, wie er den Tag verbracht hatte. Schön, dachte er, und erzählte. Als er den Namen des Jugendamtsleiters erwähnte, wurde Maria hellhörig.

»Vockeroth? Den kenne ich, der wohnt bei uns um die Ecke. Für sein Alter sieht der umwerfend aus.«

Lenz machte sich von ihr frei und setzte sich aufrecht hin.

»Musst du denn die Kerle immer nach ihrem Aussehen beurteilen? Ich finde, der ist auch sonst ganz nett.«

Sie schluckte.

»Ich kenne ihn nur vom Sehen, und schöner als du ist sowieso keiner, mein Geliebter. Und ich wollte dich nicht verärgern, ehrlich. Streit kann ich heute keinen mehr vertragen, davon hatte ich zu Hause genug.«

Er nahm sie wieder in den Arm, streifte mit der Hand durch ihr Haar und küsste sie zärtlich.

»Schon gut, ich bin nicht verärgert. Erzähl, was war zu Hause los?«

»Erich ist, seit er den blöden Brief bekommen hat, nicht mehr wiederzuerkennen. Ständig ist er gereizt und sucht Streit, auch mit seinen Bodyguards. Die Jungs tun mir schon richtig leid. Und heute war es ganz schlimm, weil er sich eigentlich den Tag freigenommen hatte und dann wegen des Busunglücks auf der Autobahn doch ins Rathaus musste. Das nehmen einem die Wähler nämlich übel, wenn man bei solchen Ereignissen nicht im Amt ist, sondern im Wohnzimmer auf der Couch herumlungert, Bier trinkt, und sich den Bauch mit Chips voll schlägt.«

»Da wärst du mit mir besser dran, ich trinke Wein und esse Schokolade.«

Sie lachten. Plötzlich hob Lenz den Kopf und legte seine Hand auf ihren Mund. Zunächst verstand Maria nicht, was er wollte, aber dann hörte auch sie die Schritte, die sich von der Vorderseite des Gebäudes näherten. Er drehte ihren Kopf mit dem Gesicht nach unten in seinen Schoß und legte seinen Arm auf ihr Haar.

Die Schritte wurden lauter, dazu kam jetzt der Lichtkegel einer Taschenlampe, der unruhig in ihre Richtung wanderte.

Sekunden später wurde Lenz zum zweiten Mal an diesem Abend geblendet. Er hielt die Hand vor die Augen.

»Guten Abend«, sagte er freundlich in Richtung des Unbekannten.

»'n Abend. Was machen Sie hier?«

»Wie sieht es denn aus«, fragte Lenz zurück.

»Na ja, dazu will ich mich jetzt lieber nicht äußern. Könnte Ihre Begleitung bitte den Kopf heben?«

»Könnten Sie mit der Lampe bitte nicht direkt in mein Gesicht leuchten? Bitte drehen Sie sie kurz um, damit ich Ihr Gesicht sehen kann.«

»Das wird ja immer …«

Die Stimme erstarb, dann hörte Lenz flüsternde Stimmen. Offenbar waren sie zu zweit.

»Sind Sie das, Kommissar Lenz, vom K11?«

Die Taschenlampe wurde ausgeschaltet. Lenz hörte Maria in seinem Schoß leise kichern. Außerdem war ihr Mund gefährlich nah an seiner erogenen Zone.

208

»Genau, meine Herren, der bin ich. Und mit wem habe ich das Vergnügen?«

Die beiden nannten ihre Namen.

»Es tut uns leid, Herr Kommissar, aber seit dem Wochenende machen wir hier nachts Streifengänge. Wir konnten ja nicht ahnen, Sie hier oben anzutreffen.«

»Schon gut. Meine Frau und ich wollten uns die Stadt bei Nacht anschauen.«

Lenz bemerkte eine Hand, die sich am Reißverschluss seiner Hose zu schaffen machte.

»Ist klar, Herr Kommissar«, sagte der Streifenpolizist.

»Wir gehen unsere Streife zu Ende. Als besonderes Vorkommnis brauche ich Sie und Ihre … Frau nicht zu vermerken, was meinen Sie?«

»Das ist sicher nicht nötig. Danke.«

Die beiden verabschiedeten sich und Lenz hörte, sobald sie um die Ecke waren, ein lautes Prusten.

»Da bin ich ja froh, dass du dich nicht als Mann verkleidet hast«, stöhnte er und bemerkte gleichzeitig, dass ihre Hand an seinem Reißverschluss Erfolg gehabt und ihr Mund sein Ziel erreicht hatte.

»Jeder Widerstand ist zwecklos, Herr Kommissar«, hörte er sie nuscheln.

»Du bist komplett verrückt«, bekam er gerade noch heraus.

»Es ist schön, dir so nah zu sein.«

Sie lag mit dem Kopf auf seinen Beinen, er kraulte ihre Haare.

»Finde ich auch«, antwortete er, grinste dabei und hoffte, sie würde es in der Dunkelheit nicht bemerken.

»Du darfst dich ruhig richtig freuen. Ich weiß sowieso, dass du es tust.«

»Erwischt.«

»Ich hab kalte Hände.«

Sie drehte sich um und schob ihre Arme unter sein Jackett. Auf seinem Hemd fand sie einen zusammengefalteten Zettel.

»Was ist denn das?«

Lenz nahm ihr das Stück Papier aus der Hand und sah es an. Erkennen konnte er nichts, aber er wusste auch so, um was es sich handelte.

»Das ist die Nachricht, die wir heute in dem Päckchen an den Chefredakteur gefunden haben. Vermutlich habe ich sie im Moment der höchsten Lust aus meiner Tasche herauskatapultiert.«

»Und die schleppst du hier mit dir rum?«

»Nein, natürlich nicht. Das ist eine Abschrift.«

»Ach so. Kann ich sie lesen?«

Ohne seine Antwort abzuwarten, nestelte sie in dem Korb nach ihrem Autoschlüssel, an dem die kleine Taschenlampe hing, mit der sie Lenz zur Begrüßung geblendet hatte.

»Hm«, machte sie und warf den Schlüssel zurück.

»Das hat Frau Dr. Driessler auch gesagt, als sie es gelesen hatte.«

»Die Psychosupermaus, von deren Atomtitten du mir so vorgeschwärmt hast?«

Lenz lachte laut los.

»Genau die.«

»Und was hat sie noch gesagt?«

»Eine ganze Menge, aber nichts, was mich näher zum Täter geführt hätte.«

Er dachte einen Moment nach.

»Eigentlich hat sie mir nur aufgezählt, wer nicht in Frage kommt.«

210

»Und was fällt dir Spürnase dazu ein?«

»Hey, hey, dein Ton gefällt mir nicht«, spielte er den Beleidigten.

»Schon gut, Herr Kommissar«, beschwichtigte sie ihn.

»Natürlich ist das nicht der Name des Täters. Ich vermute, wir haben es mit jemandem aus der Gegend zu tun, der aber nicht Kevin heißt.«

»Und das ist alles?«, fragte sie herausfordernd.

»Worauf willst du hinaus? Wenn dir was dazu einfällt, sag es mir, aber lass mich bitte nicht am langen Arm verhungern.«

Lenz konnte in der Dunkelheit ihre Augen funkeln sehen.

»Kevin meint nicht eine Person, sondern ein Datum«, prophezeite sie scheinbar wissend.

Er kratzte sich hörbar am Kinn.

»Wie, ein Datum?«

»Gibt es eigentlich eine Belohnung?«

»Maria!«

»O. k., du Schlaumeier, dann übersetze ich dir jetzt die letzten zwei Zeilen. Du musst dir einfach denken, dass Kevin eine Zeile höher gehört, dann wird ein Datum daraus. Letzter Termin Absage 6. Juni 2007, steht dann hier.«

Lenz kapierte es noch immer nicht.

»Meine Herren, wie hast du nur solch eine Karriere bei der Polizei machen können?«, flachste sie. »Erich hat doch eine Schwester, die in Bayern lebt, ich hab dir mal davon erzählt.«

Er stöhnte.

»Was hat denn das nun wieder damit zu tun, Maria?«

»Diese Schwester hat eine Tochter, Ria. Und jetzt wird es spannend, mein Lieber.«

»Stimmt«, konterte er, »Erich Zeislingers Stammbaum ist so spannend wie eine Seite aus dem Telefonbuch rückwärts.«

»Ria, die Tochter der Schwester, hat einen Sohn, und dem gratuliert Erich, der im Übrigen sein Patenonkel ist, immer am 13. Februar zum Geburtstag. Verstanden?«

Lenz schwieg.

»Gut, bevor du mich jetzt wirklich umlegst, kommen wir zum Knackpunkt. Erich gratuliert ihm nämlich auch am 6. Juni, weil der Bub den urbayrischen Namen Kevin trägt und an diesem Datum seinen Namenstag feiert.«

Lenz brauchte einen Moment, um das Gehörte zu verarbeiten, und sprang dann so elektrisiert auf, dass ihm erneut schwarz vor Augen wurde.

»Mach deine Hose zu, dir hängt bestimmt was raus. So kannst du hier nicht rumlaufen«, hörte er ihre Stimme aus der Dunkelheit.

»Du bist genial, Maria. Einfach genial.«

27

Auf der Heimfahrt war Lenz euphorisch wie schon lange nicht mehr. Maria hatte gemerkt, dass ihr Hinweis zwar gut für ihn und die Aufklärung seines Falles war, ihre Zweisamkeit aber schlagartig beendet hatte; deshalb waren sie aufgebrochen. Außerdem war es, um Viertel vor eins in der Nacht, empfindlich kühl geworden.

Während der Kommissar langsam auf die Lichter Kassels zufuhr, versuchte er, die neuen Erkenntnisse in seine Fakten einzubauen:

Wenn es ein Kind mit Namen Kevin geben sollte, das in dem Fall eine Rolle spielte, war es vermutlich der Schlüssel zu Brills Tod. Aber wie passte Ayse Bilicin dazu? Er musste sofort am nächsten Morgen zum Jugendamt und alle Akten erneut sichten. Und er würde über das Melderegister alle Kevins der Stadt Kassel ausfindig machen müssen. Das reicht nicht, dachte er, als ihm einfiel, dass Brill nicht bei der Stadt, sondern beim Landkreis gearbeitet hatte. Also ein größeres Gebiet, in dem sie nach einem Jungen namens Kevin suchen mussten.

Er steuerte den Kleinwagen gerade an der Rückseite des Fernbahnhofes Wilhelmshöhe vorbei, als ihn ein Gedanke durchzuckte. Obwohl er genau wusste, wie spät es war, sah er auf die Uhr. Dann schaltete er einen Gang zurück, steigerte die Geschwindigkeit, und fuhr die Kohlenstraße hinunter bis zum Weinberg. Dort bog er links ab, drehte den Motor in den einzelnen Gängen bis an die Grenze des Möglichen und fuhr kurze Zeit später am hell erleuchteten Kinocenter vorbei. Fünf Minuten später hatte er sein Ziel erreicht. Er sprang aus dem Auto, lief über die Wiese zum Eingang des Hauses mit der Nummer 37, legte den Finger auf die Klingel und ließ ihn dort, bis er nach erstaunlich kurzer Zeit das durchdringende Geräusch des Türsummers hörte. Mit dem Fuß stieß er die Tür kraftvoll auf und hastete die Treppe hinauf, immer zwei Stufen auf einmal nehmend. Der alte Mann, der ihn erstaunt an der Tür empfing, hatte noch nicht geschlafen.

»Guten Abend, Herr Bilicin«, presste er atemlos hervor und stützte sich mit ausgestrecktem Arm an der Wand ab. Im Flur der Wohnung hörte er Stimmen, dann sah er den

213

Kopf des jungen Bilicin und den eines etwa gleichaltrigen Mädchens hinter dem Alten auftauchen.

»Aber wir haben doch …«, begann der schlagartig kreidebleich gewordene Sohn.

»Vergessen Sie es. Ich will zu Ihrem Vater.«

Der alte Bilicin sah verwirrt vom einen zum anderen.

»Guten Abend, Herr Kommissar. Es muss ja sehr wichtig sein, wenn Sie um diese Uhrzeit bei mir klingeln. Kommen Sie herein, ich habe gerade eine Kanne Çay gemacht.«

Ümit Bilicin wirkte zwar irritiert, war aber offensichtlich weniger böse als neugierig wegen der nächtlichen Störung.

»Sehr freundlich, aber ich habe nur eine Frage an Sie: Wie ist der Name des Jungen, den der Mann Ihrer Tochter mit in die Ehe gebracht hat?«

»Kevin, warum?«

Der Polizist schnaufte tief durch.

»Wissen Sie auch, wo ich Kevins Mutter finden kann?«

»Sie ist eine komische Frau«, mischte sich Bilicins Sohn ein. Er war nur mit Boxershorts und einem weißen T-Shirt bekleidet. Sein Vater trat zur Seite, damit Lenz den Jungen besser sehen konnte.

»Wir haben sie nicht kennengelernt. Und wie sie heißt …? Keine Ahnung.«

Er sah seinen Vater an.

»Weißt du ihren Namen, Baba?«

»Nein, ich habe ihn nie gehört.«

Lenz sah den jungen Bilicin an.

»Eigentlich müsste sie den gleichen Namen tragen wie ihr Schwager.«

»Das stimmt, aber bei ihr ist das nicht so. Sie hat ihren Namen behalten, als sie Kurt geheiratet hat, das hat er mir mal bei einer Feier erzählt.«

214

»Meinen Sie, wir können kurz bei Ihrer Tochter anrufen? Es ist wirklich sehr, sehr wichtig.«

Der Alte sah auf seine Uhr.

»Sie schläft bestimmt, aber wenn es so wichtig ist, wird sie es verstehen. Kommen Sie herein, Herr Kommissar, wir reden besser drinnen weiter.«

Lenz folgte den beiden ins Wohnzimmer.

Bilicin gab seinem Sohn mit einem Blick zu verstehen, dass die junge Frau, die noch immer spärlich bekleidet im Flur herumstand, besser in dessen Zimmer warten sollte. Dann nahm er das Telefon von der Anrichte, die neben der Tür stand, und wählte. Es dauerte einen Moment, bis am anderen Ende abgenommen wurde.

»Hallo Kurt, hier ist Ümit. Kannst du mir Emina geben, bitte?« Wieder musste Bilicin kurz warten.

Was dann folgte, konnte Lenz nicht verstehen, weil der Alte türkisch mit seiner Tochter sprach. Er machte es sehr leise und seine Stimme klang beruhigend. Dann nickte er, murmelte etwas und legte auf. Lenz sah ihn irritiert an.

»Keine Angst, Herr Kommissar, sie hat mir versichert, dass Sie bei ihr vorbeikommen können. Sie erwartet Sie.«

»Sehr gut«, antwortete der Polizist, obwohl er lieber selbst mit der Frau telefoniert hätte, um vielleicht schon ein Team zur Wohnung von Kevins Mutter schicken zu können.

»Und jetzt sagen Sie mir bitte, warum Sie nach dem kleinen Kevin und nach seiner Mutter fragen. Hat die Frau etwas mit dem Mord an meiner Frau zu tun?«

»Vielleicht, Herr Bilicin. Es gibt einen Hinweis, der über den Namen des Jungen zu ihr führt, aber bis jetzt ist alles noch reine Spekulation. Wissen Sie, was die Frau arbeitet?«

»Nein. Kurt redet nicht gerne über sie, weil die beiden sich viel gestritten haben und lange um das …« Er suchte nach einem Wort.

»Das Sorgerecht«, mischte sich der Sohn wieder ein.

»Sie haben lange um das Sorgerecht für Kevin gestritten. Und er musste ihr viel Geld bezahlen, glaube ich. Emina hat das mal erwähnt.«

»Sie wissen auch nicht, was die Frau arbeitet?«

Er schüttelte den Kopf.

»Leider nicht«, antwortete Ümit Bilicin nannte ihm die Adresse seiner Tochter.

Noch im Treppenhaus zündete sich Lenz eine Zigarette an. Dann wählte er Hains Nummer.

»Einsatz, Thilo«, informierte er den jungen Kollegen kurz, als der sich verschlafen gemeldet hatte und wegen der unchristlichen Uhrzeit protestieren wollte.

»Auf solche Ideen kommst nur du, Paul. Willst du mir nicht wenigstens sagen, um was es geht?«

»In 10 Minuten.« Lenz beendete das Gespräch, rannte zum Auto und fuhr los.

28

Hain wartete schon an der üblichen Stelle. Er hatte seinen Nachtgeruch mit einer gehörigen Portion Aftershave oder Parfum überdeckt.

»Junge, Junge, da fallen ja die Fliegen tot von der Wand, wenn sie an dir gerochen haben.«

»Wohin wollen wir?«, war das Einzige, das Hain in den nächsten beiden Minuten von sich gab. Lenz berichtete ihm von seinen Erkenntnissen der letzen Stunden, verschwieg jedoch aus guten Gründen Maria Zeislingers Anteil.

Der junge Oberkommissar legte den Rückwärtsgang ein, fuhr das kleine japanische Cabriolet aus der Parklücke und nahm Kurs auf die von Lenz genannte Adresse.

»Und da bist du ganz alleine draufgekommen?«

»Ganz alleine«, log der Hauptkommissar.

»Wie auch immer, es hört sich auf jeden Fall gut an. Die erste wirklich interessante Spur, würde ich sagen.«

»Deshalb hab ich dich aus dem Bett geholt. Wir besorgen uns jetzt bei Bilicins Schwiegersohn die Adresse seiner Exfrau, nehmen sie fest und quetschen auf dem Präsidium ein Geständnis aus ihr raus. Morgen um diese Zeit sind wir dann die Helden, die Kassel vor der Apokalypse bewahrt haben.«

Hain sah seinen Chef im Schein der vorbeihuschenden Straßenlaternen zweifelnd an.

»Du hast schon wieder was von dem Dope geraucht, oder?«

Sie fanden das Haus von Emina und Kurt Laukel in einer ruhigen Seitenstraße im Stadtteil Brasselsberg. Hier oben hatten sich die Wohlhabenden der Stadt ihre repräsentativen Häuser in ebensolche Vorgärten stellen lassen. Alter Villenbestand, der im Zweiten Weltkrieg wegen der Entfernung zur Innenstadt nicht beschädigt worden war, und neue Häuser mit teils extravaganter Architektur. Vor einem solchen Objekt parkte Hain nun seinen Mazda. Alles an diesem Anwesen strahlte Wohlstand aus. Der größte Teil des quadratisch angelegten Hauses bestand aus Glas, der Rest war nüchterner Beton. Unter dem eigentlichen Wohntrakt befand sich eine Tiefgarage für mindestens vier Autos, wie Lenz schätzte. Im Garten war ein riesiger Pool zu sehen, der jedoch abgedeckt war. Das ganze Gelände war mit hohen Hecken gegen lästige Blicke geschützt. Lenz und Hain spähten durch das Laubwerk

»Wow«, entfuhr es dem sichtlich beeindruckten Hain. »Hier könnte ich es auch aushalten.«

»Fang an zu sparen«, empfahl Lenz ihm und klingelte.

Eine Beleuchtung über ihren Köpfen tauchte die Polizisten in mattes Licht und ein Summen entriegelte das Schloss. Dann fuhr der linke Torflügel zur Seite und gab ihnen den Weg ins Innere frei.

Die beiden Bewohner warteten an der Haustür und baten sie herein.

Auch hier zeugte alles von Wohlstand. An den Wänden hingen größere und kleinere Bilder, die Lenz an die Ausstellung in Hannover erinnerten. In einer Ecke stand eine große Skulptur, von der er glaubte, sie schon einmal in einer Zeitung gesehen zu haben.

Die Laukels führten sie in ein Wohnzimmer, dessen Dimensionen atemberaubend waren. Die komplette Front zur Gartenseite hin war bis zum Boden verglast und vermittelte das Gefühl unendlicher Größe. Die daran anschließende Wand wurde dominiert von Gebilden, die wie überdimensionierte Trichter von Blechblasinstrumenten aussahen und mit rotem Hochglanzlack überzogen waren. Auch in diesem Raum hingen Bilder, die teuer aussahen.

Sie nahmen auf einem cremefarbenen Ledersofa Platz und Lenz sah sich die beiden genauer an. Laukel war ein Mann in seinem Alter mit, im Gegensatz zu ihm, schon

218

völlig ergrauten Haaren. Er machte einen sehr gepflegten Eindruck, seine sparsamen Bewegungen strahlten Ruhe aus. Die Frau sah anders aus als auf dem Bild, das Bilicin ihm vor ein paar Tagen gezeigt hatte. Sie trug die Haare jetzt kurz und hochgestellt, war aber immer noch eine sehr attraktive Erscheinung. Trotz der Uhrzeit und der Tatsache, dass sie sicher schon geschlafen hatte, präsentierte sie sich makellos in einem schokobraunen Kostüm.

»Ich konnte leider nicht verstehen, was Ihr Vater Ihnen am Telefon berichtet hat«, begann Lenz und sah sie dabei an.

»Aber sicher wundern Sie sich, warum mitten in der Nacht zwei Kriminalbeamte bei Ihnen vor der Tür stehen.«

»Das stimmt, Herr Kommissar«, bestätigte sie in akzentfreiem Deutsch.

»Aber mein Vater hat am Telefon schon erwähnt, dass es um Kurts frühere Frau geht. Wie können wir Ihnen helfen?«

Lenz wandte sich Laukel zu.

»Wir haben einen Anfangsverdacht, dass Ihre frühere Frau etwas mit den Ereignissen der letzten Tage und Monate hier in Kassel zu tun haben könnte«, formulierte er vorsichtig.

Laukel legte die Stirn in Falten.

»Mit den Morden und dem Anschlag auf den Redakteur der Zeitung?« Er schüttelte ungläubig den Kopf.

»Genau. Was arbeitet ihre Exfrau, Herr Laukel?«

»Was sie im Moment macht, kann ich Ihnen leider nicht sagen, weil sie komplett aus meinem Leben verschwunden ist.« Er griff nach Eminas Hand. »Zum Glück, wie ich betonen möchte. Bis Mitte letzten Jahres war sie beim Veterinäramt hier in Kassel beschäftigt, dann wurde ihr gekündigt. Vielleicht erinnern Sie sich an den Fleischskandal im letzten Jahr?«

Er sah die Polizisten an, die beide nickten.

»Im Zuge dieses Skandals wurde sie entlassen, weil man ihr, wie ich hörte, Verfehlungen nachgewiesen hatte.«

»Welcher Art war ihre Tätigkeit beim Veterinäramt?«

»Sie war Lebensmittelkontrolleurin. Nach ihrem Chemiestudium hielt sie sich ein Jahr in Amerika auf, wo sie mit einer Künstlergruppe durchs Land gezogen ist. Dort haben wir uns auch kennengelernt. Später sind wir dann gemeinsam nach Hofgeismar gezogen, wo ich aufgewachsen bin, und sie hat bei der Stadt Kassel angefangen zu arbeiten.«

»Lebt ihre geschiedene Frau noch immer in Hofgeismar?«

»So weit mir bekannt ist, nein. Ich habe seit November letzten Jahres keinen Kontakt mehr mit ihr gehabt, aber ein Freund, der dort wohnt, hat mir erzählt, dass sie unser ehemaliges Haus verlassen hat und weggezogen ist. Vielleicht ist sie nach Dänemark gezogen.«

»Wieso nach Dänemark?«

»Sie ist Dänin. Also keine echte Dänin, weil sie in Deutschland geboren wurde, aber sie hat einen dänischen Pass.«

»Sie ist keine Deutsche?«

»Nein, sie hat nur die dänische Staatsbürgerschaft. Aber sie denkt und handelt wie eine Deutsche. Das einzige Dänische an ihr ist der Pass.«

»Wie kommt sie zu der dänischen Staatsbürgerschaft?«

»Ihr Vater war Däne, ihre Mutter Deutsche. Fragen sie mich nicht so genau, aber sie hat mal erzählt, dass damals, also in den 60er-Jahren, als sie geboren wurde, die Kinder die Staatsbürgerschaft des Vaters bekommen haben. Ich habe bis zu unserer Scheidung nie einen Menschen aus ihrer Familie kennengelernt.«

»Sind die Eltern tot?«

»Nach ihrer Aussage ja. Aber sie hat es mit der Wahrheit nicht so genau genommen, deswegen kann es auch sein, dass sie irgendwo quietschfidel leben.«

»Bekommt sie Unterhalt von Ihnen?«

»Nein, ich habe sie mit einer großen Summe abgefunden. Bis zum letzten Jahr lebte mein Sohn noch bei ihr, für ihn habe ich natürlich gezahlt. Seit er bei uns ist, habe ich die Zahlungen eingestellt.«

»Wie kam es zu dieser Änderung der Situation?«

»Als Simone, meine Exfrau, entlassen wurde, ist sie, wie soll ich sagen, durchgedreht. Sie hat sich nicht mehr richtig um den Kleinen gekümmert und einen unsinnigen Kleinkrieg mit ihrem alten Arbeitgeber begonnen, weil sie sich zu Unrecht entlassen fühlte.«

»Wie ist das ausgegangen?«

»Da fragen Sie mich zu viel. Natürlich höre ich manches, wenn ich in der Stadt unterwegs bin, aber es interessiert mich nicht mehr.«

»Was machen Sie beruflich, Herr Laukel?«

»Ich bin Architekt, wie Emina.«

»Kannten sich Ihre Mutter und die ehemalige Frau ihres Mannes, Frau ...«

»Ich heiße jetzt Laukel, Herr Kommissar. Im Gegensatz zu meiner Vorgängerin habe ich den Namen meines Ehemannes angenommen.«

Sie lächelte.

»Aber das war nicht Ihre Frage. Ich glaube nicht, dass sie sich kannten. Und ich kann mir nicht vorstellen, dass meine Mutter auch nur ein Wort mit Simone gesprochen hätte.«

»Sie kennen die Frau?«

»Ich habe sie ein paarmal mit Kurt gesehen, bevor wir anfingen, uns füreinander zu interessieren. Aber dass ich sie richtig kennen würde, kann ich nicht sagen.«

»Wenn Ihre Exfrau mit den Morden wirklich etwas zu tun haben sollte, Herr Laukel, dann brauchte oder braucht sie ein Chemielabor. Wissen Sie, ob sie Zugang zu einem solchen hatte?«

»In unserem Haus …« Er stockte.

»In unserem ehemaligen Haus in Hofgeismar gab es im Keller einen kleinen Raum, in dem sie manchmal gearbeitet hat, aber was genau, hat sie mir nie erzählt. Und ich habe auch nie gefragt, weil mich ihr Beruf nicht interessiert hat. Ab und zu hat es ein bisschen seltsam gerochen, daran kann ich mich erinnern. Und welche Möglichkeiten sie am Arbeitsplatz hatte, kann ich Ihnen natürlich nicht sagen.«

»Wo finden wir dieses Haus?«

Laukel nannte ihm den Namen seiner Exfrau und die Adresse, Hain schrieb mit.

»Hat Ihre Exfrau Sie jemals bedroht?«

»Als die Sache mit Kevin endgültig war, also sie das Sorgerecht entzogen bekommen hatte, ist sie hier aufgetaucht und hat verkündet, dass wir damit nicht glücklich werden, weil sie uns das Leben zur Hölle machen würde. Aber es passierte nie etwas. Dabei hat das Jugendamt die Entscheidung getroffen. Kevin kam nur zu uns, weil sie und ich bis dahin das gemeinsame Sorgerecht hatten und er von ihr vernachlässigt wurde.«

»Welcher Mitarbeiter des Jugendamtes hat den Entzug des Sorgerechtes beantragt?«

»Ein Herr Hainmüller.«

Lenz und Hain sahen sich an.

»Sie kennen ihn?«, fragte Laukel sichtlich irritiert.

»Wir haben ihn kennengelernt, ja.«

»Ihr Blick eben war verwirrend. Hat Herr Hainmüller auch etwas mit der Sache zu tun?«

»Darüber liegen uns noch keine Erkenntnisse vor.«

29

»Jetzt brauche ich eine Zigarette.«

Lenz lehnte am rechten hinteren Kotflügel des Mazdas und kramte nach seinen Glimmstängeln.

»Bevor wir nach Hofgeismar fahren, sollten wir den Herren aus Wiesbaden die Chance geben, uns zu begleiten. Wenn etwas schief geht, stehen wir nicht ganz alleine da.«

Hain sah zu dem noch immer hell erleuchteten Haus der Laukels.

»Was könnte denn schief gehen?«

»Na ja, überleg doch mal. Wenn wir bei ihr aufkreuzen und sie in Panik gerät, macht sie vielleicht irgendeinen Scheiß.«

»Wenn sie überhaupt was mit der Sache zu tun hat«, gab Hain zu bedenken.

»Zweifelst du daran?«

»Es sieht alles so schön aus und passt so gut zusammen; vielleicht zu gut. Außerdem muss ich mich erst an den Gedanken gewöhnen, dass eine Frau dahinterstecken könnte.«

»Mein Gefühl sagt mir, dass wir die richtige Spur verfolgen. Wir sollten nach Hofgeismar fahren und uns das Haus anschauen. Mit deiner Angeberkarre hält uns niemand für Bullen. Die Frage ist nur, ob wir zuerst mit dem BKA telefonieren sollten.«

»In fünf Stunden ist SoKo-Meeting, dann können wir immer noch unsere Ergebnisse präsentieren. Komm, wir fahren jetzt los und sehen uns vorsichtig um.«

Lenz warf die Kippe in den Rinnstein und zwängte sich auf den Beifahrersitz.

»Okay.«

Während sie aus Kassel hinausfuhren, bemühte sich Lenz, die Adresse in das Navigationsgerät einzugeben. Nach dem vierten erfolglosen Versuch gab er auf.

»So geht das«, grinste Hain kurze Zeit später, als das Gerät ihnen den korrekten Weg anzeigte.

»Was waren das für komische rote Gebilde, die bei denen im Wohnzimmer standen?«, fragte Lenz einige Zeit später.

»Lautsprecher. Die geilsten Lautsprecher, die man für Geld kaufen kann. In der Version, wie sie dort standen, nicht unter 40.000 Euro zu haben.«

»Hm«, macht Lenz. »Die scheinen es mit dem Geld sowieso nicht so genau nehmen zu müssen.«

»Nee. Auch der ganze Rest der Stereoanlage war nur vom Allerfeinsten. Und die Bilder bestimmt auch, aber da kenne ich mich nicht so aus. Überhaupt, die ganze Hütte war ein Kracher.«

»Mir haben die Vorhänge gefehlt«, schränkte Lenz ein. »Ohne Vorhänge wollte ich nicht leben.«

»Als ob es daran scheitern würde …«

Das Navigationsgerät führte sie an den östlichen Rand von Hofgeismar, der ehemaligen Kreisstadt 25 Kilometer

224

nördlich von Kassel. Hinter der Brücke über den Bahnschienen bogen sie links ab, fuhren einen Bogen am Bahnhof vorbei und dann in den Papiermühlenweg.

»Hier rechts, das ist die Wiedemannstraße. Fahr langsam durch und lass uns sehen, wie es um das Haus herum aussieht. Wir können dann am Bahnhof parken und zu Fuß zurückgehen.«

Das kleine Cabriolet rollte langsam durch die stockdunkle Seitenstraße. Vom nahen Bahndamm hörten sie das Rattern eines Zuges. Lenz zählte die Hausnummern mit.

»17, 19. Da vorne ist Nummer 23.«

Er deutete auf ein Einfamilienhaus, das etwas zurückgesetzt lag. Davor war ein Grünstreifen mit Sträuchern und Büschen. Das Gebäude machte einen vernachlässigten Eindruck, alle Rollläden waren heruntergelassen. Vor der Tür stand ein Kinderbagger mit schief herunterhängender Schaufel, dem ein Rad fehlte. Aus dem Briefkasten rechts neben der Eingangstür quoll Papier.

»Da wohnt niemand, Paul.«

»Sieht so aus. Aber lass uns noch mal zurückgehen. Vielleicht kann man zu Fuß etwas mehr erkennen.«

Fünf Minuten später näherten sie sich dem Haus von der anderen Straßenseite. Auf dem Weg hatte Lenz die Telefonauskunft angerufen und abgefragt, ob es unter der Adresse und dem Namen der Frau einen Eintrag gab.

»Nein, eine Simone Tauner ist unter dieser Adresse nicht verzeichnet«, war ihm von einer freundlichen Frauenstimme erklärt worden.

Danach schalteten beide ihre Mobiltelefone aus, wechselten die Straßenseite, liefen auf die Haustür zu und verschwanden neben dem Gebäude. Hain ging auf der linken

Seite um das Haus herum, Lenz nahm die rechte. Auf der rückwärtigen Seite trafen sie sich kurze Zeit später wieder.

»Und?«, flüsterte Lenz.

»Alles verriegelt und verrammelt.«

Der junge Kollege zog sein Telefon wieder aus der Tasche und schaltete die darin eingebaute Taschenlampe an. Eine fahle LED beleuchtete matt ihre Gesichter und ließ sie wie Gespenster wirken.

Lenz sah sich auf dem kleinen Gartenstück um, das hinter dem Haus lag, konnte aber nicht viel erkennen.

»Hoffentlich beobachtet uns keiner der Nachbarn und ruft die Kollegen. Dann hätten wir ein Problem. Was wollen wir jetzt machen?«

»Wenn wir schon mal hier sind, sollten wir auch reingehen.«

»Du spinnst«, entgegnete Lenz. »Wenn sie drin ist und das Zeug neben sich am Bett stehen hat, sind wir die Doofen.«

»Überleg doch mal«, gab Hain zurück. »Wenn wir bei Tag mit dem großen Bahnhof hier anrücken, dann steht es übermorgen in jeder Zeitung und sie ist gewarnt. Wenn wir aber jetzt nachsehen, ob sie da drin irgendwas gepanscht hat, erfährt niemand etwas davon. Dann können wir die Bude observieren lassen, für den Fall, dass sie wiederkommt. Du weißt, dass wir da rein und wieder raus können, ohne dass jemand was merkt.«

»Ja, das ist mir klar, aber darum geht es nicht. Die Frage ist doch, ob sie da drin ist oder nicht. Hast du wenigstens deine Kanone dabei?«

»Nein. Ich konnte ja nicht ahnen, dass ich vielleicht heute Nacht noch jemanden erschießen muss.«

Lenz griff unter die linke Achsel und zog seine Dienstwaffe hervor.

226

»Nimm meine. Und wenn irgendetwas schief gehen sollte bei diesem Stunt, werden wir ab morgen den Verkehr Kassels regeln gehen.«

Hain griff nach der Waffe und sah ihn erstaunt an.

»Du hast das Ding doch sonst nie dabei. Warum ausgerechnet ...?«

»Willst du nun über meinen Umgang mit der Dienstwaffe philosophieren oder gehen wir rein?«

Hain kontrollierte, ob die Waffe gesichert war, steckte sie in den Hosenbund und ging voraus.

»Ist eh besser, wenn ich das Ding hab, bevor du Blindfuchs mich noch aus Versehen damit über den Haufen schießt.«

Sie folgten einem kurzen Plattenweg, der zu einer Treppe in den Keller führte. Acht Stufen, zählte Lenz aus alter Gewohnheit mit. Dann standen sie vor einer Metalltür.

»Die Waschküche«, orakelte Hain, und zog ein kleines Ledermäppchen aus der Jackentasche.

»Unglaublich, mit welchem Schrott die Menschen ihr Eigentum sichern. Halt mal die Lampe«, forderte er seinen Chef leise auf.

»Das Geld für dieses Seminar im letzten Jahr war hoffentlich gut angelegt, und du bringst uns jetzt ohne Probleme da rein«, spielte Lenz auf eine Weiterbildung an, die Hain im Jahr zuvor besucht hatte. Dabei war es um den schadensfreien Zugang zu verschlossenen Objekten gegangen, was nichts anderes bedeutete, als dass ein versierter Einbrecher den anwesenden Polizisten erklärte, wie man möglichst elegant alle Arten von Schlössern knacken konnte.

»Sei still und schau zu, hier kannst du was lernen.«

227

Es dauerte keine Minute, dann zog Hain die Tür kräftig zu sich hin und bewegte den Griff langsam nach unten. Mit einem viel zu lauten Geräusch schnappte der Verschluss im Innern zurück.

»Shit«, zischte er. »Mach das Licht aus.«

Lenz suchte gar nicht erst nach einem Knopf oder Schalter, sondern steckte das Telefon unter seine Jacke, sodass nur noch ein leichtes Glimmen durch den Stoff zu sehen war.

Sie standen zwei Minuten bewegungslos vor der Tür, warteten und lauschten. Als sich nichts rührte, ließ Hain die Tür behutsam nach innen gleiten. Es gab ein kurzes, schabendes Geräusch, als ein kleiner Stein unter der Türkante durchgezogen wurde. Dann traten sie, wie Hain richtig vermutet hatte, in die Waschküche des Hauses. Es roch nach modrigem Wasser und Waschpulver. Lenz massierte seine Nase, weil er sofort einen Niesreiz verspürte. Wieder blieben sie eine Minute lang regungslos stehen, dann nahm Lenz die Lampe unter der Jacke hervor.

Der Raum war leer. Eine Ecke war voller Schimmel, daneben gab es eine Tür. Lenz gab Hain mit der Lampe ein Zeichen; er sollte probieren, ob sie verschlossen war.

»Offen«, stellte der Oberkommissar lakonisch fest, nachdem er die Klinke gedrückt hatte und die Tür nach innen aufschwang. Er zog die Waffe, die Lenz ihm gegeben hatte, aus dem Gürtel und entsicherte sie. Lenz merkte, wie sein Herzschlag sich beschleunigte.

»Lass uns zuerst nachsehen, ob oben jemand ist. Dann können wir hier alles unter die Lupe nehmen.«

Sie verließen die Waschküche und gingen über einen Flur, der in einer steilen Treppe nach oben endete. Vorsichtig stieg Hain die Stufen empor. Lenz folgte ihm mit etwas Abstand. Der Treppe schloss sich eine weitere Tür an, in die auf Augenhöhe ein kleines Milchglasfenster eingelassen war. Sie war verschlossen.

»Komm mit der Lampe her. Es ist kein Problem, aber ich muss etwas sehen, um keinen Krach zu veranstalten«, flüsterte Hain und legte die Pistole neben sich auf die Treppe. Er öffnete das Schloss nahezu lautlos, steckte sein Werkzeug zurück in die Jacke und nahm die Pistole wieder in die Hand.

»Mach besser die Lampe aus, wer weiß, was uns auf der anderen Seite erwartet.«

Lenz reichte ihm das leuchtende Telefon, weil er immer noch keine Ahnung hatte, an welcher Taste er das Licht ausschalten sollte.

Hain wartete, bis sich seine Augen an die Dunkelheit gewöhnt hatten, drückte die Klinke nach unten und öffnete die Tür.

Es roch muffig. Er tastete sich vorwärts und stieß mit dem Fuß an einen Gegenstand. Und genau in diesem Moment standen die beiden Polizisten im gleißenden Lichtschein eines starken Scheinwerfers, der über ihren Köpfen aufflammte.

»Was ist das?«, schrie Hain erschrocken auf und versuchte, nicht in die Lampe zu sehen. Lenz stand geblendet neben ihm, weil er in dem Moment, in dem das Licht anging, genau in diese Richtung gesehen hatte. Dann reagierte Hain blitzschnell. Er drehte die Waffe in seiner Hand um, stellte sich auf die Zehenspitzen, holte aus und schlug mit dem Kolben dorthin, wo die meiste Lichtenergie herkam. Mit einem lauten, dumpfen Knall, gefolgt von einem prasselnden Scherbenregen, wurde es schlagartig wieder dunkel. Die Polizisten standen regungslos nebeneinander und warteten atemlos darauf, dass sich ihre Augen erneut an die Dunkelheit gewöhnen würden. Und sie lauschten nach Geräuschen, aber es blieb bis auf ein leises Knistern des zerstörten Glaskörpers über ihren Köpfen ruhig im Haus. Lenz beugte den Oberkörper nach vorne und schüttelte kleine Scherben aus seinem Haar.

»Lass uns schnell machen und hier abhauen«, forderte er seinen Kollegen auf.

»Mit oder ohne Licht?«

»Erstmal ohne. Wer weiß, ob dieses Feuerwerk gerade draußen zu sehen war.«

Sie tasteten sich ein Stück vorwärts, stießen aber immer wieder gegen die Wand.

»So hat es keinen Sinn, Paul. Wir brauchen die Lampe.«

»Gut«, stimmte Lenz leise zu, »aber deck sie erstmal mit der Hand ab.«

Der junge Oberkommissar schaltete das kleine Licht an und sah nach oben.

»Ein Scheinwerfer mit Bewegungsmelder«, konstatierte er.

»Warum hängt an dieser Stelle eine Lampe mit Bewegungsmelder?«

»Keine Ahnung. Es interessiert mich auch nicht. Lass uns weitermachen.«

Jetzt sahen sie, dass Hain gegen einen Umzugskarton gestoßen war. Er öffnete vorsichtig die ineinandergesteckten Laschen und sah hinein.

»Kinderspielzeug«, stellte er fest.

Von dem langen Flur gingen vier Türen ab, die alle geschlossen waren.

»Eigentlich keine große Sache, weil die Rollläden zu sind«, flüsterte Lenz. »Wir müssten nur sicher sein, dass wir alleine hier rumgeistern.«

230

Nach und nach sahen sie in alle Zimmer dieser Etage. Bis auf wenige harmlose Gegenstände waren sie leer.

»Sieht gut aus«, stellte der Hauptkommissar hörbar erleichtert fest.

Über eine alte, leise knarrende Holztreppe gelangten sie in den ersten Stock. Auch dort waren alle Zimmer leergeräumt.

»Wahrscheinlich ist sie schon länger weg«, resümierte Hain und fuhr mit einem Finger über den Staub auf der Fensterbank.

»Aber das Haus wäre schon eher was für dich, oder?«

Er deutete auf Vorhänge am Fenster, die beim Auszug hängen geblieben waren.

Lenz musste grinsen.

»Idiot.«

Sie gingen zurück in die untere Etage und sahen sich noch einmal um, aber es gab auch hier nichts mehr zu entdecken.

»Komm, wir checken den Keller. Vielleicht finden wir den Raum, von dem Laukel gesprochen hat. Aber schön vorsichtig, vielleicht liegt noch Nervenkampfstoff hier rum.«

Die Erkundung des Kellers verursachte mehr Schwierigkeiten, als sie vermutet hatten. Hain musste noch dreimal zu seinem Einbruchswerkzeug greifen. Dann standen sie mit offenen Mündern in einem komplett eingerichteten Labor, das sich hinter einer grauen Feuerschutztür verbarg.

»Ich hab Schiss«, entfuhr es Hain.

Lenz empfand das Gleiche.

»Fass nichts an. Das hier ist was für Spezialisten.«

Zu beiden Seiten des etwa 12 Quadratmeter großen Raumes standen Werkbänke. Darauf waren Apparaturen angeordnet, wie sie Lenz noch nie gesehen hatte. In der linken hinteren Ecke stand ein Glasquader, der an ein Aquarium erinnert hätte, wären da nicht die zwei Gummihandschuhe gewesen, die hineinragten. Eine solche Konstruktion hatte Lenz schon einmal in einem Film gesehen. Er ging mit der Lampe näher an die Werkbank und registrierte die dicke Staubschicht. Auch hier hatte sich seit Monaten kein Mensch mehr aufgehalten. Hain deutete auf eine Ansammlung von Glasflaschen, die im Regal über ihnen standen. Sie alle enthielten unterschiedliche Mengen von Flüssigkeiten. Lenz lief ein Schauer über den Rücken.

»Raus hier.«

30

Im Laufschritt näherten sie sich dem Bahnhof, sprangen in Hains Auto und fuhren los.

»Mein lieber Mann, ich hätte mir eben vor Angst fast in die Schuhe geschissen«, gestand Hain, während sie in rasender Fahrt Hofgeismar hinter sich ließen.

»Nicht ganz so hastig, Thilo. Wenn du die Karre jetzt in den Straßengraben wirfst und wir dabei draufgehen, wird niemand etwas von unserem sensationellen Ermittlungserfolg erfahren. Das fände ich ausgesprochen schade.«

Hain drosselte die Geschwindigkeit kaum merklich.

»Aber ich hatte auch die Hose voll. Diese Nervenkampfstoffe jagen mir einen Heidenrespekt ein. Man sieht sie nicht, man hört und riecht sie nicht, aber sie bringen einen um. Und ich kann es noch immer kaum fassen, dass eine Frau hinter der ganzen Sache steckt.«

»Vielleicht zieht sie das Ding ja nicht alleine durch?«

»Wäre eine Möglichkeit, obwohl ich es mir nicht vorstellen kann. Ich glaube, sie macht es solo.«

»Und wo steckt sie jetzt?«

»Das ist die Frage der Nacht, Thilo. Wo hält sich Simone Tauner auf? Wir müssen dafür sorgen, dass das Haus rund um die Uhr observiert wird, obwohl ich mir nicht vorstellen kann, dass sie zurückkommt. Aber wenn doch, müssen wir sie festnageln. Und wir müssen einen Trupp von Spezialisten da reinschicken, um festzustellen, mit welchen Stoffen in dem Labor hantiert wurde. Und das Ganze muss möglichst lautlos vonstattengehen, damit wir sie nicht warnen. Bis jetzt fühlt sie sich vermutlich noch recht sicher.

Am Horizont zog der Tag herauf. Erst jetzt merkte Lenz, dass ihm der Schlaf einer Nacht fehlte und über den ganzen Tag fehlen würde. Prompt musste er gähnen.

»Aber zunächst müssen wir unsere weiteren Schritte mit den Kollegen aus Wiesbaden abstimmen und abwarten, was denen noch alles einfällt.«

Er sah aus dem Fenster, wo man auf den Feldern die ersten Konturen erkennen konnte.

»Wir müssen, sobald wir im Präsidium sind, alle zusammentrommeln und einen Bericht abliefern. Hast du eine Telefonliste gekriegt?«

»Welche Telefonliste?«

»Bei der ersten Sitzung der SoKo hat Kramer doch eine Liste rumgehen lassen, in die wir alle unsere Mobilnummern eingetragen haben. Ich hab aber nie eine Kopie gekriegt, du vielleicht?«

»Stimmt, da war was. Ich glaube, die liegt bei mir auf dem Schreibtisch.« Hain verzog schuldbewusst das Gesicht.

»Ich glaube, das waren sogar zwei. Vielleicht war die eine ja für dich.«

Lenz schaltete sein Mobiltelefon ein und wählte die Privatnummer von Ludger Brandt. Der Kriminalrat war nach dem zweiten Klingeln am Apparat, hörte sich aber immer noch erkältet an. Lenz kam gleich zur Sache.

»Wir haben sie wahrscheinlich gefunden, Ludger.«

»Wen habt ihr gefunden?«

»Die Frau, die Brill und die Putzfrau umgebracht hat.«

»Eine Frau?«

Lenz gab ihm einen kurzen Abriss der Ereignisse seit dem Abend zuvor.

»Und jetzt seid ihr auf dem Weg ins Präsidium?«

»Ja. Wir fahren gerade durch Grebenstein.«

»Dann sehen wir uns in 20 Minuten. Ich wollte heute sowieso wieder arbeiten, jetzt komme ich eben ein paar Stunden früher. Und Paul: gute Arbeit. Sehr gute Arbeit.«

»Danke«, antwortete Lenz und steckte das Telefon weg. Hain sah ihn fragend an.

»Er kommt gleich ins Büro. Gute Arbeit, soll ich dir ausrichten.«

»Ich hab, während du telefoniert hast, noch mal über ihr Motiv nachgedacht. Wir müssen schleunigst herausfinden, warum sie letztes Jahr rausgeworfen wurde. Es kann doch nicht sein, dass eine Frau so durchdreht, nur weil sie ihren Job verloren hat.«

»Und ihr Kind«, ergänzte Lenz.

234

»Sicher, aber das Kind haben sie ihr weggenommen, weil sie den Job verloren hat, so habe ich zumindest ihren Exmann verstanden. Und ich habe mich gefragt, wie der gute Hainmüller in die Sache hineinpasst, der immerhin die Entziehung des Sorgerechts angeordnet hat und sich ganz merkwürdig benimmt. Wir müssen unbedingt später beim Veterinäramt und noch mal beim Jugendamt vorbeifahren. Wenn Hainmüller immer noch krank ist, besuchen wir ihn zu Hause. Und mit Laukel müssen wir auch noch mal sprechen, vielleicht hat er eine Idee, wo sie sich versteckt.«

»Alle Achtung, Thilo. Besser hätte ich unseren Arbeitstag auch nicht beschreiben können. Ganz schön viel zu tun für zwei müde Krieger.«

Die Sitzung der SoKo Brill wurde wegen der Dringlichkeit um eine Stunde vorgezogen. Hain hatte den ganzen Morgen telefoniert und die Kollegen informiert, Lenz einen Kurzbericht verfasst. Jetzt war es 10 Minuten nach sieben und alle warteten auf Jost Kramer, den Bundesanwalt. Der stand auf dem Flur vor dem Besprechungsraum und telefonierte.

»Entschuldigung, meine Herren, aber das war nicht aufzuschieben«, erklärte er, nachdem er durch die Tür gestürmt war.

»Kommissar Lenz wird uns zuerst über seine Ermittlungsergebnisse der vergangenen Nacht informieren, dann hat Frank Fleischer noch einige Neuigkeiten zu dem Anschlag bei Ihrer Regionalzeitung.«

Er deutete mit ausgestrecktem Arm auf den Kasseler Polizisten.

»Bitte sehr.«

Lenz trug seinen Bericht vor. Dabei achtete er darauf, sich nicht wegen der Unterstützung durch Maria zu verplappern. Nach 15 Minuten war er fertig.

»Gute Arbeit, Herr Hauptkommissar«, ergriff Kramer wieder das Wort.

»Allerdings ist ihr Vorgehen im Haus der Verdächtigen sicher nicht unkritisch. Aber das ist jetzt nicht unser Thema. Frank?«

Fleischer griff nach einer Kladde auf dem Tisch.

»Bei den Substanzen, die wir gestern Morgen in den Räumen der HNA sichergestellt haben, handelt es sich zweifelsfrei um einen Binärkampfstoff. In dem einen Glasröhrchen befand sich ...« Er holte eine Lesebrille aus der Jacke, setzte sie auf und las vor.

»Also, das eine Edukt war O-Ethyl-O-2-Diisopropylaminoethylmethyl-Phosphonit, bei dem anderen handelte es sich um Schwefel. Wären die beiden Stoffe durch den Bruch des Glases zusammengeführt worden, wäre VX entstanden, mit den bekannten Folgen.«

Er nahm die Brille ab und legte sie auf den Tisch.

»Die Überprüfung des Schreibens hat keine Erkenntnisse gebracht. Bis jetzt konnten wir auch nicht ermitteln, wo und wann das Päckchen auf die Reise geschickt wurde. Was wir allerdings wissen, ist, dass wir unverschämtes Glück gehabt haben, dass es nicht zur Katastrophe gekommen ist. Es gibt keine einzige verwertbare DNA-Spur, was darauf hindeutet, dass wir es hier mit versierten Tätern zu tun haben. Oder einer ganz cleveren Täterin, aber das sollten wir uns noch genauer ansehen.«

Er wandte sich kopfschüttelnd an den Bundesanwalt.

»Ich bin nicht der Meinung von Kommissar Lenz, dass wir möglichst behutsam und verdeckt vorgehen sollten.

Lass uns das Haus von unten bis oben auf den Kopf stellen und sehen, ob sich irgendwelche Hinweise finden lassen. Es gibt immer noch die Möglichkeit, dass die Tauner gar keine bösen Sachen gemacht hat in ihrem kleinen Labor. Und wenn doch, dann eröffnen wir die Jagd nach ihr mit allen Mitteln, die wir haben.«

Nun schüttelte Lenz den Kopf.

»Wir dürfen nicht vergessen, dass diese Frau uns bis jetzt noch ein paar Schritte voraus ist. Und sie ist vermutlich in der Lage, eine unbekannte Menge VX freizusetzen, wenn sie sich in die Enge getrieben fühlt. Deswegen noch mal: Wir sollten die Untersuchung des Hauses möglichst unspektakulär gestalten, um ihre mögliche Tatbeteiligung zu verifizieren, und trotzdem mit Hochdruck an ihrer Festnahme arbeiten.«

Fleischer war noch nicht überzeugt.

»Vielleicht sollten wir zunächst einmal klären, ob ihr das Haus überhaupt noch gehört. Möglicherweise hat sie es längst verkauft?«

»Da kann ich was zu sagen«, meldete Hain sich zu Wort.

»Laut Amtsgericht Hofgeismar steht Simone Tauner seit eineinhalb Jahren als alleinige Eigentümerin im Grundbuch. Ich habe vorhin dort angerufen und zu meiner Überraschung eine Mitarbeiterin erreicht. Es liegt auch kein Änderungsantrag vor.«

»Wie auch immer«, startete Fleischer einen neuen Versuch, »wir müssen weiterhin klären, ob wir es mit einer Einzeltäterin zu tun haben, was ich mir nicht vorstellen kann. Die Motivlage ist doch sehr dürftig. Und die ganze Vorgehensweise deutet nicht auf einen Einzeltäter oder eine Einzeltäterin hin.«

Ich hüpfe gleich aus der Hose, dachte Lenz.

»Das können wir alles klären, Herr Fleischer, aber wir sollten trotzdem möglichst besonnen vorgehen. Übrigens haben wir bis jetzt nicht mal ein Bild von der Frau. Aber nach Ende unserer Sitzung fahren der Kollege Hain und ich zu ihrem geschiedenen Mann und sehen, ob wir eins bekommen.«

»Das könnten Sie über das Einwohnermeldeamt leichter haben, Herr Kommissar«, ätzte Fleischer.

Lenz holte tief Luft und zwang sich, möglichst sachlich zu bleiben.

»Wie ich vorhin erwähnt habe, ist Frau Tauner Dänin. Sie hat also weder einen deutschen Pass noch einen Personalausweis. Das bedeutet, dass bei der Gemeinde Hofgeismar auch kein Bild von ihr vorliegt.«

Fleischer sah verlegen zu Boden, was bei Lenz eine nach außen nicht sichtbare Freude auslöste.

»Vielleicht gibt es auch im Veterinäramt ein Bild von ihr, das werden wir im Verlauf des Vormittags klären.«

Es wurde beschlossen, dass Fleischer und seine Leute sich mit der Liegenschaft in Hofgeismar und der überregionalen Fahndung beschäftigen sollten, während die Kasseler Polizei die lokalen Ermittlungen koordinieren würde.

»Und ich bin der gleichen Meinung wie Kommissar Lenz, meine Herren: Bitte lassen Sie uns so vorsichtig wie möglich agieren. Wenn wir morgen in der Zeitung lesen müssen, dass Simone Tauner wegen der Morde und der Erpressung in Kassel gesucht wird, kann das zur schlimmsten Katastrophe führen. Wir werden also alle Maßnahmen mit äußerster Diskretion durchführen. Auf Ihre besondere Verschwiegenheitspflicht brauche ich nicht erneut hinzuweisen«, beendete Kramer die Sitzung.

238

31

»Ich hätte ihm sonst wohin treten können«, ärgerte sich Hain noch auf dem Weg zum Auto.

»Fleischer?«

»Wem sonst?«

»Vergiss es. Wir verschwenden keine Energie an diesen Arsch.«

10 Minuten später fuhren sie in den Gnadenweg. Das Tor zum Grundstück der Laukels stand offen, ein schwerer Geländewagen näherte sich von innen. Am Steuer saß Emina Laukel. Hain fuhr seinen kleinen Wagen neben den im Vergleich dazu riesigen Porsche und ließ die Seitenscheibe herunter. Auch die Frau ließ die Scheibe heruntergleiten.

»Guten Morgen, meine Herren. Sind Sie immer noch oder schon wieder auf den Beinen?«

Hain quälte seinen Kopf aus dem Fenster und sah nach oben.

»Wir benötigen ein Bild von Frau Tauner. Können Sie uns helfen?«

»Mein Mann sitzt am Frühstückstisch. Wenn, dann hat er eins. Ich bin in Eile, Kevin muss zur Schule. Entschuldigen Sie mich bitte. Vielleicht sehen wir uns gleich noch, ich bin in einer Viertelstunde zurück.«

Sie nickte zum Gruß, gab Gas, und der schwere Wagen schoss auf die Straße. Lenz und Hain stiegen aus und gingen auf die Haustür zu. Über ihren Köpfen bewegte sich lautlos eine Kamera und verfolgte jeden ihrer Schritte. Einen Klingelknopf gab es nicht, aber als sie die Tür erreicht hatten, hörten sie ein leises Klacken und konnten eintreten. Die beiden sahen sich beeindruckt an.

Auf der Treppe kam ihnen der Hausherr entgegen.

»Sorry, aber ich hatte einen Gesprächspartner in der Leitung und einen anderen in der Warteschleife. Kommen Sie rein, meine Herren. Einen guten Morgen haben wir uns heute ja schon gewünscht.«

Er ging voraus und führte die Beamten in eine Küche, in der es aussah wie auf der Brücke eines Raumschiffs. Alles war in Edelstahl und weiß gehalten. Der in den Raum hineinragende Tisch hatte die Form einer Muschel und war für drei Personen gedeckt. Auch hier gab es große Fensterflächen ohne Vorhänge.

»Darf ich Ihnen einen Kaffee anbieten?«

»Sehr gerne«, antwortete Lenz.

Laukel ging auf eine Maschine zu, wie sie der Kommissar bis dahin nur in italienischen Autobahnraststätten gesehen hatte.

»Espresso, Cappuccino, Latte macchiato?«

»Ein einfacher Kaffee würde genügen.«

»Für mich auch«, bat Hain.

Der Hausherr, der einen Trainingsanzug trug und aussah, als hätte er gerade in seinem privaten Fitnessstudio Sport getrieben, positionierte zwei Tassen auf der Maschine und drückte einen Knopf.

»Kleinen Moment bitte. Sie können sich gerne setzen, meine Herren.«

In der Manier eines unpassend gekleideten italienischen Obers servierte er den fertigen Kaffee und setzte sich zu den Polizisten.

»Nun, was führt Sie erneut zu uns, meine Herren?«

Lenz stellte seine Tasse zurück auf den Tisch.

»Wir benötigen ein Foto Ihrer geschiedenen Frau, Herr Laukel.«

»Das wird schwierig. Ich habe alles weggeworfen, was mich auch nur im Entferntesten an sie erinnert hat; dazu gehörten auch sämtliche Fotos. Natürlich sehe ich gerne nach, ob auf irgendeiner Festplatte doch noch eins vorhanden ist, und wenn ich etwas finden sollte, könnte ich Ihnen einen Ausdruck machen. Echte Papierfotos habe ich seit Jahren keine mehr.«

»Wäre es möglich, dass Sie gleich nachsehen?«

Der Architekt sah auf die Uhr.

»Ich erledige einen Anruf, dann kümmere ich mich darum. Wollen Sie hier oder lieber im Wohnzimmer warten? Es dauert sicher 10 Minuten.«

»Im Wohnzimmer«, entschied Hain und stand auf.

Lenz bedachte ihn mit einem bösen Blick.

Laukel lächelte.

»Sie können sich gerne eine CD aussuchen und etwas Musik genießen, während Sie warten. Das Erlebnis ist überwältigend«, erklärte er mit Besitzerstolz und verschwand.

Hain schüttete hastig seinen Kaffee hinunter, ging ins angrenzende Wohnzimmer und sah sich um. Lenz folgte ihm.

»Im Tageslicht fallen die fehlenden Vorhänge gar nicht so auf, was meinst du?«, frotzelte der junge Kommissar. Dann nahm er eine CD aus dem riesigen Regal und legte sie in den Spieler.

»Muss das denn sein, Thilo?«

»Ja, Papa, das muss sein. Du wirst gleich verstehen, warum. Hoffe ich zumindest.«

Nach den ersten Klängen wusste Lenz, was Hain meinte. Die Musik schwebte mit einer solchen Brillanz im Raum, dass er es kaum fassen konnte.

241

»Schön«, murmelte er.

»Ja, schön, nicht wahr«, bestätigte eine Frauenstimme hinter ihm. Lenz drehte sich erschrocken um, Hain stoppte die CD.

»Früher konnte ich mit Musik nichts anfangen, aber seit ich Kurt kenne, hat sich das komplett verändert.«

Emina Laukel wandte sich Hain zu.

»Bitte schalten Sie nicht aus. Bei uns läuft den ganzen Tag Musik, wenn jemand zu Hause ist.«

»Gerne.«

»Ist mein Mann nicht hier?«

Lenz ging ihr ein paar Schritte entgegen.

»Doch, sicher, er sucht nach einem Foto seiner Exfrau.«

»Aha«, machte sie knapp. »Haben Sie schon etwas herausgefunden, seit Sie uns letzte Nacht verlassen haben?«

»Wir waren in Hofgeismar. Zu mehr war leider noch keine Zeit.«

»Und?«

»Dort wohnt niemand mehr. Wir sind gerade dabei, unsere weiteren Schritte zu planen. Dabei wäre das Foto eine große Hilfe.«

»Seien Sie vorsichtig, Herr Kommissar. Simone ist ein Monster. Ich werde nie verstehen, wie Kurt es so lange mit ihr ausgehalten hat.«

»Wir haben ein gemeinsames Kind, das verbindet.« antwortete Laukel, der mit einem Papier in der Hand das Zimmer betreten hatte und seine Frau umarmte.

»Aber richtig verstehen kann ich es heute auch nicht mehr.«

Er ließ sie los und überreichte Lenz das Bild.

»Das ist sie. Allerdings ist das Foto schon älter als vier Jahre. Und Simone hat ihr Äußeres oft verändert. Hier trägt sie die Haare lang und blond, aber sie hat sie auch schon dunkel und kurz getragen.«

Lenz betrachtete die Frau auf dem Foto, die ihn an eine amerikanische Schauspielerin erinnerte. Deren Name fiel ihm aber nicht ein.

»Vielen Dank, Herr Laukel.«

Er sah den Architekten ernst an.

»Das Haus in Hofgeismar ist verlassen und bis auf ein paar Kleinigkeiten leergeräumt. Es sieht so aus, als sei Ihre Exfrau untergetaucht. Haben Sie eine Idee, wo wir nach ihr suchen könnten?«

Der Architekt dachte einen Moment nach.

»Schwierige Frage. Simone hat so gut wie keinen eigenen Freundeskreis gehabt, als wir noch verheiratet waren. Sie hat immer viel gelesen, war gerne zu Hause, und hat sich um Kevin gekümmert. Deswegen fällt es mir schwer, Ihnen einen Tipp zu geben, wo sie sich versteckt halten könnte.«

»Jede Frau hat doch angeblich eine beste Freundin«, gab Hain zu bedenken.

»Wenn dem wirklich so sein sollte, dann ist Simone Tauner die berühmte Ausnahme. Ich jedenfalls habe nie eine Freundin kennengelernt.«

»Schon komisch. Hat Sie das nicht stutzig gemacht?«, hakte Lenz nach.

»Mich hätte so vieles stutzig machen müssen, Herr Kommissar. Aber nein, ich bin aus diesem Albtraum erst aufgewacht, als ich Emina kennengelernt habe.«

Lenz sah sich um.

»Ihr Haus hier in Kassel ist so anders als das in Hofgeismar. Der Unterschied ist gewaltig.«

»Zum Glück, ja. Dieses Haus hier hat Emina entworfen, als wir uns noch gar nicht kannten. Als es dann kurz nach unserer Heirat zum Verkauf stand, haben wir zugegriffen. Wir lieben es, hier zu wohnen. Das Haus in Hofgeismar haben meine Eltern gebaut, es war damals eine günstige Lösung für Simone und mich. Aber liebenswert ist dieser Kasten nicht.«

»Das ist sicher richtig«, stimmte der Hauptkommissar zu.

»Gibt es eigentlich eine Regelung, wie oft Frau Tauner Kevin sehen darf?«, wollte Hain wissen.

»Ihr wurde das Sorgerecht und das Umgangsrecht entzogen. Nach Meinung des Familienrichters wäre ein dauerhafter Umgang nichts für Kevin gewesen. ›Zum Wohle des Kindes wird der Umgang untersagt‹, lautete das Urteil.«

Lenz ging Richtung Tür.

»Wir haben zum Schluss noch die Bitte an Sie, mit niemandem über unsere Aktivitäten und Ermittlungen bezüglich Frau Tauner zu sprechen.«

Er machte eine kurze Pause.

»Wo geht Kevin zur Schule?«

»In der Rasenallee, dort ist die Montessorischule.«

»Wir werden ein paar Kollegen hinschicken. Ebenso werden wir zu Ihrem Schutz hier ein Team postieren. Wenn Frau Tauner wirklich eine zweifache Mörderin ist, sind Sie und Kevin in Gefahr.«

32

»Das übersteigt langsam unsere Kapazitäten«, stellte Lenz fest, als sie eine halbe Stunde später mit Ludger Brandt in dessen Büro saßen. Simone Tauners Bild war in diesem Moment schon im Fahndungscomputer der Polizei eingelesen, die Personenfahndung lief.

»Wir sollten mit den Leuten vom BKA reden, damit sie sich um den Personenschutz der Laukels kümmern.«

»Ich werde sehen, was ich tun kann. Aber du hast auf jeden Fall recht, langsam gehen uns die Leute aus. Ihr beide fahrt jetzt zum Veterinäramt und seht, ob es dort ein Bild neueren Datums von der Frau gibt. Mich beunruhigt die Tatsache, dass sie nirgendwo mehr verzeichnet ist. In unserem System war sie nie, und bei der Rentenversicherung und der Krankenversicherung wird sie seit November letzten Jahres nicht mehr geführt, das hat RW vorhin geklärt. Ihren Wohnsitz in Hofgeismar hat sie am 4. November 2006 aufgegeben und ist seitdem untergetaucht; sie existiert einfach nicht mehr. Als ob sie das alles lange im Voraus geplant hätte.«

Er sah sich erneut das Foto an.

»Hübsch ist sie ja«, bemerkte der Kriminalrat.

»Die hat Ähnlichkeit mit einer amerikanischen Schauspielerin. Mir fällt aber der Name nicht ein.«

»Genau«, stimmte Lenz ihm zu, »das habe ich auch sofort gedacht. So ein Kinn ist selten, aber die Amerikanerin hat ein ganz ähnliches.«

»Reese Witherspoon«, warf Hain dazwischen.

Die beiden älteren Polizisten sahen ihn fragend an.

»Ihr redet von Reese Witherspoon, der amerikanischen Schauspielerin.«

»Nein, den Namen habe ich noch nie gehört«, widersprach Lenz.

»Ihr letzter Film war scheiße, irgendeine Nasengeschichte, aber ihr alten Säcke erinnert euch wahrscheinlich an die Johnny-Cash-Biografie von vor zwei Jahren, in dem sie seine Frau gespielt hat. Diese Schmonzette hat euch bestimmt gefallen.«

»Genau«, platzte es aus Brandt heraus, »die ist es. Wie heißt die?«

Hain wiederholte geduldig den Namen.

»Stimmt, du hast recht«, gab Lenz zu.

Hain schüttelte grinsend den Kopf.

»Tattergreise.«

»Wie auch immer. RW hängt am Telefon, um vielleicht irgendwo doch noch eine Spur von ihr zu finden. Verkehrszentralregister, Kreditkartenunternehmen, was weiß ich. Und ihr fahrt los zum Veterinäramt.«

»Machen wir. Bis später.«

»Lass uns noch bei Uwe vorbeigehen und einen Kaffee trinken«, schlug Lenz vor, als sie die Tür zu Brandts Büro hinter sich geschlossen hatten.

»Du bist der Boss. Von mir aus gerne.«

Wagner saß mit hochgelegten Füßen am Schreibtisch und las in der Tagespresse.

»Moin Jungs«, begrüßte er die beiden, »auf euch kann man richtig stolz sein.«

»Hast du'n Kaffee?«

»Für euch immer.«

Während sie tranken, wollte Wagner alles über die Ereignisse der vergangenen Nacht hören. Lenz sagte nicht viel dazu und überließ Hain das Reden.

246

»Und du bist ganz alleine auf diese Geschichte mit dem Namenstag gekommen, Paul?«, wunderte Wagner sich.

»Was wollt ihr denn alle, klar bin ich da ganz alleine drauf gekommen. Glaubst du, der Heilige Geist hätte es mir eingeflüstert?«

»Der Heilige Geist sicher nicht, aber vielleicht die gesichtslose Dame, mit der du gestern Abend am Herkules gesehen wurdest.«

Lenz war schlagartig wach.

Hains Kopf flog herum. Der junge Kommissar sah ihn ungläubig an.

»Du warst am Herkules? Mit einer Frau?«

Lenz' Gehirn arbeitete fieberhaft.

»Alles ganz harmlos.«

»Das haben die Kollegen von der Streife auch erzählt. Sie lag mit ihrem Gesicht über deinem besten Stück und hat sich ganz harmlos bewegt. Aber sie haben leider nicht erkannt, wer sie war.«

Wenigstens etwas, dachte Lenz.

Der Pressesprecher fing an zu grinsen.

»Wenn man in unserem Alter und um diese Uhrzeit am Herkules erwischt wird, geht es entweder um abartigen Sex mit einer Professionellen oder um die große Liebe. Da ich dir die erste Variante nicht zutraue, scheint sich da was Ernsteres anzubahnen.«

»Hey, hey, was heißt hier erwischt. Wir saßen ganz entspannt auf der Mauer und haben miteinander geredet.«

»Schon klar.«

»Und davon weiß vermutlich schon das ganze Präsidium?«

»Gut möglich. Die Jungs haben es natürlich an die große Glocke gehängt, als sie von ihrer Streife zurückkamen.«

247

»Das hat auch sicher nichts mit den Anrufen und den SMS zu tun, die du so geheimnisvoll behandelst«, stellte Hain ironisch fest.

»Jungs, bis jetzt gibt es nichts zu erzählen, und wenn sich das ändert, seid ihr die Ersten, mit denen ich es bespreche. Komm, Thilo, wir müssen los.«

Wagner und Hain warfen sich einen vielsagenden Blick zu. Lenz drehte sich an der Tür noch einmal um und grinste die beiden an.

»Gut, dass die Kollegen nicht gesehen haben, dass mein Freund eine Perücke getragen hat, sonst müsste ich mich jetzt outen«, erklärte er tuntig.

Auf dem Weg zum Auto hatte Lenz das Gefühl, alle Menschen, denen sie begegneten, würden ihn angrinsen. Hier ein wissender Blick, der einen Moment zu lange auf seinem Gesicht ruhte, da ein hochgezogenes Auge, das Verständnis signalisierte. Natürlich war das alles Einbildung, weil die meisten, die ihm begegneten, entweder von der Sache nichts mitbekommen hatten oder sich nicht dafür interessierten. Am Ausgang kam ihnen Helga Driessler entgegen. Sie sah aus, als wäre es am Abend zuvor nicht bei einem Bier geblieben. Lenz hielt ihr die Tür auf.

»Hallo Frau Dr. Driessler. War Ihr Abend so, wie Sie ihn sich vorgestellt hatten?«

Sie sah ihn verdutzt an.

»Fast. Aber als Bruder im Geiste wissen Sie sicher, was ich meine.«

Damit ging sie an ihm vorbei. Hain sah ihr verwirrt nach.

»Die?«

»Ich weiß nicht, was du meinst, Thilo.«

Hain wurde seinen blöden Gesichtsausdruck bis zum Wagen nicht los.

248

»Aber die ist doch furchtbar, Paul. Eine Psychotante!«

Bingo, dachte Lenz.

33

Zum Veterinäramt in der Breitscheidstraße brauchten sie keine fünf Minuten. Der Leiter war nicht im Haus, deswegen wurden sie von seinem Stellvertreter empfangen.

»Das ist ein Name, an den hier niemand mehr erinnert werden möchte«, schwadronierte er auf Lenz' Frage nach Simone Tauner.

»Wieso?«

»Sie hat mit ihrem Verhalten unseren guten Ruf auf Jahre hinaus geschädigt. Sie hat sich kaufen lassen.«

Peter Freudenstein, der stellvertretende Leiter des Veterinäramtes Kassel, wäre in jedem Heimatfilm als Dorfmetzger durchgegangen. Er war kugelrund, hatte ein rotes Bluthochdruckgesicht, und sein weißer Kittel schnürte ihn ein wie eine Wurstpelle.

»Erzählen Sie mehr.«

»Da gibt es gar nicht viel mehr zu erzählen, das meiste haben Sie vermutlich schon letztes Jahr aus den Medien erfahren.«

Er holte japsend Luft.

»Frau Tauner war ungefähr acht Jahre bei uns. Sie wäre eigentlich eine gute Mitarbeiterin gewesen, wenn man nur die fachliche Qualifikation bewertet hätte, aber leider kam man mit ihr ganz schlecht aus. Sie war, wie man heute so schön sagt, eine Zicke.«

»Wie hat sich das bemerkbar gemacht?«

»Nun, am Ende wollte keiner mehr mit ihr arbeiten. Unsere Leute gehen immer zu zweit in die Betriebe, die kontrolliert werden, und es fand sich irgendwann niemand mehr, der mit ihr im Team arbeiten wollte.«

»Gut, aber das beantwortet nicht meine Frage, Herr Freudenstein.«

»Wie meinen Sie das?«

»Sie sagten, Frau Tauner sei eine Zicke, haben aber nicht erklärt, woran Sie das festmachen würden.«

Wieder versuchte Freudenstein, durch intensives Luftholen genügend Sauerstoff in seine Lungen zu pressen.

»Wir sind hier in der Hauptsache Männer, Herr Kommissar. Frau Tauner war, als sie hier anfing, die einzige Frau. Da sagt man als Mann schon mal was, aber sie hätte es ja nicht gleich persönlich nehmen müssen. Im Veterinäramt wird nun mal ein derber Stil gepflegt.«

Lenz schüttelte kaum merklich den Kopf.

»Gut. Hat sich Frau Tauner in den letzten Monaten, in denen sie hier beschäftigt war, verändert?«

»Wäre schön gewesen, aber als wir sie überführt hatten, ist alles nur noch schlimmer geworden mit ihr.«

»Wer hat sie überführt?«

»Wir. Die Kollegen. Im Zuge des Fleischskandals vom letzten Jahr, den ich übrigens immer noch für aufgebauscht halte, stellte sich heraus, dass die Tauner in einem Kühlhaus für Geld die Augen zugedrückt hatte. Das konnten wir natürlich nicht hinnehmen und haben sie fristlos entlassen.«

250

»Wie meinen Sie das, alles sei noch schlimmer geworden?«

»Als sie ihre Sachen abgeholt hat, hat sie uns ganz unverhohlen gedroht. Sie wird uns auffliegen lassen, hat sie geschrien. Aber hier gibt es nichts zum Auffliegen lassen. Das einzige schwarze Schaf war sie, und das haben wir aussortiert.«

»Hm«, machte Lenz.

»Wie ist es weitergegangen, nachdem Frau Tauner ›aussortiert‹ war?«

»Es wurde ja damals eine Task Force ins Leben gerufen, die bis in dieses Frühjahr hinein das Sagen hatte. Mittlerweile hat sich die Situation zum Glück wieder beruhigt, und wir können unserem Job normal nachgehen.«

»Ohne Task Force?«, fragte Hain.

»Verstehen Sie mich nicht falsch, meine Herren. Wir kennen unsere Betriebe seit vielen Jahren und wissen, auf wen wir uns verlassen können und bei wem wir genauer hinschauen müssen. Das Problem der Task Force war, dass sie zentral arbeitete und die Bedingungen hier vor Ort gar nicht kennen konnte.«

»Von wem hat Frau Tauner denn Geld angenommen?«

»Der größte Schlachthof hier in der Region wurde von Frau Tauner kontrolliert. Dort sind große Mengen bedenklicher Partien sichergestellt worden. Der Betreiber hat dann zugegeben, dass er sie mit Geld davon überzeugt hatte, nicht so genau hinzusehen.«

»Gab es einen Prozess?«

»So weit ich weiß, nicht. Man hat sich geeinigt, wie das im Geschäftsleben so geht.«

»Hm«, machte der Kommissar erneut.

»Wie geht das denn so im Geschäftsleben, Herr Freudenstein? Bestechlichkeit ist immerhin ein schwerer Vorwurf.«

251

»Allen Beteiligten, einschließlich der Stadt als Arbeitgeber von Frau Tauner, war daran gelegen, die Sache so geräuschlos wie möglich zu bereinigen. Das ist dann auch geschehen.«

»Es gab also noch nicht einmal eine Anzeige gegen Frau Tauner?«

»Doch, die gab es, so weit ich weiß, aber sie wurde nicht weiterverfolgt, nachdem sie gekündigt worden war.«

Die beiden Polizisten sahen sich verwundert an.

»Das klingt merkwürdig, wenn Sie mich fragen«, bemerkte Lenz.

Freudenstein wechselte nervös seine Sitzposition. Er versuchte, die Beine übereinanderzuschlagen, was ihm aber nicht gelang.

»Leider war ich im letzten Jahr gerade zur fraglichen Zeit zwei Monate arbeitsunfähig erkrankt, meine Herren. Deswegen kann Ihnen Herr Stricker, der Amtsleiter, sicher mehr und detaillierter Auskunft geben über die damaligen Ereignisse.«

Schön für dich, dachte Lenz.

»Gibt es in Ihren Unterlagen ein Foto von Frau Tauner?«

»Ein Foto?«

Der Veterinär strich sich über sein Dreifachkinn.

»Bei uns bestimmt nicht mehr, wir hätten es weggeworfen. Aber vielleicht werden Sie beim Personalamt im Rathaus fündig.«

Lenz widerstand der Gewohnheit, dem Mann seine Visitenkarte in die Hand zu drücken, als sie sich verabschiedeten. Falls Freudenstein noch etwas einfallen würde, war er nicht interessiert. Hier sollte etwas vertuscht werden, davon war er überzeugt. Das sah Hain genauso, als er ihm auf der Fahrt zum Rathaus davon erzählte.

252

»Der war auch nicht meine Kragenweite, und das nicht nur wegen seines Schwabbelkörpers. Irgendwie hatte ich das Gefühl, er hat uns nicht alles erzählt, was er weiß.«

»Kann sein. Aber ob uns der Rest, den er vielleicht verheimlicht hat, wirklich interessieren würde, stelle ich mal in Frage. Jetzt versuchen wir, an ein aktuelles Bild zu kommen, dann fahren wir zum Jugendamt.«

34

Hain fand einen Parkplatz im Hof des Rathauses. Die beiden Polizisten mussten sich den Weg durch eine große Hochzeitsgesellschaft bahnen, die auf den Auftritt des Brautpaares wartete. Im Treppenhaus bekam Lenz eine SMS, die er nicht beachtete. Hain verdrehte die Augen, sagte aber nichts.

Andrea Weil, eine junge, resolut auftretende Mitarbeiterin der Personalabteilung, gab ihnen bereitwillig zu den Vorgängen um Simone Tauner Auskunft.

»Natürlich kann ich mich an diesen Fall aus dem letzten Jahr erinnern, ich habe ihn schließlich bearbeitet«, erklärte sie den Polizisten selbstbewusst.

»Na ja, was man so bearbeiten nennt«, schränkte sie jedoch gleich selbst ein.

»Ich habe die fristlose Kündigung ausgefertigt, damit war mein Part auch schon erledigt. Aber ich kann mich noch gut an die Einzelheiten erinnern. Und wie mich das alles genervt hat.«

Lenz gab ihr mit seiner Mimik zu verstehen, dass er darüber gerne mehr erfahren würde.

»Das war eine ganz merkwürdige Geschichte. Ich kann Ihnen zwar keine Details erzählen, dazu müsste ich mir das O. K. meines Chefs einholen, weil wir alle hier in dieser Sache einen Maulkorb verpasst bekommen haben. Aber meine persönliche Meinung darf ich doch sagen, oder?«

»Alles, was Sie uns erzählen, behandeln wir absolut vertraulich, Frau Weil«, versicherte Hain glaubhaft.

Die junge Frau setzte sich aufrecht hin und rückte mit dem Oberkörper näher an die Polizisten heran.

»Frau Tauner konnte gar nichts mit der Sache zu tun gehabt haben, das ist meine Meinung. Ich glaube nämlich nicht, dass sie Geld angenommen hat. Aber ihre Chefs und der große Chef hier im Haus hatten sie sich nun mal als Sündenbock ausgeguckt, und so musste sie eben dran glauben.«

»Interessant«, praktizierte Lenz aktives Zuhören. »Weiter bitte.«

»Es wurde damals alles im Hauruckverfahren geregelt. Und am Ende hat sie dann sogar einen Auflösungsvertrag unterschrieben, obwohl sie genau wusste, dass sie im Recht war.«

»Moment«, wunderte sich Hain, »Sie haben doch gerade gesagt, Frau Tauner sei fristlos entlassen worden.«

»Jeder kann jeden fristlos entlassen, solange er sich dabei an die Spielregeln hält. Das war in dem Fall aber nicht so. Ihre Kündigung hätte jeder Arbeitsrichter in der Luft zerrissen, das wussten alle. Wir in der Abteilung haben im Vorfeld auch mehrmals darauf hingewiesen. Aber irgendwas war da passiert, dass sie um jeden Preis gehen musste.«

»Haben Sie eine Idee, was das gewesen sein könnte?«

»Nein. Und wenn, dann würde ich Ihnen davon nichts erzählen, weil ich meinen Job hier ziemlich gut leiden kann. Wenn was davon rauskommen würde, wie viel von meiner eigenen Meinung ich Ihnen schon gesteckt habe, würde ich genug Scherereien kriegen.«

Offensichtlich bekam Andrea Weil gerade Angst vor ihrer eigenen Courage. Lenz versuchte, sie zu beruhigen.

»Noch einmal, Frau Weil: Alles, was Sie uns erzählen, behandeln wir absolut vertraulich. Außerdem sind Sie sicher nicht die Einzige hier im Haus, die mit der Sache beschäftigt war.«

Die junge Frau entspannte sich etwas.

»Nein, darüber wissen schon einige Kollegen Bescheid. Aber von denen würde Ihnen keiner was dazu sagen, glaube ich.«

»Wir ermitteln in einer Sache, die mit der Entlassung von Frau Tauner nichts zu tun hat. Deshalb bitte ich Sie, uns alles zu erzählen, was Sie über die Geschichte von damals wissen, gehört haben oder auch nur vermuten«, fügte Lenz hinzu.

Es dauerte einen Moment, bis sie antwortete.

»Es ging das Gerücht um, dass der Leiter des Veterinäramtes selbst Dreck am Stecken gehabt hätte und die Tauner das Bauernopfer war, um die Medien zu beruhigen. Nach dem Motto ›seht her, wir greifen hart durch‹. Der OB und Stricker, der Amtsleiter, sind alte Freunde. Sie haben auch das gleiche Parteibuch. Da hackt eine Krähe der anderen doch kein Auge aus.«

»Aber bewiesen wurde nichts?«

»Da wurde so massiv gemauschelt und vertuscht, dass es am Ende nichts mehr zu beweisen gab. Und die Frau Tauner hatte sicher auch irgendwas gemacht, womit die sie erpressen konnten, sonst hätte sie sich doch juristisch gegen die Vorwürfe zur Wehr setzen können.«

»Das ist merkwürdig, da gebe ich Ihnen recht. Aber es gibt keine Gerüchte oder Informationen, was das gewesen sein könnte?«

»Ganz ehrlich, nein. Aber, wie gesagt, da wurde so massiv Einfluss genommen, dass man sich so was sicher auch hätte zurechtbiegen können.«

»Und der Oberbürgermeister war involviert?«

»Offiziell nicht, dazu ist er viel zu schlau. Aber jeder hier im Rathaus kriegt mit, wenn etwas nicht nach seinem Willen läuft oder er etwas durchsetzen will. Dann ruft er kurz mal irgendwo an, und alles kommt so in Schwung, wie er es gerne hätte.«

Lenz musste ein Gähnen unterdrücken.

»Hatten Sie schon mal mit Herrn Freudenstein zu tun, dem Stellvertreter von Herrn Stricker im Veterinäramt?«

»Stellvertreter ist gut«, amüsierte sich die Frau, »der steckt doch bis zum Anschlag im Hintern seines Chefs. Und wenn Stricker etwas will, schickt er immer erst mal seinen Lakaien Freudenstein los. Ich wette, Sie waren schon im Veterinäramt, wollten zu Stricker und haben nur Freudenstein zu sehen bekommen.«

Sie grinste.

»Stimmt«, bestätigte Lenz überrascht. »Und Sie meinen, dass die beiden das immer so machen?«

»Mein Wort drauf. Selbst für uns vom Personalamt ist es nahezu unmöglich, Stricker zu fassen zu kriegen. Er hat sein Telefon meistens auf den Apparat von Freudenstein umgeleitet. Nur letztes Jahr, als die Sache mit Frau Tauner am Kochen war, ist er öfter im Rathaus aufgetaucht. Natürlich nie hier bei uns, sondern immer gleich beim Big Boss.«

Lenz jubelte innerlich, was natürlich weder die Angestellte der Stadtverwaltung noch Hain mitbekamen. Er stellte sich für den Bruchteil einer Sekunde vor, wie schön es wäre, Zeislinger eine Beteiligung an dieser offensichtlichen Schweinerei nachzuweisen. Und wieder blieben in seinen Gedanken nur Maria und er übrig.

Er fasste sich an die Stirn.

»Jetzt hätte ich fast vergessen, warum wir eigentlich zu Ihnen gekommen sind. Gibt es in Ihren Personalunterlagen vielleicht noch ein Foto von Frau Tauner?«

»Sicher, in der Personalakte ist immer ein Foto.« Sie stand auf.

»Ich gehe schnell rüber und hole es. Aber nur, wenn Sie es mir zurückbringen.«

Damit war sie auch schon verschwunden. Lenz und Hain mussten zwei Minuten warten, dann kam sie mit einem verstörten Gesichtsausdruck zurück.

»Alles in Ordnung?«, erkundigte sich Lenz besorgt.

»Ich weiß nicht. Zumindest kann ich die Akte im Archiv, wo sie sein müsste, nicht finden. Ich gehe mal eben nach drüben zu meiner Kollegin, vielleicht weiß die etwas über den Verbleib.«

Wieder dauerte es einige Minuten, bis sie zurückkam.

»Tut mir leid, meine Herren, aber die Akte ist nicht hier. Und es gibt auch im Moment keinen Hinweis, wo sie sein könnte.«

»Ungewöhnlich«, fügte sie nach einer kurzen Pause hinzu.

»Es kommt sicher nicht oft vor, dass Akten verschwinden?«

»Nein, das nicht. In den letzten 11 Jahren, seit ich hier arbeite, ist es auf jeden Fall noch nie vorgekommen. Und es ist mir offen gesagt auch ziemlich peinlich. Was sollen Sie denn jetzt von mir denken?«

»Sie haben die Akte ja nicht vertrödelt, nehme ich an. Also müssen Sie sich auch keine Vorwürfe machen.«

Er stand auf und reichte ihr seine Visitenkarte.

»Wenn Sie fündig werden und die Akte wieder da ist, können Sie mich gerne anrufen. Vielleicht brauchen wir dann immer noch Frau Tauners Bild. Für jetzt haben Sie uns sehr geholfen, Frau Weil. Und ich versichere Ihnen noch einmal, dass von unserem Gespräch nichts nach außen dringt.«

Sie nickte.

»Sonst könnte ich mir wahrscheinlich einen neuen Job suchen. Und wie gesagt: Ich mag meinen hier sehr gerne. Wenn nur nicht die ganze Politik wäre, die alles immer so kompliziert und so ungerecht macht.«

Die junge Frau überlegte einen Moment.

»Ich glaube, ich habe Ihnen das alles erzählt, weil ich es letztes Jahr schon so ungerecht fand, wie man mit der Tauner umgesprungen ist. Und es ist in der Zwischenzeit auch nicht besser geworden. Und wenn Sie es für sich behalten, bin ich froh, dass ich es mal jemandem erzählen konnte.«

»Versprochen«, beruhigte der Hauptkommissar sie noch einmal.

258

35

»Ich hab die ganze Zeit in meinem Hirn nach dem Begriff gesucht, der auf diesen Saustall passt«, schnaubte Hain.

Sie standen am Hinterausgang des Rathauses. Lenz rauchte eine Zigarette, während sein Kollege versuchte, ein Wort aus seinem Hinterkopf zu wühlen, das ihm partout nicht einfallen wollte.

»Es gibt einen. Fängt mit A an und liegt mir auf der Zunge, verdammt noch mal.«

Lenz drückte seine gerade angezündete Zigarette in den großen Sandkübel neben ihm.

»Augiasstall«, half er Hain auf die Sprünge.

»Genau. Ein Augiasstall ist das. Wenn die ganze Sache mit der Tauner erledigt ist, sollten wir uns mal im Veterinäramt umsehen, was meinst du?«

Der junge Kommissar war wirklich wütend.

»Ich widerspreche dir ungern, aber wir sind für Gewaltkriminalität zuständig. Vielleicht geben wir besser den Kollegen von ZK20 einen Tipp. Amtsdelikte sind deren Geschäft.«

»Von mir aus. Aber dafür würde ich auch meine Freizeit opfern.«

»Lass uns zuerst unseren Job erledigen, der hat im Moment Priorität.«

Er klopfte seinem Kollegen väterlich auf die Schulter.

»Und jetzt gehen wir rüber zum Kreishaus und sprechen noch mal mit dem netten Leiter des Jugendamtes.«

Zu Lenz' Erstaunen fing Hain nicht sofort wegen des Fußmarsches an zu nölen, sondern erst nach 200 Metern.

Trotzdem standen sie fünf Minuten später vor Vockeroths Bürotür.

»Sie hätte ich heute auch noch angerufen«, empfing Vockeroth die Kriminalbeamten und bot jedem einen Stuhl an.

»Weil Sie einen Kevin gefunden haben«, erwiderte Lenz wissend.

»Das nimmt mir jetzt aber die Freude an meiner guten Arbeit, Herr Kommissar.«

Lenz grinste.

»Erzählen Sie uns von Ihrem Kevin, Herr Vockeroth.«

»Mein Kevin heißt hinten Tauner und ist jener Fall, den Hainmüller dem armen Herrn Brill im letzen Jahr entzogen hat. Im Anschluss beantragte er sofort den Entzug des Sorgerechts in einem Eilverfahren und ist damit auch durchgekommen, inklusive Umgangsverbot, was mich hier schon wundert. Kevin lebt jetzt bei seinem Vater und seiner Stiefmutter am Brasselsberg.«

Er zog eine Akte aus dem Stapel auf seinem Tisch und schlug sie auf.

»Das hier ist der Fall. Ich habe ihn durchgesehen, formal ist an der Entscheidung Hainmüllers nichts auszusetzen. Wobei ich rein menschlich sicher auch zu einem anderen Urteil gekommen wäre und der Frau eine weitere Chance zugebilligt hätte.«

»Haben Sie Frau Tauner jemals kennengelernt?«

»Nein. Sie hat, nachdem der Familienrichter die Entscheidung getroffen hatte, mit uns nichts mehr zu tun gehabt. Erst im Fall einer Klage gegen das Urteil wären wir wieder ins Spiel gekommen, aber sie hat nach meinem Aktenstand nicht geklagt. Und vorher habe ich sie auch nicht kennengelernt.«

Er sah noch einmal in die Akte.

»Die Frau hat eine rasante Entwicklung durchgemacht. Jahrelang ist bei dieser Familie alles glattgelaufen, dann hat sich ihr Mann, ein Architekt, von ihr getrennt. Der Junge ist bei ihr geblieben, und zuerst lief es auch dann noch sehr gut. Erst als sie ihren Arbeitsplatz verloren hat, setzte eine bemerkenswerte Abwärtsspirale ein. Sie hat den Jungen wirklich sich selbst überlassen. Dabei scheint sie eine gebildete und intelligente Frau zu sein, wenn ich den Unterlagen Glauben schenken darf.«

»Gibt es Unterschiede in der Bewertung des Falles zwischen Brill und Hainmüller?«

»Und ob, deswegen hat Hainmüller die Sache an sich gezogen. Brill wollte ihr die angesprochene Chance geben, Hainmüller sah das ganz anders.«

Er blickte auf.

»Heißt das jetzt, dass Frau Tauner unseren Herrn Brill auf dem Gewissen hat?«

»Es gibt einen Verdacht«, verharmloste Lenz die brisante Situation, »aber ich muss Sie bitten, mit niemandem darüber zu sprechen.«

»Selbstverständlich nicht.«

»Herr Hainmüller ist vermutlich noch nicht an seinen Arbeitsplatz zurückgekehrt?«, wollte der Kommissar wissen.

»Nein, er wird mindestens 14 Tage ausfallen. Ich habe gestern mit ihm telefoniert.«

»Können Sie uns seine Privatadresse geben?«

»Wenn das notwendig ist, sicher.«

»Bitte.«

Der Amtsleiter griff zum Telefon und beauftragte seine Sekretärin, Hainmüllers Adresse herauszusuchen.

Lenz deutete auf die Akte.

»Frau Tauners letzte hier bekannte Adresse ist die in Hofgeismar?«

Vockeroth brauchte einen kleinen Moment, um es herauszusuchen.

»Ja. Wiedemannstraße 23 in Hofgeismar. Eine andere Adresse ist nicht bekannt.«

Es klopfte an der Tür. Vockeroths Sekretärin übergab ihrem Chef einen kleinen Zettel, den er sofort an die Kriminalbeamten weiterreichte.

»Adresse und Telefonnummer. Ich hoffe, unser Hainmüller hat mit der ganzen Sache nichts zu tun.«

Er schüttelte den Kopf.

»Aber ich kann es mir auch beim besten Willen nicht vorstellen.«

»Wir werden sehen«, meinte Lenz. »Allerdings gibt es noch eine Sache, die mich beschäftigt: Wusste Frau Tauner davon, dass Herr Brill gar nichts mehr mit ihrem Fall zu tun hatte und er auch die Entscheidungen nicht getroffen hat, die zur Entziehung des Sorgerechts geführt haben?«

»Das lässt sich wahrscheinlich leicht klären, Herr Kommissar.«

Er blätterte in der Akte. Es dauerte diesmal mehrere Minuten, bis er zu einem Ergebnis kam.

»Möglich, aber nicht sicher. Vor Gericht sind sich die beiden nicht begegnet, wie ich hier sehe. Zu dieser Zeit war Herr Hainmüller vermutlich erkrankt, eine Kollegin hat ihn vertreten.«

Vockeroth suchte in der Akte nach weiteren Hinweisen.

»Sie haben recht, es könnte sein, dass Frau Tauner Herrn Brill hinter dem Antrag vermutete, der zur Entziehung des Sorgerechtes geführt hat. Wie ich hier sehe, ist Hainmüller nie in Erscheinung getreten. Sie hatte hier im Amt immer nur Kontakt mit Herrn Brill.«

Vockeroth hob den Kopf und sah die Polizisten entgeistert an.

»Wenn ich Ihre Frage richtig verstehe, Herr Kommissar, dann ist Brill unter Umständen das falsche Opfer gewesen? Dann hätte der Anschlag eigentlich Herrn Hainmüller gegolten, wenn die Täterin um die genauen Umstände gewusst hätte?«

»Das ist leider nicht auszuschließen.«

36

Der junge Kommissar biss ein großes Stück von seiner Pizza ab.

»Meinst du, wir sollten Hainmüller unter Personenschutz stellen?«

»Warum?«, fragte Lenz zurück. »Die Tauner weiß doch bis jetzt nichts davon, dass er den Entzug des Sorgerechts eingefädelt hat. Es sei denn, sie hätte mit Vockeroth gesprochen, aber das können wir ausschließen.«

Der Hauptkommissar gähnte.

»Ich muss langsam ins Bett«, knurrte er.

»Sicher. Aber vorher solltest du dir noch die SMS von vorhin ansehen, damit du weißt, ob alleine oder zu zweit.«

10 Minuten später verließen sie die kleine Pizzeria und machten sich auf den Weg zu Hainmüllers Adresse. Lenz hatte einen seifigen Geschmack im Mund und spürte jeden Muskel seines Körpers. Während sein Kollege die Daten ins Navigationssystem eingab, stand er vor dem Auto und las die Nachricht.

Morgen Abend
in Fritzlar?
Ich denk an dich
M.

Er wollte sofort antworten, als das Telefon klingelte.

»Lenz.«

Es kam keine Antwort.

»Hier ist Lenz!«

Es meldete sich niemand, aber der Kommissar war sich sicher, dass der Anrufer am anderen Ende der Leitung ihm zuhörte. Er beendete das Telefonat und steckte das Gerät in seine Jackentasche.

»Dann eben nicht.«

Die SMS an Maria konnte er auch später noch senden. Trotz seiner Müdigkeit überwog die Freude, sie am nächsten Abend zu sehen. Er blinzelte in die Sonne, schloss die Augen, und stellte sich ihr Gesicht vor. Dabei hörte er, wie Hain das Dach des Cabrios öffnete.

»Wenn wir schon an so einem schönen Tag arbeiten müssen, dann wenigstens mit Stil«, ließ sein Kollege ihn wissen.

Lenz konnte sich ein Lächeln nicht verkneifen. Hain war so oft es ging ›offen‹ unterwegs, was ihm als Beifahrer nicht immer gefiel. Aber vielleicht würde der Fahrtwind ihm heute etwas von seiner Müdigkeit nehmen.

264

»Gute Idee.«

»Meinst du, wir sollten Hainmüller über unser Erscheinen in Kenntnis setzten?«, fragte der junge Kollege und startete den Wagen.

»Nicht nötig. Wir wollen heute Überraschungsgäste sein.«

Sie fanden die Wohnung des Abteilungsleiters in einem Wohnblock in Baunatal, dem VW-Vorort von Kassel. Lenz klingelte, wartete, und als nach einer halben Minute keine Reaktion kam, legte er erneut den Finger auf die Taste. Wieder warteten sie vergeblich.

»Schade. Vielleicht macht er ja nur seinen Sektenbrüdern die Tür auf«, ätzte Hain.

In diesem Moment näherte sich eine Frau mit einem Kinderwagen von innen der Tür, wie die beiden Polizisten durch die Drahtglasscheibe sehen konnten.

»Zu Hainmüller?«, fragte Lenz freundlich.

»Hainmüller ganz oben«, antwortete sie. »Aber nix zu Hause, immer Arbeit.«

Lenz hielt ihr die Tür auf und ging dann ins Haus. Hain folgte ihm.

»Danke«, rief der junge Kripobeamte der Frau hinterher, die ohne ein weiteres Wort davongegangen war. Offenbar war es hier normal, Fremde ins Haus zu lassen.

Im Treppenhaus roch es nach Essen, aber alles war blitzsauber. Von jeder Etage gingen zwei Wohnungen ab, nur in der obersten, wo sie jetzt ankamen, gab es eine einzelne Tür.

»Treffer«, freute sich Hain, als er Hainmüllers Namen las. Auf der Fußmatte lag eine Tüte mit Brötchen, daneben die Tageszeitung.

»Warte!«, forderte Lenz seinen Kollegen bestimmt auf, der erneut klingeln wollte.

»Was …«

Lenz fiel ihm mit leiser Stimme ins Wort.

»Hier stimmt was nicht, Thilo. Wenn jemand Brötchen und die Zeitung geliefert bekommt, dann passiert das ganz früh am Morgen. Das heißt, Hainmüller oder seine Frau haben heute den Kopf noch nicht vor die Tür gesteckt.«

»Vielleicht sind sie beide krank?«

»Dann würden sie wenigstens auf unser Sturmläuten reagieren, oder? Und wenn sie beim Arzt wären, hätten sie die Tüte und die Zeitung reingeräumt.«

Lenz nahm seine Pistole in die Hand und deutete auf die Tür.

»Kriegst du die auf?«

»Technisch ja, aber wir haben doch gar nichts in der Hand gegen Hainmüller. Wenn die da drin jetzt am Nacktmaumauspielen sind oder einen Privatporno drehen oder einfach keine Lust haben auf Besuch, dann haben wir einen Riesenärger am Hals.«

Der Hauptkommissar steckte die Pistole zurück.

»Mist«, zischte er.

Dann zog er den Zettel, den Vockeroth ihnen gegeben hatte, aus der Tasche.

»Ich rufe jetzt bei denen an. Wenn niemand drangeht, machst du die Tür auf. Wenn sie drinnen sind, erzählen wir ihnen, dass wir uns Sorgen gemacht haben, es sei was passiert.«

»Du kommst auf Ideen …«

Lenz tippte hastig die Ziffern in das Telefon. Sekunden später hörten sie in der Wohnung leise das Läuten, aber niemand nahm ab. Nach 20-maligem Klingeln wurde die Verbindung vom Netzbetreiber gekappt und auf besetzt geschaltet.

266

»Zufrieden?«

Ohne zu antworten, zog Hain sein kleines Werkzeugetui aus der Tasche und machte sich an die Arbeit. Es dauerte keine halbe Minute, dann nickte er zufrieden und schob die Tür auf. Lenz griff erneut nach seiner Pistole und hielt sie Hain hin. Der verzog das Gesicht, nahm ihm aber trotzdem die Waffe ab.

Der Flur, in den sie blickten, war an Normalität nicht zu überbieten. Es gab links hinter der Tür eine Garderobe, rechts stand ein kleiner Tisch, auf dem die Ladestation des Telefons platziert war. Auf dem Boden der unvermeidliche Läufer. An der Garderobe hingen mehrere Kleidungsstücke, eine Handtasche und ein Hut.

»Hallo, ist jemand zu Hause?«, rief Lenz in die Wohnung.

Als keine Antwort kam, traten die beiden Kommissare vorsichtig durch die Tür. Lenz rief noch einmal, aber es kam wieder keine Reaktion.

Vom Flur gingen vier Türen ab, zwei rechts, eine links und eine auf der Stirnseite. Die hintere auf der rechten Seite war auf Kopfhöhe mit einer kleinen Milchglasscheibe versehen, deswegen vermutete Lenz dahinter das Bad. Davor erkannte er jetzt durch die halb offen stehende Tür die Küche. Er steckte den Kopf hinein, zog ihn zurück, und winkte ab. Hain drückte vorsichtig auf die Klinke der linken Tür, sah in den Raum und schüttelte den Kopf.

»Das Schlafzimmer, aber keiner drin. Und die Betten sind frisch gemacht.«

Oder unbenutzt, dachte Lenz.

Zusammen gingen sie auf die vor ihnen liegende Tür zu, die nur angelehnt war. Hain schob sie in den Raum und riss die Augen auf.

»Mein Gott«, stöhnte er.

Lenz machte einen Schritt um seinen Kollegen herum, sah in das von nussbaumfarbenen Möbeln dominierte Zimmer und schluckte. In den dunkelgrünen Polstern saßen die zusammengesunkenen Leichen von Johannes Hainmüller und seiner Frau, wie der Kommissar spontan vermutete.

Ohne den Blick von den beiden Toten zu nehmen, griff er zu seinem Mobiltelefon, wählte Ludger Brandts Nummer und wartete. Als der Kriminalrat abgenommen und sich gemeldet hatte, erklärte er ihm die Situation und bat ihn, alles Weitere zu veranlassen.

Hain hatte in der Zwischenzeit ein Paar Einweghandschuhe angezogen und Hainmüllers Leiche kurz untersucht.

Der ehemalige Abteilungsleiter hatte zwei Löcher in seinem Körper. Auf der Vorderseite des Halses das Einschussloch und auf der Rückseite den Austrittskanal. Das Projektil war in das Polster des Sessels eingedrungen und hatte eine dunkle Verfärbung am Rand des Lochs hinterlassen. Im handtellergroßen Umkreis um die Stelle waren Gewebereste und Knochensplitter zu erkennen. Lenz sah Hain zu und schüttelte dabei den Kopf.

»Das passt doch hinten und vorne nicht zusammen. Warum sollte die Tauner die beiden umbringen?«

Hain sparte sich eine Antwort und wandte sich der Frau zu. Sie saß der anderen Leiche in einer merkwürdig verdrehten Haltung gegenüber. Die Hände lagen auf den Oberschenkeln, direkt vor ihrem Schambereich.

»Als ob sie dagesessen und auf ihre Hinrichtung gewartet hätte«, sinnierte Hain.

Auf der linken Brustseite war ihre helle Bluse von einem

268

großen, tiefroten, fast schwarzen Fleck bedeckt. Der Schütze hatte sie offensichtlich direkt ins Herz getroffen.

Lenz ging in den Flur und griff nach der Handtasche. Er holte ein Portemonnaie heraus, durchsuchte es und fand, wonach er gesucht hatte.

»Sie ist seine Frau«, klärte er seinen Kollegen auf, und wedelte dabei mit dem Personalausweis der Toten.

»Hedwig Hainmüller.« Der Kommissar schüttelte den Kopf und suchte nach einem Geburtsdatum.

»Wer hat denn 1966 seine Tochter noch Hedwig genannt?«

Hain ließ den Körper der Frau los, stellte sich neben Lenz und sah auf den Ausweis.

»Aber der Name passte wenigstens zu ihr. Eine Schönheit war sie ja nicht gerade.«

Vor dem Haus hörten sie das Heulen von Polizeisirenen.

»Bevor sich die diversen Kollegen hier gleich auf den Füßen herumtreten, lass uns noch kurz die anderen Zimmer anschauen«, schlug Lenz vor und ging ins Bad. Hain nahm sich die Küche vor, danach trafen sie sich im Schlafzimmer. Der junge Oberkommissar schüttelte fassungslos den Kopf.

»Nichts. Hier ist alles so clean wie in einem Operationssaal.«

Er ließ sich auf die Knie fallen und sah unter das Bett.

»Nicht eine Staubfluse. Die Frau des Hauses hat ganze Arbeit geleistet.«

»Hoffentlich haben wenigstens die beiden Leichen Fingerabdrücke hinterlassen.«

Ludger Brandt und Rolf-Werner Gecks betraten die Wohnung, gefolgt von zwei uniformierten Polizisten.

»Wo ist denn die Spezialeinheit BKA, Ludger? Ich hab

erwartet, dass ihr in Mannschaftsstärke auftaucht«, flachste Hain.

»Die jagen Terroristen. Außerdem mischen sie sich noch früh genug hier ein.«

Er machte eine wegwerfende Handbewegung.

»Wo sind sie denn, Paul?«

Lenz führte seinen Chef ins Wohnzimmer.

»Oh Mann, das sieht ja übel aus. Hinweise auf einen Suizid?«

»Nein«, antwortete Hain. »Es sei denn, sie hätten eine unsichtbare Pistole benutzt.«

Lenz fiel erst in diesem Moment der Ammoniakgeruch auf. Offenbar hatte sich die Blase eines oder der beiden Toten geleert.

Der Hauptkommissar informierte seinen Vorgesetzten darüber, wie Hain und er in die Wohnung der Hainmüllers gelangt waren.

»Schon gut, Paul. Ohne euer zwar nicht ganz legales, aber beherztes Vorgehen würden die beiden vielleicht nächste Woche noch hier rumliegen. Aber wer hat die Sauerei denn verursacht? Kommt die Tauner dafür in Frage?«

»Schwer zu sagen. Wir haben uns auf der Fahrt hierher gefragt, ob Hainmüller gefährdet sein könnte. Aber weil die Tauner auf dem Jugendamt immer nur mit seinem toten Mitarbeiter Brill zu tun hatte und nicht wissen konnte, dass er hier eigentlich die Entziehung des Sorgerechts angeleiert hat, haben wir keine Notwendigkeit gesehen. Wie es aussieht, haben wir uns geirrt.«

»Ich gebe zu bedenken, dass es schon einen Unterschied macht, ob man jemand auf die Distanz mit Nervengift um die Ecke bringt oder wie hier mit der Kanone aus einem Meter Entfernung«, warf Hain dazwischen.

»Das ist sicher wahr«, stimmte Brandt ihm zu.

»Und an der Tür gab es keine Hinweise auf eine Manipulation. Der oder die Täter waren wahrscheinlich mit den beiden bekannt und sind von ihnen hereingelassen worden. Das ist schon komisch, wie die hier sitzen.«

In diesem Moment trat Peter Franz, der Rechtsmediziner, hinzu, gefolgt von den Mitarbeitern der Spurensicherung. Jetzt hatten Lenz und seine Kollegen Pause.

»Ich hoffe, ihr seid nicht schon wie die Elefanten hier in der Bude umhergetrabt«, wurden sie von Heini Kostkamp begrüßt. Der Mann von der Spurensicherung stellte seinen Koffer ab und schüttelte jedem im Raum die Hand.

»Lass gut sein, Heini, wir sind geschwebt«, erwiderte Hain spöttisch.

Lenz sah Franz fragend an. Der warf einen Blick auf die beiden Leichen und zog eine Augenbraue hoch.

»Sie sind vermutlich erschossen worden, soviel kann ich Ihnen schon sagen.«

»Danke.«

»Mein Gott, Herr Lenz. Ich verstehe, dass Sie es am liebsten hätten, wenn ich die beiden sofort und hier an Ort und Stelle obduzieren würde.«

Er nahm ein Thermometer aus seinem Koffer.

»Aber Sie sind doch der Erste, der mir ungenaue Aussagen um die Ohren haut. Also lassen Sie mich jetzt meinen Job machen und warten Sie, bis ich mich bei Ihnen melde.«

»Kein Problem, Herr Franz. Bis später«, beschwichtigte Lenz.

»Komm Thilo, wir hören uns mal im Haus um, vielleicht hat jemand was gesehen oder gehört.«

Die beiden verließen die Wohnung und machten sich auf die mühsame Suche nach Zeugen. Meist wurden die Türen, wenn überhaupt, von Frauen geöffnet, die kein Deutsch verstanden. Ein Mann im zweiten Stock verstand sie zwar, war aber so betrunken, dass an eine Befragung nicht zu denken war. Sie entschieden, am Abend einen weiteren Versuch zu starten.

»Danach will ich aber auf jeden Fall ins Bett. Noch eine Nacht ohne Schlaf und ich beantrage die Frühpensionierung«, meinte Lenz gähnend.

Sie sahen sich auf dem Parkplatz um, aber auch dort gab es nichts zu entdecken.

Zurück in der Wohnung im 4. Stock, winkte Dr. Franz Lenz zu sich.

»Tut mir leid, wenn ich eben unfreundlich war. Ich habe seit 30 Stunden nicht geschlafen, weil ich Bereitschaft hatte. Außerdem liegt meine Frau mit einem Hörsturz im Krankenhaus und ich muss mich um die Kinder kümmern.«

»Schon gut, Herr Doktor. Ich habe die letzte Nacht auch nicht geschlafen, also kann ich Sie gut verstehen.«

Der Arzt deutete auf die Leiche von Johannes Hainmüller.

»Der Todeszeitpunkt liegt etwa 15 Stunden zurück.«

Er sah auf seine Armbanduhr.

»Er dürfte demzufolge zwischen neun und 11 Uhr gestern Abend gestorben sein.«

Lenz dankte dem Rechtsmediziner und wandte sich an Kostkamp.

»Kann ich an den Schrank, Heini?«

»Schrankwand ist fertig, da kannst du dran. Aber zieh dir Handschuhe an, für den Fall, dass wir nacharbeiten müssen.«

272

Er reichte dem Kommissar ein Paar Latexhandschuhe. Lenz öffnete vorsichtig eine Tür des wuchtigen Möbelstücks und sah hinein. Hain stellte sich neben ihn.

»Vielleicht entdecken wir etwas über seine Religionstruppe. Dann hauen wir hier ab und sehen uns mal bei denen um.«

Im vierten Fach wurden sie fündig. Lenz zog eine Informationsbroschüre heraus und las sie durch. Auf der Rückseite fand er die Adresse und eine Telefonnummer.

»Wir lassen euch jetzt alleine«, informierte er Ludger Brandt über sein weiteres Vorgehen.

»Die beiden waren vermutlich Mitglieder bei dieser komischen Religionsgruppe, da fahren wir jetzt hin und sehen uns um. Es ist in Lohfelden, in spätestens zwei Stunden sollten wir wieder im Präsidium sein. Dann kommen wir noch mal hier vorbei und befragen alle Hausbewohner, die jetzt nicht da waren. Und dann …« Er musste gähnen. »Dann leg ich mich schlafen.«

37

Die Adresse in Lohfelden im Kasseler Südwesten entpuppte sich als einsames Zweifamilienhaus am Ende einer Sackgasse. Ein Klingelschild gab es nicht, ebenso wenig freundliche Nachbarn, die befragt werden wollten. Hain stieg über das verschlossene Gartentor und sah sich hinter dem Haus um. Lenz blieb vorne stehen und rauchte.

»Sieht aus, als ob hier niemand wohnen würde. Vielleicht brauchen sie das Haus nur für ihre Treffen«, vermutete der junge Oberkommissar.

Lenz sah auf die Uhr.

»Lass uns zum Präsidium fahren. Ich will Uwe fragen, ob er was über die Leute weiß, die mit diesem Haus zu tun haben.«

Während der gesamten Rückfahrt gingen Lenz die beiden Toten in Baunatal nicht aus dem Kopf. Er konnte sich nicht vorstellen, dass Simone Tauner für die Morde verantwortlich war, aber er wollte auch nicht an einen Zufall glauben.

Hainmüller hatte sich merkwürdig verhalten, hatte gelogen und damit einen gewissen Verdacht auf sich gelenkt. Und dann endete sein Leben kurze Zeit später durch einen Schuss in den Hals, während er in seinem geschmacklosen Polstersessel saß.

Lenz drehte den Rückspiegel in seine Richtung und sah sich an. Sein Gehirn arbeitete längst nicht mehr mit voller Leistung, seine Augen waren gerötet und schmerzten, und er hatte das Gefühl, die Welt um ihn herum sei in Watte gepackt. Das Gesicht, das ihn jetzt ansah, hätte auch zu einem alten Mann gehören können.

»Na, zufrieden mit dem, was du siehst?«

»Ganz und gar nicht!«

Er gähnte.

»Zwischen Hainmüllers Sorgerechtsentzug und der Tatsache, dass die Tauner im Veterinäramt gefeuert wurde, muss es eine Verbindung geben, Thilo. Ich kann sie zwar noch nicht sehen, aber sie muss da sein. Und von da aus ist es wahrscheinlich nur ein ganz kurzer Weg zu seinem Mörder.«

Hain nickte.

»Aber das würde bedeuten, dass Hainmüller und die Spezis vom Veterinäramt unter einer Decke stecken. Da fehlt mir noch die Logik.«

»Tja, Thilo«, seufzte der Hauptkommissar, »es kommt noch ein Haufen Arbeit auf uns zu. Aber wir sind jetzt einen Schritt weiter als heute Morgen. Normal hätten wir die Sache an die Kollegen von ZK20 abgegeben, jetzt allerdings haben wir zwei Tote, also ist es unser Fall, auch die Sache mit der Bestechung, oder was immer es gewesen sein sollte.«

Sie hatten die Innenstadt von Kassel erreicht und fuhren am Kinocenter vorbei. Lenz sah erneut auf die Uhr.

»Viertel nach fünf. Lass mich hier raus, ich will ein paar Schritte zu Fuß gehen. Wenn ich bei Uwe fertig bin, komme ich in dein Büro und hole dich ab.«

An der roten Ampel am Rathaus kletterte er müde aus dem Wagen und machte sich auf den Weg. Während er die Obere Königsstraße abwärts ging, bekam er Sehnsucht nach Marias Stimme. Mit einem Griff hatte er sein Telefon in der Hand, wählte, und wartete auf das Freizeichen. Aber noch vor dem ersten Klingeln meldete sich ihre Mailbox. Er hörte ihren Ansagetext bis zum Ende und beendete dann die Verbindung, ohne eine Nachricht zu hinterlassen.

Auch schön, dachte er.

Eine Minute später rief sie zurück.

»Ich bin gerade aus dem Parkhaus rausgefahren, wahrscheinlich hatte ich da unten kein Netz«, erklärte sie ihm.

»Aber ich wollte unbedingt noch deine Stimme hören, bevor ich heute Abend mit meinem Ehegatten zu einem Empfang des Regierungspräsidenten gehe.«

»Du glaubst nicht, wie ich mich darüber freue.«

»Dass ich mit Erich zu einem Empfang muss?«
Er lachte.
»Nein, das bestimmt nicht. Aber dass du mich vorher noch hören wolltest. Mir ging es eben genauso.«
»Du klingst nicht gut, Paul. Ist was passiert?«
»Wir haben zwei Tote in Baunatal. Der Abteilungsleiter vom Jugendamt, der uns am Sonntag so genervt hat, und seine Frau liegen erschossen in ihrer Wohnung.«
Er erzählte ihr stichwortartig, was seit ihrem Abschied am Herkules vor nicht einmal 18 Stunden alles passiert war.
»Kennst du einen Stricker vom Veterinäramt?«, fragte er zum Abschluss seiner Erklärungen.
»Der ist ein paarmal bei uns zu Hause gewesen. Ein Parteikumpel von Erich, glaube ich. Wenn die beiden was zu besprechen hatten, war ich aber immer außen vor.«
»Und was ist mit seinem Stellvertreter, einem Herrn Freudenstein?«
»Der war auch ab und zu dabei, aber nicht immer. So ein Fleischklops, richtig?«
»Richtig«, bestätigte Lenz.
»Aber was die beiden oder die drei ausgeheckt haben, weißt du nicht.«
»Nein, tut mir leid, keine Ahnung. Wahrscheinlich habe ich die Zeit immer genutzt, um in deinen Armen zu liegen und unanständige Dinge zu treiben.«
»Maria …«
»Warte mal kurz«, bat sie ihn.
»Ich muss Schluss machen, Erich ist in der Leitung. Wir sehen uns morgen Abend. Tschüss.«
Lenz steckte das Telefon weg und setzte seinen Fußmarsch Richtung Präsidium mit deutlich besserer Laune fort. Am Scheidemannplatz trank er in einer Coffeebar

276

zwei doppelte Espressi im Stehen. Als er an der Apotheke vorbeikam, in der er sich vor ein paar Tagen den Regenschirm ausgeliehen hatte, sah er in eine andere Richtung und nahm sich vor, gleich am nächsten Morgen vorbeizugehen und das gute Stück zurückzubringen.

Er überquerte an der Fußgängerampel gegenüber der Apotheke bei Rot die Straße. Als er etwa zwei Drittel des Bahnhofsvorplatzes hinter sich gebracht hatte, hörte er, wie jemand hinter ihm seinen Namen rief. Als er sich umdrehte, wurde er von der Sonne geblendet, die sich in einer der Autoscheiben spiegelte. Mit zusammengekniffenen Augen und einer Hand an der Stirn suchte er nach einem vertrauten Gesicht, konnte aber keins entdecken. An einem Auto lehnte eine ältere Frau, die ihm zwar nicht bekannt vorkam, aber in seine Richtung winkte. Lenz setzte sich in Bewegung und ging auf sie zu, aber auch als er näher kam, konnte er mit ihrem Gesicht nichts anfangen. Er verlangsamte seine Schritte und stand nun etwa fünf Meter von der Fremden entfernt. Sie trug ein rotes Kopftuch, eine dunkle Sonnenbrille, leichte schwarze Handschuhe und hatte einen dezenten Lippenstift aufgelegt. Ihr langer Batikrock hätte bequem in die 70er-Jahre des vergangenen Jahrhunderts gepasst, wurde aber durch eine schwarze Lederjacke und schwere Wanderschuhe etwas entschärft.

»Guten Tag, Herr Lenz.«

»Kennen wir uns?«

»Noch nicht, aber das wird sich gleich ändern. Ich würde gerne einen kleinen Spaziergang mit Ihnen machen.«

Lenz wusste für einen ziemlich langen Moment nicht, was er von der Frau und ihrer Bitte halten sollte. In seinem Kopf scannte er das Gesicht, konnte jedoch keine Verknüpfung zu seinem Gedächtnis herstellen.

»Wir sollten miteinander reden, Herr Kommissar. Ich bin sicher, Sie sind sehr interessiert an dem, was ich Ihnen zu erzählen habe.«

»Wer sind Sie?«, fragte Lenz, nun deutlich schärfer im Ton.

Die Frau lachte auf.

»Da sucht nun die gesamte Kasseler Polizei nach mir und wenn sie mich gefunden hat, erkennt sie mich nicht mal. Mein Name ist Simone Tauner, und ich bin die Frau, deren Herz vor ein paar Monaten aufgehört hat zu schlagen.«

Lenz wollte reflexartig zu seiner Waffe greifen, aber ein Impuls aus seinem Hinterkopf hielt ihn davon ab.

»Und bevor Sie auf dumme Gedanken kommen, sollten Sie sich das hier ansehen«, forderte sie ihn auf und öffnete ihre Jacke. Rechts und links auf der Innenseite waren jeweils zwei der Glasröhrchen angebracht, die Lenz auf dem Foto des Feuerwehrmannes vor dem Pressehaus gesehen hatte.

»Das hier reicht, um etwa jeden zehnten Bürger dieser schönen Stadt qualvoll verrecken zu lassen«, erklärte sie teilnahmslos und holte ein weiteres Röhrchen aus der Jackentasche, das sie mit der linken Hand umklammert hielt.

Nun griff Lenz zur Achsel und tastete nach seiner Waffe, ließ die Hand jedoch unter der Jacke.

»Ich könnte Sie auf der Stelle erschießen. Was sollte mich daran hindern?«

»Dann würden Sie nie erfahren, wo die großen Brüder dieser kleinen Spielzeuge versteckt sind. Und wann sie so heiß geworden sind, dass sie von ganz alleine zu gefährlichen Biestern werden.«

Lenz sah sich um. Der Bahnhofsvorplatz war voll von

278

Menschen, und in diesem Moment strömte eine weitere Menge aus dem Innern des Bahnhofs. Vermutlich hatte ein Vorortzug seine Passagiere ausgespuckt. Die Taxispur war noch immer gesperrt und wurde als Parkplatz für die Kollegen vom BKA benutzt, aber er sah nur abgestellte Autos, keine Menschen, die dazugehörten. Er drehte sich um und sah in Richtung des Polizeipräsidiums, als ob ein übermenschliches Wesen von dort kommen könnte, um ihn aus dieser Situation zu befreien.

»Sie werden ein Stück mit mir gehen, Herr Kommissar!«

Ihre Stimme hatte eine gefährliche Strenge angenommen. Um die Forderung zu untermauern, bewegte sie ihre Jacke kurz auf und ab. Lenz hörte, wie die Glasröhrchen klimpernd gegeneinanderschlugen.

Sie blufft, dachte er. Sie blufft, weil kein Mensch so blöd sein kann sich das anzutun, was sie vorhat. Aber gleichzeitig hatte er kein Interesse, sich von ihr das Gegenteil beweisen zu lassen.

»Machen Sie keinen Quatsch, Frau Tauner. Sie haben keine Chance, mit dieser Nummer durchzukommen.«

Simone Tauner ging langsam auf ihn zu.

»Wissen Sie, wie egal mir das ist?«

Sie schüttelte den Kopf, wobei ihre Haare hinter dem Kopftuch hervorschwangen.

»Nein, das können Sie nicht wissen.«

Ihre Stimme klang jetzt fast flehend.

Lenz wusste, dass er innerhalb der nächsten Sekunden eine Entscheidung treffen musste. Was auch immer er tat, er glaubte, nur verlieren zu können.

»Gehen wir.«

Die ersten 200 Meter gingen sie im Abstand von etwa einem Meter die Werner-Hilpert-Straße hinunter. Sie

279

hielt sich immer ein kleines Stück hinter ihm. Lenz hatte keine Ahnung, was er sagen sollte, also hielt er den Mund. Etwa alle 10 Meter dachte er darüber nach, die Frau durch einen Sprung zu überwältigen, aber letztlich fehlte ihm der Mut dazu. Einmal klingelte sein Mobiltelefon, aber er beachtete es nicht. Wahrscheinlich war Hain auf der Suche nach ihm.

Simone Tauner ging ruhig neben ihm her und sah in den Himmel. Auf Höhe einer Kneipe, in deren Innenhof ein vollbesetzter Biergarten zu sehen war, drehte sie den Kopf in seine Richtung.

»Sie müssen keine Angst haben, Herr Lenz. Wir gehen ein Stück, ich erzähle Ihnen das eine oder andere, dann trennen wir uns und sehen uns nie wieder.«

Die ist total plemplem, dachte Lenz.

»Nach Ihnen wird auf der ganzen Welt gefahndet, Frau Tauner. Ich fürchte, Sie sind sich nicht über die Tragweite Ihres Handelns im Klaren. Ihr Auftauchen hier mit diesem Arsenal des Schreckens unter der Jacke wird jeder Richter als Geständnis werten, wenn es das dann noch brauchen sollte.«

Er sah sie von der Seite an. Sie hatte keine Ähnlichkeit mehr mit der Frau auf dem Foto, das ihr Exmann ihm gegeben hatte und das als Vorlage für ihr Fahndungsfoto diente. Ihr Gesicht war zerfurcht und faltig, sie sah alt aus, nicht wie eine Frau um die 40. Die roten Haare hingen ihr strähnig in die Stirn und wirkten ungepflegt, so, wie alles an ihr schäbig aussah.

»Ich werde nie vor einen Richter treten, Herr Lenz. Und Sie können mir glauben, dass ich das genau so meine, wie ich es sage. Es ist sicher schon öfter vorgekommen, dass Mörder gesagt haben, sie hätten nichts zu verlieren, aber es hat noch nie so viel Wahrheit in einer solchen Aussage gesteckt wie in meiner.«

Sie sah ihn eindringlich an.

»Ich habe nichts mehr zu verlieren!«

Lenz lief ein Schauer über den Rücken, als er realisierte, dass er ihr glaubte. Seine Müdigkeit war komplett verflogen. Sie war der Angst gewichen, eine falsche Entscheidung zu treffen. Er fragte sich, wie weit er sie reizen konnte, ohne eine unbeherrschte Reaktion zu provozieren.

»Haben Sie Hunger?«, fragte sie, jetzt wieder in einem völlig unverbindlichen Tonfall.

Lenz glaubte, seine Ohren würden ihm einen Streich spielen. Wollte die Frau ihn verarschen?

»Ich verstehe nicht ganz.«

»Kommen Sie, Herr Lenz. Eine einfache Frage, eine einfache Antwort. Lassen Sie uns essen gehen, ich zahle auch.«

Der Kommissar schüttelte den Kopf. Entweder war sie wirklich schwer gestört, oder sie hatte keine Ahnung, in was sie sich hineinmanövrierte. Aber auch Lenz war klar, dass die Argumente, die vor ihrer Brust baumelten, besser waren als seine. Und Hunger hatte er tatsächlich.

»Gehen Sie mit mir ins ›Casa Manolo‹. Das war das Lieblingslokal von Brill«, schlug sie vor.

Als Lenz den Namen ihres zweiten Mordopfers hörte, krampfte sich sein Magen zusammen. Neben ihm ging eine Mörderin, und er konnte nichts weiter tun, als sich von ihr vorführen zu lassen.

»Warum haben Sie Brill getötet?«

»Das wissen Sie vermutlich bereits. Er hat mir meinen Sohn weggenommen. Er hat immer so getan, als würde er es nie dazu kommen lassen, um mir dann eiskalt das Sorgerecht zu entziehen. Und sehen darf ich Kevin auch nicht.«

281

Lenz fragte sich, wie viel die Frau ihm von seinem Wissen glauben würde, und was er ihr überhaupt davon erzählen durfte. Er beschloss, einen Versuchsballon zu starten.

»Und warum mussten dann Hainmüller und seine Frau auch noch dran glauben?«

Sie verlangsamte ihren Schritt und blieb schließlich komplett stehen.

»Wer?«

Lenz drehte sich um und sah ihr fest in die Augen.

»Gehen wir zum Spanier, Frau Tauner. Setzen wir uns dorthin und tun so, als hätten Sie nicht mehrere Menschen ermordet. Sie erzählen mir, was ich wissen soll, und dann erzähle ich Ihnen die Dinge, die bis jetzt noch nicht zu Ihnen vorgedrungen sind. Ich bin müde, das können Sie mir glauben, aber ich bin wach genug, um Sie in Erstaunen zu versetzen.«

Auch wenn sie sich nichts anmerken ließ, glaubte er, sie beeindruckt zu haben.

Lenz ging schweigend weiter, rauchte eine Zigarette und versuchte, auf dem weiteren Weg nicht mehr zu sprechen. Das war feige, wie er sich eingestand, aber er konnte nicht anders. Er hatte Angst vor der Frau und dem, was sie mit sich herumtrug.

Fünf Minuten später standen sie vor der Eingangstür. Der Polizist war noch nie in dem Lokal gewesen, deshalb zögerte er und versuchte, durch die bunten Scheiben einen Blick ins Innere zu werfen.

»Trauen Sie sich, Herr Kommissar, der Fisch ist gut hier.«

Lenz zog die Tür auf und ging vor ihr her. Das Restaurant war einfach möbliert und es lag ein verlockender Geruch in der Luft. Er zählte 10 Tische, die an den Seiten des Raumes verteilt waren. In der Mitte gab es eine freie

Fläche. An den Wänden hingen Fischernetze, Muscheln und andere Gegenstände, die den Gast an schöne Stunden auf Mallorca oder sonst wo in Spanien erinnern sollten. Hinter der Theke stand ein südländisch wirkender Mann und polierte Gläser, die er aus einer kleinen Spülmaschine holte.

»Guten Tag«, begrüßte er die beiden Gäste freundlich. Lenz grüßte mit einem Kopfnicken zurück. Simone Tauner ging auf den hinteren Tisch am Fenster zu und setzte sich. Ihre linke Hand blieb in der Jackentasche.

»Sie gestatten sicher, dass ich meine Jacke anbehalte?«

Lenz antwortete nicht. Er setzte sich ihr gegenüber, sodass er den Raum und die Eingangstür im Blick hatte. Auch er zog seine Jacke nicht aus.

»Was machen wir, wenn einer von uns beiden auf die Toilette muss?«, fragte der Polizist mit schief gelegtem Kopf.

»Am besten, Sie trinken nicht zu viel, dann sollten Sie die nächste Zeit so überstehen.«

Sein Blick streifte im Gastraum umher. Es gab eine Treppe neben der Theke, die abwärts führte, vermutlich zu den Toiletten. Neben der Treppe sah er einen schmalen Korridor, der offenbar in einem weiteren Gastraum mündete. Dieser Raum war dunkel, aber er entdeckte eine Durchreiche, hinter der sich nur die Küche befinden konnte. Daneben war eine Glastür, in der zwei Männer standen und sich unterhielten. Der eine war gekleidet wie ein Koch, der andere trug die Garderobe eines Kellners.

»Fangen Sie an.«

Lenz zuckte leicht zusammen, als sie ihn ansprach. »Womit?«

»Sie wollten mich in Erstaunen versetzen, also fangen Sie damit an.«

283

Er brauchte zwei Sekunden, um sich zu konzentrieren. Das Schlafdefizit der vergangenen Nacht war immer deutlicher zu spüren.

»Sie haben Dieter Brill getötet.«

»Das wissen wir und versetzt mich jetzt nicht in Erstaunen, Herr Kommissar.«

»Ayse Bilicin?«

»Ja. Ayse Bilicin auch.«

Sie gestand ihm äußerlich völlig ruhig die zwei Morde.

»Und Johannes Hainmüller und seine Frau?«

»Wer soll das sein?«

»Unter normalen Umständen würde ich Sie jetzt fragen, wo Sie gestern Abend zwischen 21 und 23 Uhr waren, aber das wäre in dieser Situation wirklich zu blöd. Also frage ich Sie, ob Sie Johannes Hainmüller und seine Frau gestern Abend um diese Zeit erschossen haben?«

Sie lehnte sich zurück.

»Noch mal: wer soll das sein? Ich kenne die Leute nicht.«

»Johannes Hainmüller ist der Mann, der wirklich dafür gesorgt hat, dass Ihnen Ihr Kind weggenommen wurde.«

Jetzt wurde sie blass. Lenz hätte gerne gleich nachgesetzt, aber der Kellner näherte sich mit langsamen Schritten. Er begrüßte die Gäste, zündete eine Kerze an und legte zwei in Kunstleder eingebundene Speisekarten auf den Tisch.

»Schon was zu trinken?«, fragte er mit deutlichem Akzent. Aus der Nähe sah Lenz, dass er schon ziemlich alt war, sicher weit über 60, und nur aus Haut und Knochen zu bestehen schien.

Beide bestellten Wasser.

Der Kellner schlich davon und gab dem Jüngeren an der Theke die Bestellung weiter.

»Sie bluffen«, setzte sie das Gespräch fort.

284

»Leider nein. Brill hatte mit der Sache schon lange nichts mehr zu tun, als Ihnen das Sorgerecht entzogen wurde. Sie haben den falschen Mann umgebracht.«

Die Frau schluckte.

»Und was hatte der andere Mann, der gestern umgebracht wurde, mit meinem Sohn zu tun?«

»Er war Brills Vorgesetzter. Er hat Brill den Fall, Ihren Fall, entzogen und das Sorgerechtsverfahren eingeleitet.«

»Das kann nicht sein. Das glaube ich Ihnen nicht!«

»Ich bin jetzt nicht in der Position, Ihnen etwas beweisen zu müssen, aber Sie können mir glauben, dass es genau so gewesen ist.«

Er sah, dass sie angestrengt nachdachte, und deutete auf ihre Jacke.

»Wie haben Sie das vorhin gemeint, dass diese Dinger da unter Ihrer Jacke und in Ihrer Hand große Brüder haben?«

Simone Tauner sah ihm lange ins Gesicht und Lenz bemerkte, dass er einen Fehler gemacht hatte. Er hätte sie weiter mit dem Gedanken alleine lassen müssen, den Falschen umgebracht zu haben. Jetzt konnte er an ihrem Gesicht ablesen, dass seine Frage sie aus dieser Situation befreite.

»Wie ich es gesagt habe. Sicher haben Sie mittlerweile herausgefunden, dass jeder halbwegs begabte Chemiestudent das Zeug literweise zusammenbrauen kann. Das konnte ich auch, und deshalb wird es ein mächtiges Sterben geben, wenn die Documenta nicht abgesagt wird.«

»Gibt es das nicht auch, wenn sie abgesagt wird?«

»Vermutlich nicht. Aber das hängt auch von Ihnen ab, Herr Kommissar.«

Lenz lachte auf.

»Von mir? Sie trauen mir zu viel zu, Frau Tauner.«

Der Kellner kam zurück und stellte eine Karaffe Wasser und zwei Gläser ab.

»Sie haben noch nicht gewählt?«

»Nein«, sagte Lenz, »wir brauchen noch ein paar Minuten.«

Wieder trottete er ohne ein weiteres Wort davon.

»Sie sind der Einzige, der davon weiß, Herr Kommissar. Es ist die Frage, wie Sie mit Ihrem Wissen umgehen. Alle Behälter sind mit verschiedenen Auslösemechanismen versehen; sie sind an den unterschiedlichsten Punkten der Stadt sicher und geschützt gelagert und warten auf ihren Einsatz. Es wäre also gut, wenn die Stadtverwaltung möglichst schnell handeln würde.«

»Wie sind Sie eigentlich auf mich gekommen? Woher wussten Sie, dass ich derjenige bin, den Sie ansprechen mussten?«

»Ich war gestern Morgen unter den Gaffern bei der HNA, schließlich wollte ich mir nicht entgehen lassen, wenn mein erster wirklicher Warnschuss einschlägt. Sie sahen wichtig aus und haben sich auch so benommen. Später habe ich im Internet recherchiert und bin so auf Ihren Namen gestoßen. Mit Bild.«

Ich hasse Computer, dachte der Kommissar erbost.

»Und wenn die Sache gestern Morgen schlecht ausgegangen wäre? Was hätten Sie gemacht, wenn dieser Redakteur nicht so cool reagiert hätte?«

»Ich bin darauf vorbereitet. Gestern, heute, und wenn es sein muss, auch die nächsten Jahre.«

Lenz fielen die Worte von Dr. Driessler, der Psychologin, ein. Sie hatte vermutet, dass der Täter erwischt werden wollte. Genau diesen Eindruck hatte er jetzt auch. Einen Augenblick lang dachte er darüber nach, seine Pistole zu

286

ziehen, ihr damit zwischen die Augen zu zielen und abzudrücken. Dann wäre die Sache entschieden und 10.000 Polizisten und Soldaten könnten sich auf die Suche nach den Binärbomben machen. Er verfolgte den Gedanken nicht weiter, weil in diesem Moment die Tür des Restaurants aufging und eine größere Gesellschaft hereindrängte. Offenbar waren es Stammgäste, denn die Begrüßung war überaus herzlich. Zwei Tische wurden zusammengerückt, und die 13 Personen nahmen Platz. Schlagartig wurde es lebhaft und laut.

Lenz goss aus der Karaffe Wasser in die Gläser und trank einen großen Schluck. Sie rührte nichts an. Der Kellner, von dem Lenz durch die neuen Gäste nun wusste, dass er Martin hieß, kam erneut auf sie zu.

Er baute sich mit einem Block in der Hand vor ihnen auf.

»Wenn Sie Zeit haben, können Sie sich Zeit lassen. Wenn Sie vor den Locos dort drüben etwas zu essen haben wollen, müssen Sie jetzt bestellen.«

Simone Tauner deutete mit dem Kopf auf ihre linke Hand, die noch immer in der Jackentasche steckte.

»Ich brauche etwas, das ich mit einer Hand essen kann.«

»Dann nehmen Sie besser keine Gambas vom Grill, das gibt sonst eine Riesenschweinerei.« Er grinste. »Aber Gambas al Ajillo und Patatas bravas, das geht. Ist nicht gut für die Kasse, weil zu billig, aber gut mit einer Hand zu essen.«

»Dann nehme ich das.«

»Und Sie«, wandte er sich Lenz zu. »Brauchen Sie etwas für eine Hand oder für zwei?«

Lenz hatte, während die Frau bestellte, einen kurzen Blick in die Karte geworfen. Dabei war ihm aufgefallen, dass er erstaunlich ruhig geworden war.

»Was ist bei dem Merluz hier dabei?«

287

Der Kellner tat so, als würde er überlegen.

»Besteck und eine Serviette.«

Lenz sah ihn erstaunt an.

»Ein Scherz. Da gibt es nur Salat und Brot dazu, sonst schaffen Sie nie die Portion.« Sein Akzent war hinreißend.

»Gut.«

Der Ober notierte die Bestellung und sah dann Simone Tauner noch einmal kritisch an.

»Haben Sie Angst, sich zu erkälten? Sie können sich ruhig ausziehen, es ist nicht mehr mit Frost zu rechnen, auch nicht bei uns hier im ›Casa Manolo‹.«

»Danke«, antwortete sie kühl.

Er sammelte kopfschüttelnd die Speisekarten ein und ging.

»Wollen Sie Ihre Hand den ganzen Abend in der Jackentasche stecken lassen?«

»Sicher nicht. Aber für jetzt ist es nicht die schlechteste Lösung. Ich traue Ihnen nämlich nicht.«

»Haben Sie Angst, dass ich Sie erwische?«

»Früher oder später wird jeder erwischt. Die Welt ist zu klein geworden, als dass es möglich wäre, sich dauerhaft zu verstecken. In meinem Fall mag das noch ein paar Monate gut gehen, spätestens dann haben Sie mich am Haken.«

Lenz sah sich das Gesicht der Frau genau an, während sie sprach. Etwas stimmte nicht. Er bemerkte, dass es etwas Unnatürliches, Maskenhaftes hatte. Vorhin, als er neben ihr herging, war es ihm nicht aufgefallen, aber jetzt, im Licht der Energiesparlampe über ihnen, sah er es ganz deutlich: Sie hatte sich künstlich älter gemacht.

»Was macht Sie sicher, dass es so lange dauern wird?«

»Meine kleinen Freunde und ihre großen Brüder. Sie könnten jetzt versuchen, hier den Helden zu spielen, aber

288

dann hätten wir hier ruck, zuck ein Dutzend Leichen liegen. Und das wollen Sie um jeden Preis vermeiden.«

»Lieber heute ein Dutzend als nächsten Monat Tausende.«

»Einer aus dem Dutzend wären Sie, also überlegen Sie sicher ganz genau, was Sie tun sollen. Kein Mensch, dem es nicht so geht wie mir, verliert gerne sein Leben.«

»Brill hatte sicher auch keine Lust, so elend zu verrecken, dazu noch völlig umsonst.«

Sie verengte die Augen zu Schlitzen.

»Hören Sie mit dieser Räuberpistole auf. Brill hat dafür gesorgt, dass mir mein Kind weggenommen wurde. Und deshalb hatte er alles verdient, was er erlitten hat.«

Nun wurde Lenz wütend.

»Ihre Selbstgerechtigkeit geht mir auf die Nerven! Letztlich haben Sie doch das Sorgerecht für Ihren Sohn verloren, weil Sie sich nicht um ihn gekümmert haben. Sie haben ihn sich selbst überlassen und weinen jetzt, weil man Sie dafür bestraft hat. Sie alleine sind schuld, dass es so weit gekommen ist. Und dann waren Sie so blöd, den Falschen umzubringen. Hier den Falschen und da eine völlig unschuldige alte Türkin. Sie sind wahrscheinlich mächtig stolz auf das, was Sie da geleistet haben.«

In ihren Augen funkelten Wut und Ärger auf, und Lenz wusste, dass jetzt der richtige Zeitpunkt für eine Überraschungsaktion war, aber er ließ ihn verstreichen. Er konnte sich nicht dazu überwinden, sich auf Simone Tauner zu stürzen.

Es dauerte einen Moment, bis sie ihr Gleichgewicht wiedergefunden hatte. Dann zog sie die linke Hand mitsamt dem Inhalt aus der Jackentasche und legte ihn auf den Tisch neben sich.

»Machen Sie das nicht noch einmal, Herr Kommissar, sonst segelt dieses Glas hier durch die Bude, und Sie stellen sich in Ihren übelsten Albträumen nicht vor, was noch alles passiert.«

Lenz sah auf das Röhrchen neben ihrer Hand und schluckte. Seine Nackenhaare pressten sich gegen den Hemdkragen und er hatte das Gefühl, nicht atmen zu können. Sie sah ihn an und wusste, dass er Angst hatte.

»Und jetzt werden Sie mir erzählen, warum der Vorgesetzte von Brill umgebracht wurde. Oder Sie sagen mir, dass es ein Bluff von Ihnen gewesen ist«, forderte sie ohne jede Gefühlsregung von ihm.

Lenz nahm die Hände vom Tisch, legte sie in den Schoß, und brachte damit so viel Distanz wie möglich zwischen sich und das Glasröhrchen vor ihm.

»Gestern Abend zwischen neun und 11 Uhr wurden er und seine Frau erschossen, soweit wir wissen. Natürlich geht man im Präsidium davon aus, dass Sie dafür verantwortlich sind.«

»Natürlich«, äffte sie ihn nach.

Martin, der Ober, näherte sich mit einem Teller in der Hand. Darauf lagen zwei Bestecke und zwei Servietten. Er stellte den Teller ab und verzog sich wortlos.

»Trotzdem irren Sie sich. Ich habe nichts damit zu tun. Ich war gestern Abend … Ich habe bis vor einer halben Stunde, als Sie damit anfingen, den Namen noch nie gehört. Aber wenn mir jemand die Arbeit abgenommen hat, umso besser.«

»Warum ist es Ihnen so wichtig, dass die Documenta abgesagt wird? Was bringt Ihnen das? Stricker und Freudenstein ist es scheißegal, dem Oberbürgermeister im Grunde seines Herzens sicher auch.«

290

Während er die Namen ihrer ehemaligen Chefs aussprach, zuckte sie deutlich sichtbar zusammen.

»Diese Schweine ... sie haben mir alles genommen, was ich geliebt habe. Ich bin geopfert worden, damit die weiterhin ihre schmutzigen Geschäfte machen können. Und Zeislinger steckt mit ihnen unter einer Decke.«

»Gibt es dafür Beweise?«

Sie sah ihn hämisch an.

»Wenn ich das damals alles hätte beweisen können, wäre es vielleicht nicht so weit gekommen. Ich habe ein schönes Dossier angelegt, vielleicht lasse ich es Ihnen zukommen. Sehen Sie zu, was Sie damit anfangen können.«

Lenz grinste sie an.

»Warum grinsen Sie?«

»Diese Situation ist zum Lachen. Oder zum Heulen, ganz wie Sie wollen. So was gibt es sonst nur in schlechten Fernsehkrimis, dass die Täterin dem Polizisten auflauert und ihm ›die ganze Geschichte‹ erzählt.«

»Da wird die Täterin letztendlich erwischt, darin unterscheiden wir uns von der Fiktion.«

Sie sah ihn lange an.

»Könnten Sie mich erschießen, Herr Kommissar?«

»Jederzeit«, log Lenz ohne nachzudenken.

»Wie ich schon gesagt habe, ich traue Ihnen nicht. Ich glaube Ihnen nämlich nicht, dass Sie mich erschießen könnten.«

Sie nahm das Glasröhrchen in die Hand und ließ es durch die Finger gleiten, die noch immer in den Handschuhen steckten. Lenz schauderte.

»Ich könnte Sie jederzeit umbringen«, flüsterte sie, und legte das gefährliche Spielzeug langsam zurück.

291

Am Nachbartisch wurde ein Geburtstagskind beglückwünscht. Lenz sah kurz hinüber und fragte sich, ob die Menschen dort jemals erfahren würden, in welcher Todesgefahr sie schwebten.

»Wollen Sie das Ding nicht lieber wieder einstecken? Es wäre tragisch, wenn wir hier ungewollt eine Katastrophe verursachen würden, nur weil der Kellner unachtsam ist und einen Teller darauf abstellt.«

Sie schüttelte den Kopf. Lenz griff nach seinen Zigaretten und zündete sich eine an.

»Woher wissen Sie eigentlich, dass man nach Ihnen fahndet? Wir haben bisher keine Erklärung an die Medien gegeben.«

Sie lächelte schal.

»Beleidigen Sie nicht meine Intelligenz, Herr Kommissar. Es war klar, dass Sie früher oder später meinen Hinweis wegen Kevin entschlüsseln und dann mein Haus in Hofgeismar unter die Lupe nehmen würden. Dort gab es eine Vorrichtung, die mich über Eindringlinge informierte. Das ist letzte Nacht passiert.«

»Die Lampe ...«, flüsterte Lenz kaum hörbar.

»Richtig, die Lampe. Vom Bewegungsmelder geht eine Verbindung zum Scheinwerfer, eine zweite zu einem Funkmelder, der einen Pieper aktiviert hat. Ich nehme an, Sie waren selbst im Haus, wenn Sie die Lampe gesehen haben.«

»Und das Labor. Das habe ich auch gesehen.«

»Längst aufgegeben, Herr Kommissar. Aber seien Sie vorsichtig, wenn Sie da herumlaufen, es gibt noch die eine oder andere Überraschung, die dort auf ungebetene Gäste wartet.«

Beim Gedanken an die letzte Nacht in ihrem Haus lief Lenz ein weiterer Schauer über den Rücken. Und er dachte

292

mit Schrecken daran, dass in dieser Nacht Kollegen das Haus untersuchen würden.

Sein Mobiltelefon klingelte. Er sah sie fragend an, aber ihre Kopfbewegung war eindeutig. Vermutlich hatte Hain das ganze Präsidium nach ihm abgesucht und versuchte es jetzt noch einmal per Telefon.

Es entstand eine längere Pause. Die Frau sah Lenz in dieser Zeit durchdringend an.

»Eigentlich habe ich nicht die geringste Lust mehr, mich mit Ihnen zu unterhalten, Herr Kommissar.«

»Und dann? Stehen Sie jetzt einfach auf und gehen?«

»Nicht ganz«, erwiderte sie sarkastisch, griff nach dem Glasröhrchen auf dem Tisch, nahm es in die rechte Hand und schleuderte es im hohen Bogen in die Mitte des Raumes. Lenz sah dem tödlichen Objekt ungläubig, fast staunend hinterher.

Sie sprang auf, warf ihren Stuhl nach hinten um, was Lenz aber in diesem Moment nicht realisierte, und rannte los. Wie in Zeitlupe folgten seine Augen dem Glas, bis es mit einem leisen Klirren auf dem Boden aufschlug. Er sah deutlich, wie die beiden Röhrchen zerplatzten und sich die darin enthaltenen Flüssigkeiten vermischten. Genau in diesem Moment drückte Simone Tauner die Ausgangstür auf und verschwand aus seinem Blickfeld.

38

Lenz brauchte eine halbe Sekunde, um wieder zu funktionieren. Er wandte den Blick vom Boden ab und sah in das Gesicht des Kellners, der mit zwei Tellern in den Händen etwa drei Meter von der kleinen Pfütze entfernt stand und den Kopf schüttelte. Auch die Geburtstagsgesellschaft war verstummt. Alle sahen Lenz fragend an. Der Kommissar schnellte hoch und riss dabei das Tischtuch mit sich. Gläser und Karaffe, der Teller mit dem Besteck und die Kerze flogen durch die Luft. Lenz hechtete auf den bedrohlich schimmernden Fleck am Boden zu und bedeckte ihn mit dem Stofflappen in seiner Hand. Dann hob er den Kopf und fing an zu schreien.

»Raus hier!«

Er riss die Tücher von zwei weiteren Tischen herunter und warf sie ebenfalls auf den Boden.

»Raus, verschwinden Sie. Rennen Sie, los, machen Sie, dass Sie hier rauskommen!«

Martin, der Kellner, reagierte am schnellsten. Er warf die Teller in den Raum, drehte sich um und deutete auf eine Tür direkt neben der Theke.

»Hierher, hier ist ein Ausgang«, rief er der Geburtstagsgesellschaft zu. Dann raste er los. Jetzt hatten alle Anwesenden verstanden, dass es sich nicht um einen Scherz oder eine familiäre Auseinandersetzung handelte, und sprangen von ihren Stühlen auf.

Lenz wusste nicht, was er als Nächstes tun sollte. Er musste sich um die Gäste kümmern, aber er wollte auch Simone Tauner nicht so einfach entwischen lassen. Und

294

er hatte höllische Angst, in den nächsten Minuten die ersten Symptome einer tödlichen VX-Vergiftung zu spüren.

Der Mann hinter der Theke hielt noch immer ein Glas in der Hand und sah den Polizisten fragend an. Lenz war mit ein paar kurzen Sätzen neben ihm und zog ihn zwischen den anderen Flüchtenden hindurch am Arm nach draußen.

»Haben Sie ein Mobiltelefon?«

»Nein, aber ein Handy.«

»Auch gut«, erwiderte Lenz kopfschüttelnd.

»Rufen Sie die 110 an und sagen Sie denen, dass es hier vermutlich einen Angriff mit VX gegeben hat. Verstanden?«

»Klar, ich bin doch ...« Lenz schnitt ihm das Wort ab.

»Vorher bringen Sie alle Leute hier weg, am besten runter zur Uni. Aber sorgen Sie dafür, dass wirklich alle draußen sind. Und jetzt schnell!«

Damit ließ er seinen Arm los und rannte durch den Torbogen auf die Hauptstraße.

Von der Frau war nichts zu sehen. Es gab drei Richtungen, in die sie verschwunden sein konnte. Nach links führte die Straße in Richtung Nordwesten, also aus der Stadt hinaus. Geradeaus kam man über eine kleine Nebenstraße zur Universität und in die Nordstadt. Und rechts gelangte man in die Innenstadt. Lenz konnte später nicht erklären, warum er sich für den Weg in die Innenstadt entschied. Um ein weiteres Blickfeld zu haben, lief er zwischen den Autos durch in die Mitte der vierspurigen Straße, auf die Straßenbahnschienen. Während seine Augen die Umgebung absuchten, griff er nach seinem Telefon. Als er es aus der Jackentasche gezogen und die Kurzwahltaste von Hain gedrückt hatte, rutschte es ihm aus der verschwitzten Hand, schlug auf dem Boden auf und explodierte förmlich. Lenz sah den Akku auf die Straße rutschen, achtete aber schon nicht mehr darauf, denn in diesem Augenblick erkannte er Simone Tauners blauen Rock und ihr rotes Kopftuch etwa 250 Meter vor sich. Sie hastete über die Straße und war im Begriff, an der Haltestelle ›Am Stern‹ in eine Straßenbahn der Linie fünf einzusteigen. Er beschleunigte erneut und holte alles aus seinem Körper heraus, aber ihm war klar, dass er unter normalen Umständen die Straßenbahn nicht mehr erreichen würde. Etwa 150 Meter, bevor er die Haltestelle erreicht hatte, fuhr der Zug ab.

Verdammt, schrie er stumm. Trotzdem rannte er weiter.

Eine halbe Minute später überquerte er unter lautem Gehupe einiger Autofahrer die große Kreuzung am Stern und lief in die Fußgängerzone. Immer mehr hatte er das Gefühl, keine Luft mehr zu bekommen, und fragte sich, ob das ein Symptom der nun einsetzenden Wirkung des Nervengiftes sein könnte, aber dann realisierte er, dass seine Kondition für diese Belastung einfach nicht ausreichte. Langsam verminderte er die Geschwindigkeit und blieb dann stehen. 50 Meter hinter ihm jagten mehrere Streifenwagen mit Sirenengeheul vorbei. Während er vornübergebeugt und mit weit aufgerissenem Mund nach Luft schnappte, hielt neben ihm eine weitere Straßenbahn. Lenz stellte sich aufrecht hin, torkelte auf die vordere Tür zu und stieg ein. Irgendwo im Hinterkopf hatte er gespeichert, dass zu den Hauptverkehrszeiten manchmal drei oder vier Züge an der Haltestelle am Königsplatz warten mussten, weil die Innenstadt zu voll war. Es schien ewig zu dauern, bis sich die Bahn langsam in Bewegung setzte. Lenz sah seine Umgebung nur verschwommen und vor seinen Augen tanzten Sterne. Sein Herz raste und entwickelte einen solchen Druck in der Brust, dass er befürchtete, im

296

nächsten Moment ohnmächtig zu werden. Er musste sich setzen, weil ihm seine Beine nicht mehr gehorchen wollten.

Sie hat es gemacht, dachte er. Sie hat es wirklich getan. Sie hat mich vergiftet.

Als die Straßenbahn am Königsplatz angekommen war, zog der Kommissar sich an einer Haltestange hoch und schwankte auf die Tür zu. An der Kante strauchelte er und stürzte auf die zitternden Knie. Er raffte sich mit dem Rest an Kraft auf, die ihm verblieben war, und setzte sich in Bewegung. Undeutlich erkannte er, dass der Zug, in den sie gestiegen war, an der Spitze der wartenden Straßenbahnen stand und versuchte, sein Tempo zu erhöhen, aber es gelang ihm nicht. Der Gedanke, dass die Straßenbahn vor seinen Augen davonfahren könnte, trieb ihm die Tränen in die Augen. Dann war er an der hinteren Tür angekommen, drückte auf den grün leuchtenden Taster und die beiden Flügel schwangen auf. Getrieben von der Angst, die Bahn könnte doch noch ohne ihn abfahren, drängte Lenz sich in den voll besetzten Wagen. Direkt hinter ihm schloss sich die Tür, und er hörte das obligatorische Klingeln vor der Abfahrt. Im Schritttempo bahnte sich der Zug seinen Weg durch die Menschenmassen, die an diesem frühen Abend in der Innenstadt unterwegs waren. Lenz krampfte seine Hände an einer Stange über seinem Kopf fest und versuchte gleichzeitig, seinen Brechreiz zu unterdrücken und das Gesicht von Simone Tauner in der Menge auszumachen. Dazu musste er sich auf die Zehenspitzen stellen und sich gleichzeitig mit den Armen an der Haltestange hochziehen, um über die Köpfe der anderen Fahrgäste hinwegsehen zu können. Seine Gedanken waren nun wieder etwas klarer, allerdings befürchtete er, die Wirkung des Giftes könnte ihm diese Klarheit vortäuschen. Erschrocken fragte er sich, ob sie vielleicht unbemerkt am Königsplatz ausgestiegen war.

Er ließ die Stange los und versuchte, sich in den vorderen Teil des Wagens zu drängeln, was wegen der dicht stehenden Menschen nahezu unmöglich war. Zentimeter um Zentimeter kämpfte und drückte er sich weiter, bis zwischen den Leibern hindurch für einen kurzen Moment ihr rotes Kopftuch sichtbar wurde.

Die Bahn hatte fast den Friedrichsplatz erreicht und wurde langsamer. Wie in Trance hörte Lenz die Ansage der nächsten Haltestelle. Im Strom der aussteigenden Fahrgäste wurde er ein Stück näher an sie herangespült und schätzte die Entfernung zu ihr jetzt auf etwa acht Meter. Sie stand in der Mitte des Ganges, sah nach vorne und hielt mit der rechten Hand auf Augenhöhe eine Haltestange umklammert. Äußerlich wirkte sie völlig ruhig, aber Lenz war davon überzeugt, dass auch ihr Puls raste.

Als die Bahn wieder anfuhr, kam sie leicht aus dem Gleichgewicht, machte einen Schritt nach hinten und drehte sich kurz um. Dabei traf sich ihr Blick mit dem des Kommissars. Nach einem kurzen Moment des Erschreckens grinste sie den Polizisten an und strich sich mit der freien linken Hand leicht über die Brust. Lenz schüttelte den Kopf.

Sie griff in die rechte Innenseite ihrer Lederjacke und zog mit einem Ruck eines der dort platzierten Glasröhrchen heraus. Wieder kam sie leicht aus dem Gleichgewicht, als der Zug kurz die Fahrt verlangsamte. Auch Lenz schwankte. Zwischen dem Kommissar und Simone Tauner standen etwa ein Dutzend Menschen. Keiner von ihnen und auch sonst niemand in der Bahn schien sich um den Polizisten oder die Frau zu kümmern. Lenz hangelte mit

298

der Linken nach oben und griff sich eine der herumbaumelnden Halteschlaufen. Mit der anderen Hand holte er seine Pistole aus dem Holster, verbarg sie aber unter der Jacke. Nun schüttelte Simone Tauner den Kopf und hob das Glas in ihrer Hand ein Stück höher.

»Nächster Halt: Rathaus«, tönte es gedämpft aus dem Lautsprecher über seinem Kopf.

Als der Zug noch etwa 70 Meter von der Haltestelle entfernt war, stellte Lenz sich breitbeinig hin, nahm die Waffe unter der Jacke hervor, entsicherte sie, hob den Arm und zielte auf ihren Kopf. Eine Frau, die zwischen ihm und Simone Tauner stand und hektisch auf dem Haltewunschknopf herumdrückte, sah die Waffe, stieß einen gellenden Schrei aus und sank auf die Knie. Dadurch wurden auch die anderen Fahrgäste auf die Situation aufmerksam. Blitzartig warfen sich einige auf den Boden, andere ließen sich auf die Sitze fallen, gleichgültig, ob sie frei oder besetzt waren. Viele schrien, aber die meisten sahen weg oder schlangen die Arme um den Kopf, als ob sie sich dadurch vor einer Kugel schützen könnten. Nun stand zwischen dem Polizisten und Simone Tauner nur noch ein etwa 15 Jahre alter Junge mit Stöpseln in den Ohren und einem MP3-Gerät in der Hand. Er hatte die Augen geschlossen und bekam offenbar nichts von dem mit, was um ihn herum passierte. Jetzt verlangsamte die Bahn die Fahrt. Simone Tauner stand unverändert mit dem Glas in der rechten Hand da, aber Lenz wusste, dass sie nur zwei Schritte zu machen brauchte, um den Zug zu verlassen. Er sah über die obere Linie seiner Waffe in ihre Augen, und für einen Moment hatte er das Gefühl, in sie hineinsehen zu können. Ihr Gesicht wirkte gleichzeitig traurig, zornig und entschlossen. Obwohl er nur ihre Augen sehen konnte, nahm er wahr, dass ihre Körperhaltung sich veränderte. Ihr rechter Arm bewegte sich nach oben. Dann krachte der Schuss.

39

Lenz war für den Bruchteil einer Sekunde paralysiert.

Er hatte den Einschlag des Projektils in ihrem Kopf gesehen, hatte gesehen, wie ihr Schädel förmlich explodierte, sie nach hinten gerissen wurde und dabei gegen eine Haltestange prallte. Der Junge mit den Stöpseln im Ohr stand noch an der gleichen Stelle wie zuvor, nun allerdings mit weit aufgerissenen Augen.

Als der Kommissar den Blick von ihr abwendete, sah er das Glasröhrchen durch die Luft fliegen. Es war etwa zwei Meter von ihm entfernt, hatte den höchsten Punkt der Flugbahn überschritten, und würde in der nächsten Sekunde auf dem Boden aufschlagen. Er ließ die rauchende Waffe fallen, stieß sich vom Boden ab und versuchte, mit einem Hechtsprung in die Nähe des Aufschlagpunktes zu gelangen. Aber Lenz war kein Fußballtorwart, für den eine solche Übung vermutlich keine Herausforderung gewesen wäre. Sein Sprung war viel zu kurz, und so lag er schon wieder auf den Knien und den Ellbogen, als er das Glas einen halben Meter neben sich in etwa 60 Zentimetern Höhe sah. Mit einer Instinktbewegung streckte er die Hand danach aus, konnte jedoch seinen Körper nicht

300

weit genug drehen, sodass er nur den Handrücken unter das tödliche Objekt bekam. Er spürte den Aufprall, versuchte, unter das Glas zu fassen, aber es gelang ihm nicht. Dann sah er aus dem Augenwinkel, wie das Röhrchen keinen halben Meter von seinem Kopf entfernt auf dem Boden aufschlug, zerbrach, und sofort einen beißenden Geruch freisetzte.

Erst jetzt nahm der Kommissar die gellenden Schreie im Zug wahr. Er drehte den Kopf und sah in den Wagen. Einige Fahrgäste rutschten auf den Knien zu den Türen, andere rannten und schlugen dabei wild um sich. Lenz versuchte, nicht zu atmen, aber weil sein Herz noch immer raste, war es ihm unmöglich. Mit hochgebeugtem Oberkörper wollte er sich die Jacke vom Körper reißen, um damit die größer werdende Lache auf dem Boden wenigstens notdürftig abzudecken, verharrte dann aber mitten in der Bewegung und musste noch einmal hinsehen, um wirklich überzeugt zu sein. Die eine Hälfte des Glases war zerbrochen und hatte ihren Inhalt auf den Boden ergossen, die andere war jedoch unversehrt. Zwischen dem Glas und der Flüssigkeit war deutlich eine Luftblase zu erkennen.

Lenz blickte sich noch einmal um. Außer ihm und der Toten, die auf dem Rücken lag, befand sich niemand mehr in der Straßenbahn. Alle anderen Fahrgäste waren aus dem Wagen geflüchtet.

Auf allen vieren kroch er keuchend zur nächsten Tür und ließ sich hinaus auf das Pflaster der Fußgängerzone fallen. Dort sog er, so tief er konnte, die warme Frühlingsluft in seine Lungen.

»Keine Bewegung! Liegenbleiben und die Arme hinter den Kopf!«, forderte eine Stimme ihn auf.

Sein rechter Arm wurde rüde nach hinten gerissen, wäh-

301

rend er von einem Fuß im Rücken auf den Boden gepresst wurde. Er versuchte, sich loszureißen, aber dadurch wurde der Druck nur stärker.

»Ich bin ein Kollege«, röchelte er. »Ein Kollege!!!«

Eine Hand griff in sein Haar und zog ihm den Kopf nach hinten. Der Kommissar schrie auf.

»Ach du Scheiße«, hörte er die Stimme über sich verunsichert sagen, »das ist der Lenz.«

»Richtig«, murmelte er kraftlos.

Der Druck im Rücken ließ nach und sein Arm wurde freigegeben. Er drehte sich vorsichtig um und sah in die Gesichter zweier Schutzpolizisten.

»Was ist denn hier los gewesen, Herr Kommissar? Haben Sie die Frau da in der Bahn erschossen?«

Lenz hatte keine Lust, ihre Fragen zu beantworten.

»Räumen Sie den Zug, da darf niemand hinein. Und die Türen müssen unbedingt geschlossen werden, sofort.«

Er hustete.

»Die gesamte Innenstadt muss geräumt werden, auch sofort. Ich will im Umkreis von einem Kilometer keinen Menschen mehr hier sehen. Haben Sie das verstanden?«

Die Polizisten nickten und fingen an, die Befehle des Kripomannes auszuführen.

Von überall hörte Lenz nun das Heulen von Sirenen. Er stand schwerfällig auf, lehnte sich an die nächste Hauswand und sah zurück auf den Straßenbahnzug, dessen Türen sich in diesem Moment schlossen. Er überlegte, wie das Gegenmittel bei einer Vergiftung mit VX hieß, aber es wollte ihm nicht einfallen.

Vom unteren Teil der Königsstraße her näherten sich mit eingeschaltetem Blaulicht und Sirenen mehrere Fahrzeuge. In der Mitte des Konvois erkannte Lenz den Spürpanzer. Er trabte los und hielt die Gruppe 50 Meter hinter dem Straßenbahnzug an.

Hain und Rolf-Werner Gecks sprangen aus dem ersten Wagen und rannten auf ihn zu. Er hob den Arm und bedeutete ihnen, nicht näher zu kommen, worauf die beiden abrupt stoppten.

»Ich weiß nicht, ob ich was von dem Zeug abbekommen habe«, rief er ihnen zu.

Hain schüttelte den Kopf.

»In der Kneipe ist nichts passiert, es war kein Gift in den Röhrchen.«

»Bist du sicher?«, fragte Lenz ungläubig.

»Ich nicht, aber die Jungs da hinten in dem Monster haben es behauptet.«

Er deutete auf den Panzer, der jetzt langsam auf sie zurollte. Wegen des enormen Lärms, den der Motor produzierte, musste Hain schreien, als er weitersprach.

»Was sie in den Gläsern hatte, ist noch nicht klar, aber es war definitiv kein Gift.«

Lenz atmete tief durch.

»In zwei Minuten wissen wir, was hier alles in der Luft herumschwirrt, aber ich hab eben über Funk mitgekriegt, dass man von keiner wirklichen Bedrohung ausgeht. Das Messgerät nimmt permanent Proben aus der Luft, und bis jetzt gibt es keine außergewöhnlichen Werte.«

Der Spürpanzer stand nun neben der Straßenbahn. Der Motor lief, deswegen war kein weiteres Geräusch zu hören. Hain und Gecks kamen langsam auf Lenz zu. Alle drei sahen gebannt auf das sechsrädrige Fahrzeug.

»Alles in Ordnung mit dir, Paul?«

Es war Ludger Brandt, der von der Rathausseite her auf sie zugekommen war und nun direkt neben Lenz stand.

»Hallo, Ludger. Musst noch einen Moment warten, dann kann ich dir mehr sagen. Es geht mir zwar beschissen, aber das kann auch ein paar andere Ursachen haben.«

Hinter ihnen wurde eine Autotür geöffnet.

»Alles o. k.. Sie haben über Funk durchgesagt, dass es keine Kontamination gibt«, rief einer der Polizisten, die in ihren Autos sitzen geblieben waren.

Es dauerte eine Viertelstunde, bis das Zittern aufhörte. Lenz war schlecht, und in seinem Kopf dröhnte noch immer der Schuss nach. Seine Knie schmerzten und waren vom Aufprall auf den Asphalt blutig. Hain hatte ihm in einer Stehbäckerei einen Kaffee besorgt, den er nun in kleinen Schlucken trank. Ludger Brandt kümmerte sich um den weiteren Ablauf in und um den Straßenbahnzug. Die Besatzung des Spürpanzers hatte die am Leichnam von Simone Tauner hängenden Glasröhrchen geborgen und sicher verpackt.

»Nun erzähl schon, wie passt das hier und die Sache vorhin beim Spanier zusammen«, bohrte sein junger Kollege, während sie den Männern der Spurensicherung bei der Arbeit zusahen. Obwohl Lenz keine Lust dazu hatte, erzählte er Hain die verwirrenden Ereignisse der letzten beiden Stunden. Zwischendurch mussten sie kurz ihren Standort wechseln, weil ein Leichenwagen vorfuhr, dem sie im Weg standen.

»Und jetzt?«

»Du meinst, wie ich mich fühle, weil ich sie erschossen habe?«

Hain sah auf den Boden und nickte.

»Im Moment gehts mir am Arsch vorbei. Ich kann nicht sagen, wie es morgen sein wird, aber jetzt bin ich leer und müde. Sie war eine Mörderin und hat damit gedroht, weitere Menschen umzubringen, also hatte ich keine andere Wahl, basta.«

Frank Fleischer, der Mann vom BKA, kam auf sie zu und gab Lenz die Hand.

»Gute Arbeit, Herr Kollege. Damit dürfte die Sache für uns und hoffentlich auch für Sie erledigt sein. Sehen wir uns morgen früh?«

Lenz dachte einen Moment darüber nach, ihm von Simone Tauners Drohung mit den weiteren Binärwaffen zu berichten, ihm von den ›großen Brüdern‹ zu erzählen, entschied sich aber dagegen.

»Sicher. Um acht, wie immer?«

»In Anbetracht der glücklichen Umstände schlage ich neun vor, was meinen Sie?«

»In Ordnung.«

Etwa eine Stunde später liess er sich von Hain nach Hause fahren, nachdem er ein Gesprächsangebot von Dr. Driessler dankend abgelehnt hatte. An einer Tankstelle holte er sich zwei Flaschen Bier.

»Und mit dir ist wirklich alles in Ordnung?«

»Alles gut. Ich will in die Badewanne und danach ins Bett. Und dann will ich sechs Wochen Urlaub. Bis morgen.«

Der Schlaf kam schon in der Badewanne über ihn. Geweckt wurde er von einer Festnetz-SMS.

Hallo Paul,
ich hoffe, es ist alles
in Ordnung mit dir.
Ich freu mich auf dich
M.

Er schrieb ihr nicht zurück, sondern legte sich mit seinen ambivalenten Gefühlen ins Bett. Da war Marias SMS, die ihn erfreute und glücklich machte, und da war der Schuss, den er auf Simone Tauner abgefeuert und der sie getötet hatte. Lenz hatte während der ganzen Jahre als Polizist sehr selten zu seiner Dienstwaffe greifen müssen, und abgefeuert hatte er sie bis zu diesem Tag nur auf dem Schießstand, wenn er die vorgeschriebenen Schüsse im Jahr nachweisen musste. Zu Beginn seiner Laufbahn als Kommissar hatte er öfter davon geträumt, einen Flüchtenden zu erschießen. Nun war dieser Albtraum Realität geworden und es war ganz anders, als er es sich vorgestellt hatte.

Nach 11 Stunden Schlaf, ohne ein einziges Mal aufzuwachen, fühlte er sich frisch und erholt.

40

»Das war verdammt knapp«, stellte Maria erleichtert fest, nachdem Lenz ihr im Detail von den Ereignissen des vergangenen Nachmittags erzählt hatte. Sie lag mit dem Kopf auf seinen Beinen, hielt seine Hand und streichelte seinen Arm. Eine Stunde zuvor hatten sie sich in der Praxis seines Freundes in Fritzlar getroffen und seitdem nur geredet.

Er strich eine Haarsträhne aus ihrem Gesicht.

»Über eine Sache habe ich bis jetzt noch mit niemandem gesprochen, weil ich bis heute Morgen nicht wusste, wie ich damit umgehen soll.«

Neugierig hob sie den Kopf.

»Und was?«

»Die Tauner hat mir erzählt, dass sie noch eine große Menge von dem Zeug an verschiedenen Punkten in Kassel deponiert hätte. Sie wollte es freisetzen, falls die Documenta nicht abgesagt worden wäre.«

»Und du glaubst ihr das nicht?«

Er ließ sich mit seiner Antwort viel Zeit.

»Nein. Deshalb habe ich mich entschlossen, es für mich zu behalten. Du bist die Erste, mit der ich darüber spreche.«

»Und wenn es doch wahr ist?«

Wieder antwortete er nicht sofort.

»Frag mich nicht, warum, aber ich glaube, sie hat gelogen. Ich habe ihr in die Augen gesehen, bevor ich geschossen habe, und seitdem bin ich davon überzeugt, dass sie es nicht ernst gemeint hat. Und die Tatsache, dass sie kein Nervengift mit sich herumgeschleppt hat, bestätigt meine Überzeugung.«

Maria setzte sich auf die Knie und sah ihm in die Augen.

»Und wenn du dich irrst?«

Er kratzte sich am Kinn, nahm ihre Hand und küsste sie.

»Daran will ich lieber nicht denken, aber ich bin ganz sicher. Wenn jetzt hunderte oder tausende Polizisten und Soldaten durch die Stadt ziehen und nach dem Nervengift suchen, kann man das nicht geheim halten. Dabei ist es egal, ob wir etwas finden oder nicht, es wäre auf jeden Fall das Ende der Documenta.«

»Wieso?«

»Wenn es einen Fund gibt, ist nie auszuschließen, dass weitere Ladungen übersehen wurden. Und wenn es keinen gibt, glauben bestimmt viele Menschen, dass es etwas gibt, was aber nicht entdeckt wurde. Niemand kann den Besuchern der Documenta die Sicherheit geben, dass nichts passiert, deshalb wird sie nicht stattfinden.«

Maria überlegte einen Moment.

»Da hast du garantiert recht, aber willst du die Entscheidung nicht besser anderen überlassen? Ist das nicht eine Verantwortung, die dich überfordert?«

»Ich habe lange darüber nachgedacht, und bin zu dieser Entscheidung gekommen. Wir hatten heute Morgen die letzte Sitzung der Sonderkommission, da wurde der Fall noch einmal von Anfang bis Ende durchgekaut. Natürlich wurde auch die Frage aufgeworfen, ob es irgendwo weitere dieser Binärdinger geben könnte, aber alle Beteiligten waren sich einig, dass sie nicht vorhatte, die Bewohner von Kassel zu gefährden. Sonst wären die Röhrchen, die sie am Körper getragen hat, und die, mit denen sie um sich geworfen hat, nicht mit Nagellackentferner gefüllt gewesen.«

»Nagellackentferner?«

Er nickte.

»Handelsüblicher Nagellackentferner.«

»Ganz schön krank, die Frau«, sinnierte Maria.

»Das meinte die Psychologin auch.«

»Und du bist ganz sicher, dass du es so machen willst? Dass du niemandem etwas von ihrer Drohung erzählen magst?«

Er drehte sich um und legte seinen Kopf auf ihre Beine.

»Na, du weißt es doch schon.«

»Aber ich zähle nicht.«

»Das sehe ich ganz anders. Trotzdem werde ich alles, was sie mir über die ›großen Brüder‹ sagte, für mich behalten. Und es wird nicht schiefgehen, vertrau mir.«

308

»Aber es gibt ja noch die zwei anderen Morde. Glaubst du ihr, dass sie damit nichts zu tun hatte?«

»Hm. Die Ermittler aus Wiesbaden sind fest davon überzeugt, dass sie es gewesen ist. Wir haben in der Wohnung der Hainmüllers DNA-Spuren gefunden, die wir ihr aber noch nicht zuordnen können, weil Tauners Analyse noch nicht vorliegt. Die Spuren könnten allerdings von jedem sein, der die beiden mal besucht hat.«

»Und was glaubst du?«

»Ich denke, sie hat nichts damit zu tun. So erstaunt, wie sie gewesen ist, das kann man nicht spielen, das war ehrlich.«

»Und was wird aus der Sache im Veterinäramt? Hat Erich da seine Finger im Spiel?«

»Wenn ich sie nicht erschossen hätte, könnte ich dir vielleicht was dazu sagen, aber jetzt ist es ihr nicht mehr möglich, mir das Dossier zu schicken, von dem sie gesprochen hat. Wir suchen natürlich fieberhaft nach ihrer Wohnung, auch, weil sie sich dort vielleicht wieder ein Labor eingerichtet hatte; leider gibt es bis jetzt keine Hinweise. Das könnte sich aber morgen ändern, dann ist ihr Bild nämlich in allen Zeitungen und im Fernsehen.«

Er fuhr Maria durchs Haar.

»Ob dein Mann etwas mit der Sache im Veterinäramt zu tun hat, wegen der sie ihren Job und letztendlich auch das Sorgerecht für ihren Sohn verloren hat, würde mich natürlich brennend interessieren, aber wie es aussieht, gibt es dafür keine Beweise. Andererseits stehen wir erst am Anfang der Ermittlungen.«

Sie schüttelte den Kopf.

»Ich traue ihm viel zu, aber so dumm ist er nicht. Und wenn, dann ist er gerissen genug, dass an ihm nichts kleben bleibt. In dem Fall kannst du jetzt mal mir vertrauen, ich kenne meinen Teflon-Erich.«

Lenz dachte einen Moment darüber nach, ihr zu sagen, dass er ihren Mann lieber heute als morgen ins Gefängnis schicken würde, entschied sich aber dagegen.

»Wie wärs, wenn du ihn endlich verlassen würdest?«

»Vielleicht«, antwortete sie, zog eine Schulter hoch und grinste.

»Vielleicht verlasse ich ihn irgendwann. Du bist dann der Erste, der es erfährt.«

EPILOG

Samstag, 16. Juni 2007

Es war ein sonniger, ruhiger Tag, an dem die Documenta in Kassel eröffnet wurde. Lenz saß auf der Terrasse des ›Casa Manolo‹, das er ohne Simone Tauner vermutlich niemals kennengelernt hätte. Seit dem Ereignis vor fast einem Monat hatte er schon mehrmals in dem ruhigen Hinterhof gesessen, einen Wein getrunken und etwas gegessen. Bei seinem ersten Besuch hatte Martin, der knorrige Kellner, ihm mit Lokalverbot für den Fall gedroht, dass er wieder wegrennen würde, bevor das Essen auf den Tisch kam. Es dauerte eine Weile, bis der Kommissar den lauten und skurrilen Humor der Spanier verstand, aber dann fühlte er sich in ihrer Gegenwart umso wohler.

Der Tod von Simone Tauner war über Tage der Aufmacher in den Medien gewesen und hatte es auf die Titelseite der größten deutschen Boulevardzeitung geschafft. In reißerischen Überschriften wurde sie als ›die Bestie von Kassel‹ bezeichnet, doch nach knapp einer Woche war die Sache von anderen aktuellen Entwicklungen überholt worden. Die Menschen verlangten nach neuen, spektakulären Berichten von den dramatischen Schauplätzen dieser Welt. Der letzte Aufenthaltsort der Chemikerin, die Kassel und vielleicht auch die Menschen darüber hinaus für eine Woche in Atem gehalten hatte, war trotz intensivster Suche bis zu diesem Samstag noch nicht gefunden worden. Im Fall des Doppelmordes von Baunatal war Lenz auch knapp einen Monat nach der Tat keinen Millimeter weitergekommen. Die am Tatort gefundenen DNA-Spuren stammten eindeutig nicht von Simone Tauner, und wie es aussah, würde die Suche nach den Tätern zur Sisyphusarbeit werden.

Im Veterinäramt, dem ehemaligen Arbeitsplatz von Simone Tauner, liefen die Ermittlungen der Kollegen von ZK20 auf Hochtouren. Es sah danach aus, als sollte sich der Verdacht der Bestechlichkeit und des Amtsmissbrauchs gegen den Leiter und seinen Stellvertreter erhärten.

Oberbürgermeister Erich Zeislinger wurde kein einziges Mal vernommen. Lenz war Anfang Juni ins Rathaus bestellt worden, wo er sich den persönlichen Dank des OB für seinen Einsatz bei der Rettung der Documenta abholen durfte. Direkt im Anschluss daran ging er in ein Reisebüro und buchte eine Woche Urlaub in einem Wellnesshotel in den Dolomiten im September.

ENDE

PERSONENREGISTER

Paul Lenz, erster Hauptkommissar, Leiter von K11 (Gewalt-, Brand- und Waffendelikte) der Kasseler Kriminalpolizei

Thilo Hain, Oberkommissar, engster Mitarbeiter von Lenz

Maria Zeislinger, Ehefrau des Kasseler Oberbürgermeisters und seit vielen Jahren die Geliebte von Lenz

Erich Zeislinger, Kasseler Oberbürgermeister und Vorsitzender der Documenta-Gesellschaft

Ludger Brandt, Kriminalrat, Vorgesetzter von Lenz

Rolf-Werner Gecks, intern nur RW genannt, Hauptkommissar, die gute Seele von K11

Dr. Peter Franz, Rechtsmediziner

Uwe Wagner, Pressesprecher der Kasseler Polizei

*Weitere Titel finden Sie auf den
folgenden Seiten und im Internet:*

WWW.GMEINER-SPANNUNG.DE

Kommissare Lenz und Hain ermitteln:

1. Fall: Nervenflattern
ISBN 978-3-89977-728-4

2. Fall: Kammerflimmern
ISBN 978-3-89977-776-5

3. Fall: Zirkusluft
ISBN 978-3-89977-810-6

4. Fall: Eiszeit
ISBN 978-3-8392-1002-4

5. Fall: Bullenhitze
ISBN 978-3-8392-1037-6

6. Fall: Schmuddelkinder
ISBN 978-3-8392-1084-0

7. Fall: Rechtsdruck
ISBN 978-3-8392-1130-4

8. Fall: Zeitbombe
ISBN 978-3-8392-1202-8

9. Fall: Menschenopfer
ISBN 978-3-8392-1237-0

10. Fall: Höllenqual
ISBN 978-3-8392-1308-7

11. Fall: Pechsträhne
ISBN 978-3-8392-1422-0

12. Fall: Bruchlandung
ISBN 978-3-8392-1523-4

13. Fall: Müllhalde
ISBN 978-3-8392-1596-8

14. Fall: Halbgötter
ISBN 978-3-8392-1737-5

15. Fall: Paketbombe
ISBN 978-3-8392-1824-2

16. Fall: Unkrautkiller
ISBN 978-3-8392-1958-4

Hain und Ritter ermitteln:

1. Fall: Tödliche Ferien
ISBN 978-3-8392-2117-4

2. Fall: Tödlicher Befehl
ISBN 978-3-8392-2346-8

3. Fall: Tödlicher Betrug
ISBN 978-3-8392-2478-6

4. Fall: Tödliche Hetze
ISBN 978-3-8392-2764-0

GMEINER SPANNUNG

WWW.GMEINER-VERLAG.DE
Wir machen's spannend

DIE NEUEN Lieblingsplätze

ISBN 978-3-8392-0154-1 — AM INN

ISBN 978-3-8392-2730-5 — AUGSBURG UND BAYERISCH-SCHWABEN

ISBN 978-3-8392-0155-8 — FÜNFSEENLAND

ISBN 978-3-8392-0158-9 — HARZ

ISBN 978-3-8392-0160-2 — NORDSEEKÜSTE NIEDERSACHSEN mit Hund

ISBN 978-3-8392-0159-6 — LÜNEBURGER HEIDE

ISBN 978-3-8392-0161-9 — NIEDERRHEIN

ISBN 978-3-8392-0163-3 — OSTSEE MECKLENBURG-VORPOMMERN

ISBN 978-3-8392-0164-0 — OSTSEE SCHLESWIG-HOLSTEIN

ISBN 978-3-8392-2626-1 — SACHSEN

ISBN 978-3-8392-0156-5 — BODENSEE Für Senioren

ISBN 978-3-8392-0157-2 — NORDSEE SCHLESWIG-HOLSTEIN Für Senioren

ISBN 978-3-8392-0166-4 — SÜDLICHE WEINSTRASSE UND PFÄLZERWALD

ISBN 978-3-8392-0166-4 — SÜDTIROL

ISBN 978-3-8392-2838-8 — USEDOM

ISBN 978-3-8392-0168-8 — WIESBADEN RHEIN-TAUNUS RHEINGAU

GMEINER KULTUR

WWW.GMEINER-VERLAG.DE
Mensch, Kultur, Region